麦家
陪你读书

做简单的自己

麦家/主编
麦家陪你读书/编

SPM 南方传媒　花城出版社
中国·广州

图书在版编目（CIP）数据

做简单的自己 / 麦家陪你读书编. -- 广州：花城出版社，2023.1
（麦家陪你读书 / 麦家主编）
ISBN 978-7-5360-9754-4

Ⅰ．①做… Ⅱ．①麦… Ⅲ．①中国文学－文学评论－文集 Ⅳ．①I206-53

中国版本图书馆CIP数据核字(2022)第189281号

出 版 人：张 懿
特约策划：萧宿荣
责任编辑：林 菁　杨柳青　江 彬
技术编辑：凌春梅
封面设计：艾 藤
封面摄影：Bartosz Palus　Kate Bezzubets
内文版式：童天真

书　　名	做简单的自己
	ZUO JIANDAN DE ZIJI
出版发行	花城出版社
	（广州市环市东路水荫路11号）
经　　销	全国新华书店
印　　刷	深圳市福圣印刷有限公司
	（深圳市龙华区龙华街道龙苑大道联华工业区）
开　　本	880毫米×1230毫米　32开
印　　张	13　1插页
字　　数	237,000字
版　　次	2023年1月第1版　2023年1月第1次印刷
定　　价	69.80元

如发现印装质量问题，请直接与印刷厂联系调换。
购书热线：020-37604658　37602954
花城出版社网站：http://www.fcph.com.cn

读书就是回家

秦兆阳

编委会

顾　　问：李敬泽　吴义勤　郜元宝　阿　来
　　　　　格　非　苏　童　王　尧　王春林
　　　　　季　进　张学昕　陈培浩
主　　编：麦　家　谭君铁
策划主编：张　懿　周佳骏
编　　辑：罗万山　俞　美

目录 CONTENTS

《新名字的故事》 ［意］埃莱娜·费兰特
如何成为那个更强大的她　　　001

《斜阳》 ［日］太宰治
我们打算像太阳一样活下去　　　039

《夜晚的潜水艇》 陈春成
悬浮于纸上的宫殿　　　075

《儒林外史》 吴敬梓
追求真我的理想之歌　　　115

《寻欢作乐》 ［英］毛姆
成为任何人，都不如成为真正的自己

149

《过于喧嚣的孤独》 ［捷］赫拉巴尔
我只是独自一人，生活在稠密的思想之中

187

《复明症漫记》 ［葡］若泽·萨拉马戈
荒诞的故事述说复杂的人性　　　　　221

《盖普眼中的世界》 ［美］约翰·欧文
温情处见人性深渊，让人笑中带泪　　259

《道林·格雷的画像》 ［英］奥斯卡·王尔德
最美的不是青春，而是骨子里的善良　295

《玫瑰的名字》 ［意］翁贝托·埃科
构思了二十余年的"最高级的惊险小说"

329

《汤姆·索亚历险记》 ［美］马克·吐温
献给童年的不朽之书　　　　　　　367

《新名字的故事》
如何成为那个更强大的她

[意]埃莱娜·费兰特

硬币至多两面，多掷几次，就会有你想要的面。简言之，越努力，越幸运。

关于女性友谊和命运的意大利史诗
"那不勒斯四部曲"之二

那不勒斯穷困社区出生的女孩
持续半个世纪的友谊
极度真实、尖锐、毫不粉饰
关于爱、失去、困惑、挣扎、嫉妒
和隐蔽的破坏

Day 1 《新名字的故事》

女孩间隐藏的斗争与拉扯

如果一本书有内涵，它迟早会找到读者；假如它没什么价值，那就算了

埃莱娜·费兰特，一个在意大利最受欢迎也最神秘的作家。当她的"那不勒斯四部曲"风靡全球，当人们着迷于她笔下的人物时，依旧没有人知道她的真实身份，也没有人见过她。但她真实存在于我们生活的世界。2015年，费兰特被《金融时报》评为"年度人物"，2016年，被《时代》周刊选为"最具影响力的一百位艺术家"。

费兰特的创作，常常来源脑海中的各种"碎片"。比如，"那不勒斯四部曲"的创作，起初她并没有想要写这么长的一个故事，但"一个失踪的女孩"落笔了，这个故事便慢慢形成了。

在构思的过程中发现一个人很难做到"消失",所以这个失踪的女孩需要另一个女孩来讲述,然后作者对两个女性进行了深度的挖掘和探索。最后,我们才得以看到这个"莉拉"和"埃莱娜"的故事,并为之疯狂。

她们是好朋友,相互帮助,但有时也相互盗取能量

在"那不勒斯四部曲"中,费兰特让我们看到一段长达几十年的女性友谊,即使两人的性格不同,莉拉的张扬外放很容易获得外界的关注,而埃莱娜隐忍内敛,就像是莉拉的附属。但同时,埃莱娜从莉拉身上获得的能量,让她展现出另一种让莉拉着迷的东西。她们是好朋友,相互帮助,但有时也相互盗取能量。

因为再坚固的关系,也总是会有矛盾和冲突的发生,有的使关系破裂,有的则会使双方的关系更为密切。那是藏在女孩子之间一种隐含的斗争和拉扯,在羡慕对方拥有某些事物的同时,寻求自己的优势,她们就像两股交织在一起的力量,缠绕着,螺旋式上升。

就像小说家乔纳森·弗兰岑在纪录片《费兰特热潮》中所讲的:"她将自己一分为二,一个是莉拉,一个是莱农(埃莱娜),这也是我自己写作的时候尝试做的事情,分

裂自己，让我们矛盾的地方产生碰撞。费兰特建立了这样相反的两极，张扬的莉拉，和谨慎敏感的莱农，她们针锋相对的模式，她们一直处在竞争状态，彼此间鲜明突出的角逐……"

比如莉拉结婚了，搬进了新城区，成为肉食店的老板娘，而埃莱娜仍在旧城区里埋头苦读，她们之间在物质上存在着巨大的差异。当莉拉要给埃莱娜钱去买新书的时候，这刺痛了后者的自尊心，她果断拒绝了，当埃莱娜与莉拉探讨课本知识的时候，莉拉显然是不安的，她没有学习的机会，她的知识停留在小学的阶段，她羡慕埃莱娜的学生身份。

这种不安在他们去老师家的聚会上尤为明显，在那里，埃莱娜受到了老师和学生们热情的款待和友好的问候，她成为全场的焦点和中心。没有人注意莉拉，即使她曾是他们生活的城区里最聪明最漂亮的女孩，这种落差感释放了莉拉心中的恶魔，使她们的友谊第一次出现了裂缝。但很快，裂缝会随着一方的服软而弥补。因为她们还有共同的目标：逃离这个充满暴力和贫穷的旧城区，摆脱成为普通妇女的命运。莉拉已经结婚了，所以埃莱娜承担了这个梦想，独自学习，成为大学生，成为作家，挤进上流社会的圈子。

Day 2 《新名字的故事》

当一个女人被冠以夫姓,是否就失去了自我本身

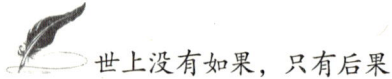
世上没有如果,只有后果

莉拉成为人人羡慕的阔太太,而"我"——埃莱娜则成了街区里第一个大学生。时间来到1966年,当时我正在比萨上大学,莉拉和丈夫的关系日益恶化,我回去看她时,她把自己的秘密铁盒交给我,并要求我发誓:绝不能打开。

我虽然发了誓,但一上火车就打开了盒子。原来,这么多年来,莉拉一直保持着写作的习惯,她在笔记本中,描述生活中遇到的各种事物,练习拉丁语、希腊语和英语,记录朋友们的对话和想法……

对我来说,这像是一种被欺骗的感觉,早已辍学的莉拉竟偷偷做了大量的练习,可我无法抵抗莉拉的文字,沉迷其

中,朗读甚至背诵自己喜欢的段落。直到有一天,我决定逃离莉拉的影响。于是,我把所有的笔记本都丢进河里,如同将莉拉本人和她的思想、语言,以及与之相关的一切都沉入河底。

我回忆起莉拉结婚的那天:当时的莉拉是多么满足,丈夫斯特凡诺投资了她娘家的修鞋铺,为她准备了一场盛大的婚礼,他们将在新城区的婚房里开始新生活。如果索拉拉兄弟两人没有出现在婚礼现场,如果马尔切诺·索拉拉没有穿着莉拉亲手制作的鞋子,也许莉拉的幸福可以延续下去。

但世上没有如果,只有后果。莉拉对婚姻、对新生活的美好向往,永远地停留在她的十六岁。丈夫斯特凡诺竟把两人的定情信物——莉拉亲手制作的鞋子,送给了她最讨厌的男人马尔切诺·索拉拉。她本该抗争,但丈夫的重拳使她不再开口,他们很快踏上了蜜月的旅程。

然而,这趟旅程并没有让两人重修旧好。莉拉辱骂她屈于权势的丈夫,斯特凡诺很快失去了从前的耐心和教养,给了莉拉一巴掌。尽管他很快认错,百般讨好,但于事无补。莉拉越发觉得丈夫只是在假装温顺,他与生俱来的天性正在暴发出来,他和他的父亲一样让人恐惧。而现在她属于他了,他们已经拥有一样的姓氏。斯特凡诺粗暴地占有了莉拉。

四天后,他们回到城区,斯特凡诺请岳父和大舅子轮番解释那双鞋子的事。哥哥里诺假装世故地安抚妹妹,很多时候,人不得不做出牺牲。生活已经够复杂了,别再让它变得更加复杂。一向善于言辞的莉拉,这次出人意料地没有开口。

此时斯特凡诺的家人来了,原来这次家庭聚会真正的主人公是另一对新人里诺和皮诺奇娅。他们很快将莉拉遗忘在一旁,没有人关心莉拉脸上的伤痕,包括她的母亲。

 那个新的名字只是她签收购物成果的重要一环

这一切的真相,我都是后来在莉拉的笔记本里读到的。彼时的我还在为自己和莉拉的距离越来越远而感到难过。

当莉拉订婚时,所有人都在向她示好,为了展现自己的魅力,我才接受汽车修理工安东尼奥的示爱;当她坐上豪车去度蜜月,我希望能跟莉拉一样成为女人,迫切地想与男友发生关系,却遭到拒绝。

现在莉拉住在新城区里,过着阔太太的生活,而我还跟家人挤在破旧的老房子里,为学业忧愁,失去了她的陪伴,我什么都学不进去。我逃课了。我再也不想埋头读书,去做老师心中的模范生、父母眼里的乖女儿。也许,我并不能像尼诺——我真正喜欢的男孩那样,通过学业摆脱这个破旧的城区,改变命运。我不该再心存幻想了,等那一学年结束，我就老老实实在旧城区里做一个普通的女人，结婚生子好了。

当我重新回到学校，才发现课业已落下太多，糟糕的分数让我当众崩溃。家里的琐事、男友的猜疑还有对尼诺的感情让我无法集中精神，我只好接受莉拉的邀请，放学后去她家学习。当两个女孩重新陪伴在彼此身边，我们之间的距离好像又缩小了，即使我们深知对方的改变。

我的成绩并没有明显地提升，但我已经开始享受在莉拉家的时光，美味的食物、崭新的家具、漂亮的衣物……那是我们小时候渴望拥有的财富。可莉拉的生活却那样的单调孤独，她住在新城区里，与旧城区的人们割裂开来。

当一个女人成为某个男人的妻子，被冠以夫姓，与丈夫的荣辱捆绑在一起，是否就失去了自我本身？或许对莉拉来说，那个新的名字只是她签收购物成果的重要一环。

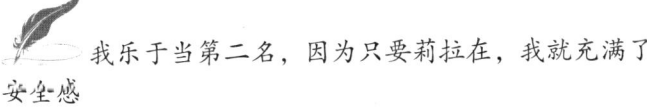
我乐于当第二名，因为只要莉拉在，我就充满了安全感

这期间，我的男友安东尼奥因为要服兵役而变得暴躁不安，他是家里的顶梁柱，他需要照顾母亲和妹妹，同时他一直害怕我会趁机抛弃他。他让我向莉拉打听她丈夫不用服兵役的理由，结果莉拉从她小姑子口中得知了丈夫与索拉

拉兄弟竟然早有往来——出钱让索拉拉兄弟的熟人帮忙免除兵役。

社会的不公在于，有些事对普通人来说，难于上青天，而有钱人只需金钱和人脉就能解决。得知真相的莉拉有些反复无常，一开始她咬定安东尼奥不会为了逃兵役而求助于索拉拉兄弟，后来，她又决定和我一起去找索拉拉兄弟帮忙。

莉拉打扮得非常惹眼，与旧城区灰暗的街道格格不入。当我们出现在索拉拉酒吧时，大家感到非常意外，尤其是索拉拉兄弟，而莉拉和索拉拉兄弟心平气和的对话，更让我感到震惊。莉拉将话题引到安东尼奥身上，她表现得轻松自如，仿佛深谙男女之道，就连索拉拉兄弟俩也变得小心谨慎起来。

他们答应帮忙并提出为莉拉的糕点免单，还夸赞了莉拉挂在裁缝店里的某张婚纱照——它更适合放在他们筹备的鞋店里。新鞋店名义上是斯特凡诺的，鞋子也都是莉拉的父亲和哥哥制作的，可实际上真正的投资人是索拉拉兄弟。但莉拉表示她对照片毫不知情，如果鞋店需要这张照片，应该由她的丈夫来决定。这不是莉拉的风格，她让索拉拉兄弟更加迷惑而不知所措。

安东尼奥知道这件事后，觉得我侮辱了他——向他最痛恨的人寻求帮助，他要跟我分手。

斯特凡诺看到打扮惹眼的妻子从索拉拉酒吧回来，满脸不悦。莉拉提到与索拉拉兄弟谈论照片的事，言语间充满了挑衅，斯特凡诺碍于我在场而强忍怒火。我刚离开，他身体里那个怪兽就再次爆发出来。

第二天，斯特凡诺来邀请我一起去裁缝店取回照片，一路上，斯特凡诺滔滔不绝地倾诉自己对莉拉的爱，解释自己对莉拉的暴行。他希望我能劝劝莉拉，让她做一个妻子，而不是丈夫的敌人。我从未听过一个男人这样倾诉，决定帮助这对夫妻。但我没想到正是这次外出，让莉拉心生芥蒂。

几个月后，城里的鞋店就要开张了，莉拉故意和我打赌，如果斯特凡诺把照片挂在鞋店里，我的升学考试成绩平均不能低于八分；反之，她要重新开始学习。我备感压力，一旦莉拉开始学习，一定会超过自己，但我乐于当第二名，因为只要莉拉在，我就充满了安全感。然而我的希望又一次落空了，莉拉没有开始学习。因为她怀孕了。

Day 3 《新名字的故事》

当一个人失去所有光环，会知道自己有多渺小

> 她要在照片里实现自我毁灭，还要把这种毁灭展示给所有人，可惜人们不会懂，也不会在意

怀孕后的莉拉变得异常活跃，她开始插手婆家的生意，没有人能反对一个做任何事都亲力亲为的孕妇，更何况经过她的调整和布置，事情总是比原来更好。

比如在新肉食店开张这天，她免费派发火腿三明治，店里马上就挤满了人，新店大获成功。这就是莉拉的魅力。

她有创造的能力，也有毁灭的能力。斯特凡诺同意索拉拉兄弟在新鞋店里挂上莉拉的那张婚纱照用来宣传鞋子，莉拉表面上顺从丈夫的做法，但在展现形式上得听她的看法。于是，在众人的注视下，我配合莉拉改造了照片，我们的关

系就像回到了小时候,我总能知道莉拉的下一步要做什么。

最后照片处理得很疯狂,又很艺术。只是后来,我才明白莉拉流露出的疯狂是一个女人对自己腹中孩子的厌恶,对夫家不公平对待的反抗,对失去自我沦为丈夫附属品的控诉。她要在照片里实现自我毁灭,还要把这种毁灭展示给所有人,可惜人们不会懂,也不会在意。

与此同时,在新鞋店开业的那天,莉拉流产了。也许是因为莉拉奔波于三家店铺太过劳累,也许是因为她对丈夫将自己作为物品交易的失望,也许是因为她发现不仅是丈夫还有哥哥都因向索拉拉家借钱而受制于人。

尽管莉拉没能保住孩子,但她在经营店铺上的天分很快就获得了婆婆的称赞和疼爱,新肉食店的生意也超越了老城区的肉食店。米凯拉·索拉拉觉得莉拉很有做生意的能力,希望她能来管理新鞋店。这不仅让斯特凡诺生气,也让他妹妹皮诺奇娅和米凯拉的女朋友吉耀拉非常恼火,而莉拉的哥哥也不希望莉拉来鞋店捣乱,为此他们经常为了店铺的事情而吵架。

赚钱是她对抗丈夫的一大利器

另一边,我的成绩在开学后突飞猛进,获得了加利亚尼老师的关注,她不但建议我去参加游行活动,还经常借书送报纸给我看。为了消化那些难懂的书和报纸，我花费了很多时间和精力，因为我不想让加利亚尼老师失望。

我偶尔会去肉食店和莉拉见面，分享自己的阅读成果，我希望能跟从前一样和她讨论。但莉拉总是避而不谈，不是不愿意，而是她已逐渐失去了这种能力。现在的莉拉，专注于经营肉食店，甚至学会了如何缺斤短两，赚钱是她对抗丈夫的一大利器。但她明白这些钱并不属于她，婆家之所以能开肉食店，是因为斯特凡诺的父亲，曾经放高利贷敛财，如果没有那些黑钱，就不会有肉食店，更不会有现在的鞋铺。她觉得自己正在成为曾经讨厌的人。金钱并不能填补一个人精神的空虚和心理的自卑。尽管莉拉嫁给斯特凡诺，成为人人羡慕的阔太太，可实际上她是陷入了婚姻和家庭琐事的泥塘中。

她第一次向我求助："即使你比我好，比我懂得多，也别离开我，好吗？"

我说我会一直做她的朋友。为了缓解莉拉的情绪，我带她和同学去看展览，可当女同学们发现莉拉已经结婚了，便拘谨起来。还有一次，我带着莉拉去听讲座，我觉得无聊想离开，莉拉却想留下，因为她害怕打扰到周围的人。我们待到了最后，听完讲座，莉拉说，她永远也不想忘记，所有人都是动物。或许正是与丈夫的抗争才让她意识到每个人身上的动物属性。

而此刻，发现妹妹与小舅子在自家偷情的斯特凡诺就充分展现了自己的动物属性。他扇了妹妹一个耳光，本就暴躁的皮诺奇娅叫嚣着哥哥是嫉妒自己，因为她怀孕了，而莉拉不行。莉拉回家后看着这个暴跳如雷的丈夫，想起当初与她订婚时端庄得体的男人，她忽然大笑起来。这又免不了要挨一顿揍。

强悍的外壳下，不过是一个小小的脆弱的身体

又过了一段时间，我收到了加利亚尼老师的邀请——全校只有我一个，去她家参加聚会。我立刻答应了，随即又感到懊悔，去老师家太神圣了，我没有适合的衣服，也害怕自己的言行举止会在那里出丑。我找到莉拉商量对策，一番折腾，最后决定两人一起去。起初，我很矛盾，一边担心莉拉会让自己出丑，一边又担心大家全被莉拉吸引，自己会再一次变成主角的影子。但事实上，加利亚尼老师经常在家中提到我，我的名字早已进入这些人的世界，这让我备受鼓舞。

也是在这次聚会上，我认识了娜迪雅——我欣赏的那个男孩子尼诺的女朋友，她是加利亚尼老师的女儿。她热情的赞美，让我非常享受，尤其是在莉拉和尼诺面前。整个晚上，我都觉得非常愉快，以至于很长时间都忽略了莉拉的感受。

很久以后，我才从那些笔记本里读到莉拉的伤痛。当一个人失去所有的光环，才会知道自己有多渺小。莉拉第一次感受到自己被无视，她迷失在狭窄的俗世生活里。

但在回家的路上，莉拉的情绪很坏，好像要故意刺激我，她不断地跟丈夫吐槽聚会上的人和事，觉得我和他们一样虚伪可笑。在那个晚上，告别时说的再见，为我们的第一次破裂画上句号。一方面，我觉得无法原谅莉拉，因为莉拉竟然为了化解自己遭遇的屈辱而公开侮辱我。另一方面，学校放假了，我在书店打工的时候，从加利亚尼老师的儿子那里听说自己给大家留下了很好的印象。

尼诺和娜迪雅听说我打工的事，也跑来看我，约我周末散步。周末的时候，尼诺一个人来了，他给我带了一份杂志并询问莉拉的近况。我回避了莉拉的话题，转而问起娜迪雅和尼诺的家人。尼诺说他要去伊斯基亚岛，和一个朋友一起学习，他邀请我八月十五去玩，想听听我对杂志的看法，末了他说："我喜欢和你说话。"尽管我觉得自己无法赴约，但美好的幻想让我即使离家出走也要和尼诺见面。晚上，我发现杂志上有尼诺的文章，更是欣喜得落泪。

在这段时间里，莉拉的日子并不好过，斯特凡诺和家里的亲戚想带她去看妇产科医生，但她始终装疯卖傻。大家都来找我帮忙。最后，我还是找莉拉见面了，我们聊了一会，莉拉服软认错并答应去看医生。结果，医生证明莉拉完全没有问题,至于怀孕,她还太年轻,需要增强体质。这时,我才意识到,莉拉强悍的外壳下,不过是一个小小的脆弱的身体。

莉拉提议让我一起去海边晒太阳、游泳,她母亲和皮诺奇娅也会去,她甚至可以给我在书店一样的工资,我非常坚决地拒绝了。可第二天,当尼诺出现在书店里,说过几天他就要去伊斯基亚岛,还给了我一个轻盈的吻,我立马做出了一个大胆的决定,让莉拉换一个岛增强体质。

七月,我如愿以偿跟着莉拉几人上了岛,但好几天,都没有碰到尼诺。于是,我决定去内拉家打探情况,果然,内拉透露了尼诺在这的消息。我们去沙滩上找尼诺一家,但尼诺只留给我一个地址就离开了。

我想在周末的时候去找尼诺,但莉拉冰冷地拒绝了,我的话无疑是提醒了她,到了周末,她的丈夫又将出现。莉拉绝不会让我独享快乐。

Day 4 《新名字的故事》

一个人想拥有什么，就应该自己去争取

我们需要去掉所有阻止我们生活在当下的过滤器，才能充分享受到真实的生活

周末早上，我独自去了沙滩，可是一个人也没遇到。等我回家，莉拉他们都出去玩了，下午才回来。他们遇到了尼诺和他的朋友布鲁诺·索卡沃，索卡沃家有个大工厂，是真正的有钱人，他们调侃我应该跟索卡沃在一起。

我很难过，决定自己去找尼诺，他在家。我们边走边聊，用意大利语谈论政治、经济，我总是附和着尼诺的观点，以免暴露自己的无知，同时也要小心地绕开他不知道的东西。

尼诺显然非常开心，不知为何，他忽然拉着我的手带我

去索科尔索广场看风景,他和我十指交叉,几乎没松手过。我感到震撼,毕竟他有女朋友。

后来,我认识了尼诺的朋友布鲁诺,我、莉拉和皮诺奇娅经常在沙滩跟尼诺他们见面,有时候游泳,有时候散步,有时候聊天。大部分时候,都是我和尼诺在讨论,皮诺奇娅不喜欢听我们"谈论学问",就会和布鲁诺一起去买椰子,我希望莉拉也去,能让我和尼诺单独待着,但她一直在听尼诺讲话。

我想就是从那时候开始,莉拉想要重新开始学习,她问我借书,我选了一本最易懂的给她。但我没想到,后来,她在沙滩上拿出了那本书,跟尼诺聊起了戏剧,她还给大家分享她读到的故事,讲得很生动形象。我记得尼诺以前对文学不感兴趣,但那天,他竟然问莉拉借那本书看。这让我感到痛苦和不安,好像是我给两人牵上了线,搭上了桥。

周一上午,我们在沙滩上遇到了尼诺,他跟我们抱怨在巴拉诺糟糕的周末,举例他父亲的种种不是。随后,他开始热切地谈论贝克特的戏剧,他说:"我们需要去掉所有阻止我们生活在当下的过滤器,才能充分享受到真实的生活。"他显得非常激动,忽然就拉着我们冲进了海里,去"享受真实的生活"。

这个时候,我很想告诉莉拉,你看,尼诺不只是一个关心世界、关心人类命运的男孩。

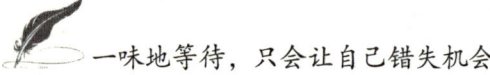一味地等待，只会让自己错失机会

朋友布鲁诺也来了，气氛变得更好了，整个星期，我们五个人都过得很开心，我们之间的关系也变得越来越亲密。但随着周末的即将到来，皮诺奇娅再一次变得暴躁不安。

莉拉提议我们三人去游泳，我本来就不怎么会游泳，很快就被落在后面，而莉拉跟尼诺较着劲游了很远的距离。当我回到岸边，布鲁诺告诉我皮诺奇娅回家收拾行李去了，我连忙回去看她。后来我才知道，她喜欢上了布鲁诺，她必须要离开。

晚上，莉拉偷偷来我的房间，告诉我，尼诺在海里亲吻了她，还说他从小学班级竞赛那次就爱上她了。

第二天，布鲁诺没有来，只有尼诺一个人在沙滩等我，他没有带我去爬山，而是带我去划船，他也告诉我他吻了莉拉的事，然后不停地询问我莉拉的事，还有莉拉和她丈夫的关系。就这样，我们三人形成了一种新的平衡关系，我连接着尼诺和莉拉两人以及他们各自的秘密。

有一回，我们约在晚上见面了，莉拉的母亲也一起去了，我们在镇上的酒吧门口吃冰激凌，莉拉跑去酒吧里给斯特凡诺打电话。尼诺也进了酒吧，他们一直都没回来，让我有些疑惑，我去酒吧里找莉拉。可我没想到，莉拉和尼诺竟

然在酒吧后门的院子里接吻，他们在一起了。

有一天，尼诺在看娜迪雅的来信，没注意到莉拉已经回来了，莉拉抢了他的信，当着众人的面读了起来，那是一封充满甜言蜜语的有些天真的情书。

莉拉让尼诺分手，他说可以，但同时莉拉要离开她丈夫。尼诺原以为这是一场势均力敌的较量，但莉拉从来不会让别人要挟自己。她立马就换了一副面孔，告诉尼诺这只是一个游戏。她总是这样表现得很强悍，即便那时候，她已经爱上了尼诺，享受这种自由恋爱的感受。

尼诺写了一封信让我交给莉拉，当莉拉发现是给娜迪雅的分手信，她又变得愉快起来，没有再闹脾气，对斯特凡诺也很好。

可没过多久，莉拉又给我出来难题，要我帮忙撒谎外出留宿，让她有机会跟尼诺单独过夜，我成全了他们。

我们去了沙滩，莉拉和尼诺很开心地跑去游泳，全然不顾我的感受。多么讽刺啊，是我利用了莉拉来伊斯基亚岛，追逐尼诺的脚步，但现在他们在一起了，而我成为他们偷情的帮凶，为了得到莉拉的钱，我得服务于她。

这时，发生了一件意外之事，米凯拉·索拉拉和女友吉耀拉出现了，是皮诺奇娅推荐他们来的，我很担心他们会撞见莉拉和尼诺在一起，一直在找机会让他们离开。但米凯拉·索拉拉坚持要见莉拉，结果他看到莉拉和尼诺牵手了。

我很担心他会去告密，但莉拉一点也不在乎，倒是尼诺有些泄气。

第二天，我和莉拉分开后，去了内拉家，内拉和萨拉托雷一家再次见到我都很高兴，我和孩子们玩得很投入，没有再去想莉拉的事。晚上我一个人在海滩散步，担心米凯拉·索拉拉会把这里的事告诉斯特凡诺，担心后者会冲到岛上来找莉拉，担心莉拉的母亲无法应对她的女婿。而莉拉和尼诺又在干什么呢？他们在享受这个夜晚。

我突然意识到是自己的墨守成规，让我失去了尼诺。一个人想拥有什么，那就应该自己去争取，一味地等待，只会让自己错失机会。就像莉拉，她总是能够尽情享受当下，总是主动去获取自己想要的东西，她从来都不在乎别人的眼光。

正在这时，有一个人出现了，是多纳托·萨拉托雷。

Day 5 《新名字的故事》

一个人对于失去的害怕，也可让自身变得强大

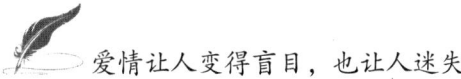爱情让人变得盲目，也让人迷失

原来是内拉发现我不在家里，让多纳托出来寻人。我们坐在沙滩上，倾听着大海的喘息，注视着天空的美丽。多纳托一直用一种可笑做作的声音跟我说话，拙劣的诗意背后不过是想要扑倒我的欲望。

也许他是对的，他了解我就像了解自己一样，他也非常了解我的身体，知道如何掌控它。但他掌控不了我的思想，事后，他又开始了拙劣的抒情，但我义正词严地拒绝了他。

第二天，我去找莉拉，带她回家，我们什么话都没有说。但我还是在她的笔记本里找到了她当时的想法。莉拉觉得尼诺的出现是对自己的解救，尽管他们之间有重重的阻

碍，但就像那本戏剧集里写的，他们要"一种纯粹的思考和生活的快乐"。

但在这新生活来临之前，是旧生活的风暴。斯特凡诺说，吉耀拉亲眼看到莉拉和尼诺一起游泳的事，他质问莉拉，为什么还要手牵手。莉拉不想跟他纠缠，只说那是吉耀拉骗人的，都是为了自己在鞋店的地位。

但斯特凡诺身体里的动物属性已经被唤醒，当他得不到正面回应的时候，总是粗暴地解决问题，他把莉拉从厨房拖进卧室，摔在床上就像摔一个被子，他怒吼的声音简直要冲破墙壁。

我们根本不知道里面发生了什么，直到我听到莉拉冷冷地说出事情的真相——她和尼诺在一起游泳、亲吻，但真相对斯特凡诺来说，却如同一句谎言，是报复的气话。

第二天，我们就收拾东西回那不勒斯去了，自那天起，我就再也没有和莉拉说话。高三开学后，我更加专注于自己的学习，没有再想莉拉的事。

后来，我听皮诺奇娅说，索拉拉兄弟重新找人把莉拉做的鞋子改良了，卖得非常好。莉拉发疯了，她接受了米凯拉·索拉拉的邀请去市中心的鞋店上班，但她拒绝插手索拉拉兄弟抢了自家鞋铺生意的事。

我忍不住向朋友阿方索和玛丽莎打听尼诺的消息，尼诺也是发疯的样子，迷上了电影、小说和艺术，整日不回家。

爱情让人变得盲目,也让人迷失。

我终于能摆脱我的城区了,靠我一个人

我投入到最后一年的学业中,偶尔倾听一些城区里朋友们的抱怨。我不想再想城区里的事了,专心准备高考。

在考场上,我获得了老师们的青睐,尤其是一位染蓝色头发的老师,等到口试结束,她特地跑来建议我去参加一个类似的考试,可以免费上大学。两天后,她给我准备了非常详细的资料,还帮我填了一张表格。我非常感动。

考试的过程让我非常煎熬,感觉每个科目我都表现得不尽如人意。我觉得我是自作自受,我根本不出色,不优秀,只有莉拉、尼诺,他们才是真正的天才。但结果我通过了考试,我终于能摆脱我的城区了,靠我一个人。

我想告别这个城市,却意外走到了莉拉的那家鞋店。莉拉开了门让我进去,她祝福我考上了大学。然后,她让尼诺从厕所里出来。原来,他们已经偷偷见面差不多一年了,她说她是为了我好,才没有把我卷入其中。现在莉拉怀孕了,她决定跟斯特凡诺坦白,她要离开他。她自己攒了一些钱,决定在另一个城区租一套房子,他们会住在那里,等孩子出生。

我刚到大学的时候,是个彻头彻尾的乡下人,言行举止缺乏教养。但我很快就学会了控制自己,仅仅一年,我就成了全校最有前途的学生之一。因为我好害怕失去在大学里拥有的一切。一个人对于失去的害怕,会让他变得强大。

后来,我在新生舞会上认识了弗朗克,我很喜欢他,但从他被大学开除后,我们很久没有再联系。

 爱情来得快,消失得也快

我发现离开莉拉后,我的生活是如此乏善可陈。但莉拉的世界远比我想象的复杂。莉拉在某个晚上和斯特凡诺坦白了,她说她要离开,可丈夫并没有正面回复她,他早就练成了以不变应万变的能力。直到他们发现莉拉是真的消失了,卡拉奇和赛鲁罗两家再次陷入了混乱。米凯拉·索拉拉则不动声色地安排安东尼奥去找莉拉。安东尼奥现在为米凯拉·索拉拉服务,因为他需要钱。

另一边,莉拉告别了自己的过去,现在的她只是一个正在享受爱与被爱的女人,第一次与心爱的男人过上了同居的生活,虽然条件艰苦,但她觉得愉悦。他们读书、看电影、参加论坛,彼此依偎,好像两个连体的生命。

爱情来得快,消失得也快。尼诺逐渐感受到莉拉身上让人不安的成分——缺乏教养的大胆和过于聪明的无知,他的确着迷于莉拉的魅力,但也对此深深恐惧。他们大吵一架后,尼诺离开了,再也没有回去。他不是没有想过要回去,但安东尼奥的拳头让他屈服了。

安东尼奥把莉拉的情况告诉了帕斯卡莱他们,请他们带莉拉回来。但帕斯卡莱坚持莉拉做得没错,她离开这里就是因为她发现嫁给斯特凡诺是一场错误。恩佐打断了他们的对话,他决定自己去找莉拉。

Day 6 《新名字的故事》

我们不能再
失去彼此

她觉得如果改变了下一代,就能改变城区的未来

尼诺的离开让莉拉非常崩溃,她决定放弃自己,不吃东西,等待着自己和腹中的孩子渐渐失去意识。但这时,恩佐出现了,他说他能保护她,如果回家过不下去,他会再来接她。凭着某种童年时期就存在信任感,莉拉跟着恩佐回去了。

斯特凡诺看到莉拉回来了,没有任何的愤怒,他乐于用谎言麻痹自己,逃避莉拉强加给他的真相——她怀了别人的孩子。莉拉不再工作,也不再出门,为了了解怀孕的本质,她在家里不断地阅读,孩子出生后,她和斯特凡诺为了孩子的名字争吵了一番,最后,孩子叫里诺,跟她哥哥的名字

一样。

为了小里诺,莉拉开始出门,阅读更多的书,她热衷于开发孩子的智力,让哥哥的孩子和小里诺一起玩,甚至希望全城区的孩子可以在一起,她觉得如果改变了下一代,就能改变城区的未来。但旁人都觉得莉拉在发神经,尤其是皮诺奇娅,只有哥哥里诺支持她,希望妹妹能好好教导自己的儿子。

这段时间,斯特凡诺的生意越来越差,给妻子的娘家的投入,到头来全打了水漂,他对这一家人简直厌倦到了顶峰。

有一天,莉拉去找阿方索询问一本书,在鞋店里,她遇到了米凯拉·索拉拉。米凯拉·索拉拉告诉了莉拉一件人人皆知的事。原来斯特凡诺早在莉拉去海岛度假前就已经有了一个情人,就是肉食店的店员艾达。所有人都知道,但他们为了过个安生的日子,都对此选择了沉默。

莉拉回忆起丈夫在岛上的暴行,她觉得恶心。当一个男人对婚姻出现不忠,他没有一丝悔过,他只担心妻子是否会同样背叛自己。

假如从小就学会一些东西,长大就会在各个方面很从容,像生来就会一样

当我以大学生的身份再次回到城区,大家都跑来找我聊

天诉苦,他们觉得我高高在上,不偏不倚,希望我能给出一些建议。这种被人追捧的时刻让我觉得愉悦,可一旦让我面对莉拉,我就会不安起来。

我接受了莉拉的邀请去她家吃饭,起初莉拉强装镇定地给我展示她的育儿成果,但她很快她就崩溃。她给了我一个金属盒子并让我保守秘密,她再也受不了斯特凡诺,她要逃离。她请我帮忙转告恩佐一句话,尽管我不明白,但我照做了。

我回了比萨,但过得并不太好,随着前男友弗朗科的离开,我失去了他加持在我身上的光环,而他带给我的性解放思想,则让大家觉得我是个轻浮的女生。

后来,我遇到彼得罗·艾罗塔,很快就成了朋友,一起上课,一起散步,我们只谈论古罗马文学和希腊文学,从不谈政治或是经济的问题,甚至不谈论日常生活。他把我介绍给他的家人,我和他们相处得很愉快,但我也发现自己的学习远远不够,我们羡慕他们的教养、学识和眼界。

这是在那不勒斯长大的我们难以企及的,我逐渐明白人与人的一些差距:假如从小就学会一些东西,长大就会在各个方面很从容,就像生来就会一样。

有一段时间,我的好胜心让自己很压抑,因为我如何努力也追赶不上彼得罗的脚步,我放弃了论文,转而在笔记本上写起了小说,把自己和那不勒斯的故事藏在了里面。写完小说后,我回归到正常的生活中,完成论文,也完成了答辩，以满分的成绩从学校毕业。

彼得罗来庆祝我的毕业，那是他第一次带我去餐馆吃饭，也是在那里我们确认了恋人的关系，他送了一个戒指给我，而我把自己的小说送给了他。那时我还不知道，这个手写在笔记本里的故事会变成铅字出版。我只是觉得在他娶我之前，我们还有很长的路要走。

我回到那不勒斯的老城区，莉拉已经搬走了，艾达享受着莉拉曾经拥有的一切，她生了一个女儿，尽管她没有名分，但日子过得很舒服。我从她那里要来了莉拉的地址，但在我出发去找莉拉前，我收到了彼得罗的来信，他告诉我，他母亲也觉得小说很棒，出版社打算出版我的作品。

我想找人分享这个好消息，但莉拉不在，图书馆的费拉罗老师也不在，回到家，发现奥利维耶罗老师给我寄来了包裹，里面是我小时候用过的笔记本，老师已经去世了。晚上，我翻看着老师给我写过的评语和标注，充满了对老师的感激之情。

突然我在本子里发现了莉拉小时候写的《蓝色仙女》，老师同样写满了好评的句子。我从头阅读了这个故事，发现我写的小说根源于此，我迫切地想要找到莉拉告诉她，我们小时候是多么的息息相通，正是小时候我们在院子里玩耍的时光一点点铸造了现在的我们。

我们不能再失去彼此。

整个城区的人都不会看我写的书,因为他们什么书都不会看

天亮,我就动身去找莉拉,在布鲁诺的工厂里找到了她。她手上有很多伤,我告诉她,我毕业了,还写了一本书,即将在四月出版。她吻了我的手,说为我感到高兴。

我们没说太多话,因为不断地有人在叫她,我把《蓝色仙女》给她,她没有太大的反应。后来我问到恩佐的情况,她才变得精神了许多,说恩佐很好,他很聪明,她会陪他一起学习计算机。那是我不懂的领域。我很快离开了那个工厂,再回头,我看到莉拉把《蓝色仙女》扔进了火里。

几个月后,大家都知道我出书了,我从一个大学生变成了一个作家,我把我的新书展示给家人看,他们只是默默地看了一下,没有人翻阅里面的内容。

整个城区的人都不会看我写的书,因为他们什么书都不会看。我的读者不在这里。

我第一次见我的读者,是在米兰的一家书店里,是阿黛尔·艾罗塔——彼得罗的母亲坚持组织的。我很紧张,这是我第一次面对这么多陌生人,而且是很高雅、很有文化的人,来发表自己的观点,我感觉他们是碍于情面才勉强坐在这里。

到了提问环节，现场一度很尴尬，终于有人说话了，但他批评了当下的出版业，然后他提到了我的书，带着明显嘲讽和敌意。我没有回答对方的问题，我不知道自己在说什么，整个人非常窘迫地盯着桌面，这时，有一个人举手提问了。他赞美了我的小说。

是他，尼诺。

《新名字的故事》就停留在尼诺·萨拉托雷再次出现的那一刻，那个她从小喜欢的男孩，在她最需要帮助的时刻，奇迹般地出现了。他们之后的命运会发生什么样的变化，就需要大家在"那不勒斯四部曲"后两本——《离开的，留下的》《失踪的孩子》中去寻找答案了。

Day 7 《新名字的故事》

名字里的自我认知与社会身份认定

> 既然承受了这个名字给她的痛苦,那么也应该好好享受这个名字带来的好处

莉拉嫁给斯特凡诺,成为莉拉·卡拉奇,她在订购商品时自称"卡拉奇太太",在签收货品时签上的"卡拉奇"比小时候写自己的名字更认真。

她成了肉食店的老板娘,赚到了很多钱,她给母亲的篮子装满食物和礼物,对儿时的伙伴们慷慨相助:给艾达加工资,给帕斯卡特钱去治牙疼,给埃莱娜买新的教材和书。这一切都源自她拥有的新名字。

但她经历了与尼诺相恋的快乐和私奔失败后的痛苦,经历了丈夫的背叛与第三者的挑衅后,她再也不想忍受"卡拉

奇"这个名字带给她的一切。她重新用回自己的姓氏"赛鲁罗"。

一个人的名字代表着对自我身份的认知：当莉拉接受"卡拉奇太太"的称呼便意味着她已失去了自我，成了丈夫的附属品，而当她重新启用自己的名字时，也代表着她自我的觉醒。高中的时候，埃莱娜也曾幻想过自己有一天会更名为"埃莱娜·萨拉托雷"，成为尼诺的妻子，她在笔记本上整页整页地练习签名。但她的愿望没有实现，甚至埋葬了这份感情。

一个人的名字也代表着社会对其身份的认定。就像埃莱娜在比萨读书时，她被安上了"那不勒斯人"的代号；多年以后，她回到曾经生活的城区，反而让人们叫她"比萨女人"。

当埃莱娜的小说出版时，"格雷特"这个姓氏成为铅字被印刷在书封上，她父亲有一种名字被窃取的感觉，直到埃莱娜朗读了一些对新书的溢美之词，她父亲的脸色才明朗起来。他尚且还不确定，自己的女儿成为作家是一件好事，但报纸的权威能够让他相信这是一件光荣的事。

 家暴只有零和无数次的区别

在小说中，莉拉和斯特凡诺发生争执的时候，斯特凡诺几乎都会以暴力解决问题。在婚礼还没有结束的时候，当莉拉质疑鞋子的处理时，他用拳头让莉拉闭嘴。新婚的当晚，他以一种残暴的形式，强行占有了莉拉。

所以，我们经常看到莉拉戴着墨镜，穿着长袖的连衣裙，她需要遮盖丈夫的暴行。这种暴力根植于他们从小生活的环境，作者写道："我们从小看着父亲打母亲，在成长的过程中，我们都认为其他人绝对不能碰我们，但是父母、未婚夫和丈夫，只要他们想，随时都可以给我们一巴掌，这是出于爱，或是为了教育我们，不断地教育我们。"

所以当莉拉和斯特凡诺结束蜜月后，莉拉的母亲明明看到了莉拉身上的伤痕，却依旧沉默不语。

更夸张的是莉拉的哥哥里诺，到了后期，随着卡拉奇和赛鲁罗两家关系的恶化，如果斯特凡诺打了莉拉，他就打自己的妻子——斯特凡诺的妹妹，这是一种更为畸形的家庭暴力。

在小说中，老城区的男人殴打妻子就好像是在整理自己的衣物一样稀松平常，因为在他们的认知中，妻子是丈夫的附属品。斯特凡诺就利用莉拉进行了几次交易。

第一次，是莉拉亲手缝制的鞋子。他将鞋子作为某种礼物或者筹码送给了索拉拉兄弟。他们因此获得了索拉拉家的支持，大力生产赛鲁罗家的鞋子，在市中心开设鞋店。但在对莉拉解释的时候，他会把重点放在索拉拉能让赛鲁罗家的鞋子卖出去上。

第二次，是莉拉的婚纱照。索拉拉兄弟对莉拉的照片赞不绝口，希望能放在新鞋店里作为装饰。作为丈夫，他很清楚，别人觊觎他年轻貌美的妻子。但当事情涉及他的生意，他就会做出让步。

第三次，是莉拉本人。斯特凡诺发现自己已深陷索拉拉兄弟的圈套，无论是他的生活还是他的生意都正在走下坡路，他和莉拉之间只有无尽的争吵，所以当米凯拉·索拉拉要求他在莉拉和艾达之间做出决定的时候，他很清楚地知道，莉拉是他的妻子，但他选择了艾达。他把莉拉卖给了米凯拉，他让自己妻子成为别人的情妇。从珍爱到出卖，斯特凡诺一步步走向了利益的黑洞，也将妻子推向了无尽的深渊。

同时，我们也能看到在这个充斥着暴力的男权社会，男性越是打压，女性越是反抗，小说的女主人公"莉拉"和"埃莱娜"正是在这样的环境里，朝着心中的美好生活奋力前行。如果想了解她们之间更多的故事，不妨拿起"那不勒斯四部曲"，去后文中寻找。

《斜阳》
我们打算像太阳一样活下去

[日] 太宰治

心有雷霆面若静湖,这是生命的厚度,
是沧桑堆积起来的。

关于日本没落贵族的一段低回挽歌
采取穿插手记、书信等形式
跌宕起伏的心曲
唤起灵魂深处的战栗

扫码收听本书音频

MAI JIA
READING
WITH YOU

Day 1 《斜阳》

当我笑的时候，
只有我知道我在哭

终此一生，我依然相信，在绝望的彼岸，一定充满了希望

太宰治说："我要写一部杰作、写一部大杰作。题名已经决定好了——斜阳。倾斜的太阳，斜阳。"

太宰治的《斜阳》与《人间失格》是无赖派文学的代表作品，透露出强烈的边缘精神与毁灭意识，但也因写出了当时日本民众的心声而受到广泛的推崇。不同于《人间失格》里的那种蔓延着狂气的绝望，《斜阳》有一种平和、宁静的味道。

全文采用单纯第一人称的叙述方式，穿插手记、书信，描写一个战争之后没落贵族家庭的凄凉景象。

因为《人间失格》，国内的青年读者大多熟知太宰治。这本书常年占据图书榜单。他是直接的，以一种丧的方式揭露了生和死的真相。

而关于命运，关于生死，是每一个作家叙写的宿命。

村上春树说："死并非生的对立面，而是作为生的一部分存在。"

川端康成说："凌晨四点醒来，发现海棠花未眠……如果说，一朵花很美，那么我有时就会不由得自语道：要活下去！"

太宰治说："生而为人，我很抱歉。"但他也曾说过另外一句话："终此一生，我依然相信，在绝望的彼岸，一定充满了希望。"

少年时读太宰治，只觉得他过于悲观，后来才发现，他是太过敏感，太过透彻。他用一种"私小说"的形式自我告别，揭露了人生的真相。太宰治把懦弱作为利器，撕开伪善的世界，从而彰显出一种别样的强大。这是他独有的方式。

我所有的不幸，恰恰在于我缺乏拒绝的能力

这一切都离不开他的原生家庭。太宰治，本名津岛修治。1909年，他出生于青森县一个非常有名的大地主家族。父亲是当地知名人士，曾任贵族院议员、众议院议员。豪门望族，家中佣人就有三十多人。只是由于当时日本实行长子继承制，作为第六个儿子的太宰治并不受重视。

在他的意识里，父亲和长兄在家中拥有绝对权威，他没有任何话语权。于是太宰治较早地萌生了边缘人意识和叛逆心理。

在他的自传体小说《人间失格》里面，主人公叶藏就是他的缩影。他这样描述童年：我对别人总是害怕得瑟瑟发抖。

在家里，他尝试扮演小丑来引家人和佣人发笑。在家庭之外，太宰治也没有结识到志同道合的玩伴。因为"津岛家少爷"的身份让别的孩子对他敬而远之。亲人的冷漠、同学的疏远，都刺痛着童年的太宰治，加剧了他的自卑和敏感。

他说："当我笑的时候，只有我知道我在哭。"

孤独苍凉是太宰治一生的底色。而他是否也曾被照亮过？我想是有的。1939年，太宰治在老师的撮合之下，与出身大家闺秀的石原美智子结婚。石原仰慕太宰治的才华，让太宰治受伤的心重新体会到了温暖和宁静。太宰治说道："第一次认真将写作当成志愿而不是遗书，想好好活下去才写小说。"

只可惜好景不长，只过了两年，太宰治与刚刚离婚的太田静子开启了一段婚外情。之后不久，太宰治的读者兼粉丝山崎富荣因对其小说的狂热迷恋，成为他的最后一任情人。

内心极度缺少爱,却又完全不懂拒绝的太宰治,一次次伤害了深爱他的女人。他在《人间失格》中写道:"我所有的不幸,恰恰在于我缺乏拒绝的能力。因为我害怕一旦拒绝别人,便会在彼此心里留下永远无法愈合的伤痕。"

他的一生都在依赖与批判、虚荣与卑微之间痛苦地斗争

太宰治一生自杀五次。第一次是二十岁。1927年,太宰治的偶像芥川龙之介自杀身亡。于是,在某个冬天的深夜,太宰治采用芥川龙之介的方式自杀:服用安眠药。因为剂量不够,自杀未遂。那时候的太宰治进入了青春期,他接受到了民主的思想。迷茫与困惑伴随着青春的成长苦痛,他对自己出生于剥削阶级感到自卑和负罪感。

他最后一次自杀,是1948年6月13日。在《人间失格》发表当月,他与恋慕他的山崎富荣一起相拥跳入河中。自杀之前,他几近疯狂,一边吐血、用吗啡麻痹自己,一边创作。他在小说里写道:我更像一个丑陋的怪物,虽然很想普普通通地活得像个人,但社会却一直将我视作怪物。唯有尽力自持,方不致癫狂。

他是"怪物",也是"无赖"。他给老师井伏鳟二的信中就直称:"我是无赖派。无赖是自由自在的,当一个无赖

要比当一个正人君子舒服多了。"

他是贵族,最后却当了"无赖"。他的一生都在依赖与批判、虚荣与卑微之间痛苦地斗争。《斜阳》也表现出了太宰治的不懈斗争,他不仅毁灭自己,而且扩大恶,从内部试图使旧的秩序分崩离析。

回顾太宰治的一生,他似乎把毁灭生命当成自己的事业,而他留给世人的文学作品,却永远不熄灭。

Day 2 《斜阳》

以前的事都好像做梦一样

对和子来说,斜阳,正是清晨的光

在文学作品中,爱与死亡是永恒的主题,有些作家能将两者分离,有些作家却不能。太宰治便是后者。

斜阳,对有些人来说是夕阳,之后便进入无尽的黑暗。但是对和子来说,斜阳,正是清晨的光。

这一年,和子二十九岁。她和丈夫离婚后,一直和母亲居住。她们放弃了东京的家,搬去伊豆的山庄,此时是日本无条件投降那年的十二月初。

在和子十九岁的时候,父亲去世了,他们家的经济全由母亲的弟弟——和田舅舅关照。但战后世道变了,和田舅舅也不行了,告诉她们一家除了卖房子别无选择,最好把女佣们也打发走,母女两人在乡下买座小房子过小日子。

事关钱财,母亲却比小孩子还糊涂,听和田这么一劝,就妥协了。后来,一切都听从和田的,找房子,看房子,确定房子。最后,和子和母亲一同搬去了伊豆。整理行李的时候,母亲似乎不吩咐也不帮忙,整日在房间里磨磨蹭蹭。

和子问母亲:"怎么?不想去伊豆了?"

"不不。"母亲只是以茫然的神色应道。

过了十多天,收拾妥当。在那天夜里,母亲与和子睡在了一起。母亲以令人惊讶的又老又弱的语气说:"因为有和子、因为有你和子,所以我才去伊豆啊!因为有你和子……"

和子心里一震,不禁问道:"假如没有和子呢?"

母亲突然哭了,这个一直优雅的贵族女人,突然哭了。"那还是死了好。母亲想在你父亲去世的这房子里死掉算了。"母亲说得断断续续,哭得更厉害了。

在和子面前,母亲从没说过这么不争气的话,也从没有那么剧烈地哭过。即便在父亲去世时,在和子出嫁时,在和子肚子里的孩子还未出生就死掉时,在弟弟直治行为不端时,母亲也绝对没有表现过这么脆弱的态度。在父亲去世后十年时间里,母亲仍是从容、优雅的母亲,和父亲在世时毫无二致。她一直是贵族。就连混蛋弟弟直治,也认为真正的贵族只有母亲一位。

但是，现在他们的母亲已经没有钱了。钱都为和子和直治毫不吝啬地花掉了。这个贵族的家庭没落了。

面对这样的处境，和子第一次感受到了人生的严肃。"如果母亲有心机，精打细算地对待我们，并且想方设法让属于自己的钱增多——如果母亲是这样的人，那么，哪怕世道再变，也不至于产生这种想一死了之的心情。没有钱这件事，是何等可怕、凄惨、无可救药的地狱。有生以来我这才恍然大悟，心里十分难过，苦不堪言，以至于想哭却哭不出来。所谓人生的严肃，大概说的就是此时此刻的感觉吧。感觉自己全然动弹不得，就那样仰面躺着，犹如石头一动不动。"

更不幸的是，当她们搬到伊豆的第一晚，母亲便生病了。发烧三十九度。医生开了一些强劲的药，母亲开始出汗，最后退烧了。第二天，母亲的面色恢复了血气，甚至有些喜气洋洋。母亲与和子坐在门边，透过玻璃看伊豆的雪。

母亲尽管装出幸福的样子，但日渐衰老

伊豆这个地方的空气很清新，弥漫着淡淡的香味，阳光也仿佛被过滤一般。母亲自言自语似的说："已经没病了。这么坐着，觉得以前的事都好像做梦一样。说实话，搬家的时候，来伊豆我怎么都不愿意，无论如何也不愿意。就想待在西片町家里，哪怕多待半天也好。上火车的时候，感觉像半死了一样。刚到这里时多少有些不开心，天一暗下来就想东京。胸口就好像烧焦了，意识变得不清醒。不是一般的病，是神明一度让我死去，又把我变成和昨天以前的我不同的我，让我再活过来。"

那个冬天从东京西片町搬到伊豆之后，母女俩总算平安无事地过了几个月。村里的人对她们也都很好。她们在这里的生活，几乎与世隔绝，除了准备饭菜，基本就是在织东西，或者在房间里看书，喝茶。多么美好的时光。

二月梅花开，整个村落被梅花埋了起来。打开玻璃门，就会有花香涌进房间来。到了四月，和子会和母亲一边用毛线织东西一边交谈，话题大多是种地计划。母亲说想帮忙。和子想，这样的生活，就如母亲说过的那样，"我们死过一回而变成了另一个。我们活了过来"。

但是，这样安稳的山庄生活，也藏着假象。她们母女从神明那里获得短暂休息的时间，平和之中已经有某种不吉利的阴影悄悄临近——和子总有这样的感觉。"母亲尽管装出幸福的样子，但日渐衰老。"

和子回想起，有天和孩子们在院墙竹丛中发现十来个蛇蛋。"蝮蛇蛋！"孩子们一口咬定。于是，孩子们生火烧蛇蛋，但是却怎么也烧不着。后来，他们把蛇蛋埋在了梅树下。

母亲看到了。母亲绝不是迷信的人，但十年前父亲去世以后，怕蛇怕得不得了。母亲讨厌蛇，或者说较之讨厌，好像更对蛇怀有敬畏之情。父亲临终时，母亲看见父亲枕边有一条黑色的细绳，正要拾起，发现竟然是蛇。而在父亲去世那天傍晚，院子池边所有树上都爬上了蛇。当时，和子并没有觉得多害怕，只觉得蛇能感知到死亡，为父亲的去世而伤心，爬出来参拜父亲之灵吧。

但母亲看到了烧蛇蛋让和子也有一种不好的预感，像胸口爬进一条缩短母亲寿命的可怕小蛇。和子为此非常担忧，日复一日耿耿于怀。

Day 3 《斜阳》

既然没落了，
就要体面地没落下去

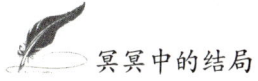
冥冥中的结局

和子明显感受到，来到伊豆的大半年，母亲虽然装出了幸福的模样，但是日渐衰老，而且时常思念弟弟直治。弟弟直治从上高中时开始，就格外迷恋文学，开始过像是不良少年的生活，给母亲添了很多麻烦；读大学期间被征召入伍，去了南洋岛上，从此音信全无，直到战争结束也下落不明。

母亲虽然嘴上说已经死心了再也不想直治了。不过和子一次也没有死心，一门心思认为肯定能见到。

母亲是每喝一口汤就"啊"一声想起直治。看到母亲思念弟弟，和子说道："不要紧的，直治不要紧。直治那样的坏小子，绝不会死的。死的人全都是乖顺的、漂亮的、温柔的。直治么，棍子都打不死的。"

母亲拿和子开心："那么说，你倒可能是早死那伙的。"

"哎哟，为什么？我这样的大脑门坏蛋，活到八十岁都没有问题！"

"是吗？那么，母亲我保准活到九十岁喽。"

"那是。"说罢，和子有些费解。坏蛋长寿，长得漂亮的早死。母亲很漂亮，但和子希望母亲长寿。

初看时以为只是母女俩再平常不多的对话，但是作者已经写好了每个人的结局。

和子还没有等到直治回来，一桩桩不吉利的事情接连不断。某天半夜，和子引起了火灾，因为她将烧洗澡水剩下的木柴放在柴堆处，以为已经熄灭。

无法单独扑灭这火势，她喊来四五个村民，才合力扑灭。火差一点就烧到了洗澡房的房顶。和子深感歉意。村长、巡警、邻居散去后，只留下和子一个人站在柴堆旁边，眼泪汪汪看着天空。

她害怕见母亲。自从蛇蛋事件之后，不吉利的事接连不断，使得母亲的悲伤更加深重，更加稀释了她的生命。天亮后，母亲已经穿戴整齐，坐在中式房间的椅子上，一副疲惫不堪的样子。看见和子，倒是莞尔一笑，但脸庞苍白得让人吃惊。和子没有笑，一声不响地站在母亲椅子后面。

过了一会,母亲说:"算不得什么事,柴火就是用来烧火的嘛。"和子一下子畅快起来,呵呵笑了。说话时机好,犹如银盘镶金果。她感谢上苍让她拥有这般温柔的母亲,感谢上天给了自己这样的幸福。昨夜的事已然是昨夜的事,再不闷闷不乐了。和子隔着玻璃门眺望晨光下的伊豆海面。最后,母亲沉静的呼吸同和子的呼吸完全合在一起了。

后来,和子拿了些钱,挨家挨户向大家道歉去了。和子想:"虽然母亲开玩笑安慰说柴火就是用来烧火的。可问题是,假如当时风大,整个村落可能就烧光了。那一来,我就是以死道歉也挽回不了。而我死了,母亲料也活不下去了,更有辱去世父亲的名声。虽说如今谈不上什么皇族贵族了,但既然没落了,就要体面地没落下去。"

于是,和子开始全心全意干农活。

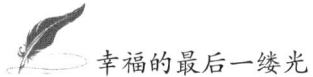
幸福的最后一缕光

"去年什么也没发生。前年什么也没发生。
大前年什么也没发生。"

这般有趣的诗,是战败不久后刊发出来的。如今回忆起那场战争,好像发生了各种各样的事,却又觉得好像什么也没有发生。

一天,母亲到田里来,一动不动看着和子干活。母亲说道:"今天有点事情要跟你商量。你舅舅来信了,直治还活着,平安无事,大概很快回来。可是,哎,有件不愉快的事。据那个人说,直治像是相当严重的鸦片中毒……"

"又来了!"和子听完,像吃进苦东西似的扭歪嘴巴。直治上高中那阵子模仿一个小说家,吸毒成瘾,为此从药店借了好大好大一笔钱。母亲花了两年时间才把钱还给药店。

依你舅舅的说法,我们已经身无分文了。所以,直治回来后,母亲和直治、你三个人如果想优哉游哉过日子,舅舅也要为筹措生活费焦头烂额。因此,要么趁早找地方把和子嫁出去,要么找人家打工,非此即彼——舅舅这么吩咐来着。

母亲提到了一位有血缘关系的亲王。和子泪如雨下:"您不是说了吗?因为有我陪着,母亲才去伊豆的。不是说要是没有和子,真想一死了之?正因如此,我才哪儿也不去,留在母亲身边。可您一听直治要回来了,就嫌我碍事,让我去亲王家当女佣,太过分了,太过分了。要是穷得没钱了,把我们的衣服卖掉不就行了?这房子卖掉不就行了?贫穷算什么,只要母亲爱我疼我,我就一心一意一辈子留在母亲身边。可是母亲更疼爱直治。出去,我出去就是。反正我跟直治过去就性格合不来。三人一起生活,相互都不幸……"

"和子!"母亲大声叫道。这是和子从未见到过的充威严的表情。

和子跑开后，又过了许久许久。母亲再一次喊道："和子。"叫声非常亲切，"有生以来我第一次没按你和田舅舅说的做……母亲刚刚给你舅舅写了回信。告诉他，我的孩子的事情请交给我好了。和子，卖衣服。把两人的衣服一件件卖掉，可劲儿挥霍，来个花天酒地。我再也不想让你干农活了。天天干农活，你是吃不消的。"

和子抱住母亲的双膝说道："妈妈，刚才对不起。"和子不知道，那几天是她们母女幸福的最后一缕光。

Day 4 《斜阳》

当无赖比当正人君子舒服多了

 痛苦也喊不出痛苦，纵使只言片语

直治十多天前从南洋岛上脸色铁青地回来了。没有提前打声招呼，一个夏日的傍晚，从后面的木门溜进院子。

"嘿，不成样子，房子毫无情趣。"这是他同和子刚见面时的寒暄话。

直治回来的那天，母亲却生病了。母亲舌头痛，表面上看不出任何异样，但是嘴巴一动却痛得不行。直治坐到母亲边上，说了句我回来了，然后就去小房子里转转。

和子跟着他后面问："怎么样？母亲变了？"

"变了变了，面黄肌瘦。早死就好了。在这样的世上，妈妈那样的人根本没办法活。太惨了，看不下去。"

"我呢？"

"粗俗了。看那张脸，好像有两三个男人都不止。酒呢？今晚得喝酒！"直治便出去喝酒了，回家的时候已经是三更半夜。和子对直治说，"南洋的事情，讲给妈妈听听可好？"

直治回答："什么也没有，什么也没有，忘光了。到了日本坐上火车，从车窗看去，水田真是好看。关灯吧，不关睡不着。"

第二天早晨，直治一边吸烟一边眼望远处的大海。"听说你舌头痛？那东西么，肯定是心理性的。夜里张嘴睡觉的吧？不成样子。戴上口罩，把纱布用利凡诺浸了，塞到口罩里。"

母亲同意了。和子心想，似乎大凡是直治说的，母亲都会信从。随后，母亲说道："利凡诺，好药啊。舌头的疼痛完全消失了。"和子总觉得母亲是在说谎。虽然她说不碍事了，但看样子还是没有什么食欲，话也比以前少得多。

而此时此刻，直治已经去京东见一位名为上原的小说家。和子心中放心不下直治，又觉得无事可做。收拾房间的时候，看到了一本笔记本，那是直治的笔记。里边密密麻麻潦草写着，似乎是直治苦于吸毒成瘾时的手记。

感觉像要烧死。

痛苦也喊不出痛苦，纵使只言片语。亘古未有。

自有人世以来前所未有的无底地狱，休得掩饰这地狱。

颓废？可我若活不成这样就活不成。

较之那些指责我的人，叫我去死的人更为难得。死了利索。而人们偏偏不说"去死"，心胸狭窄、精打细算的伪善者们。

……

战争。日本的战争，纯属找死。

……

我一做出早熟的样子，人们就说我早熟；我做出懒汉的样子，人们就说我懒汉；我做出写不出小说的样子，人们就说我写不出；我做出说谎的样子，人们就说我说谎；我做出有钱的样子，人们就说我有钱；我做出冷淡的样子，人们就说我冷淡。然而，当我真的痛苦得禁不住呻吟时，人们却说我伪装痛苦。

驴唇不对马嘴。总之除了自杀别无他法，不是吗？即使这么痛苦，而一想到自杀了结，也还是大放悲鸣。

既像年老又像年轻，又像从未见过的奇兽

和子放下日志，走去窗口，回想当时的事。自那以来，已经六年了。当年，直治的毒瘾成了和子离婚的导火索。也不能这么说。和子想，即使没有直治的毒瘾，她的离婚也是迟早由别的事促成。

当时，直治没法支付欠药店的钱，屡屡求和子给钱。和子刚嫁到山木家，钱方面不可能有多少余地。再说，从婆家偷偷摸摸弄钱给娘家的弟弟，这件事让和子十分不好意思。于是，和子将自己陪嫁过来的手镯、项链、裙子卖掉了。

直治写信给和子，让将钱转交给一个小说家——上原二郎。和子按照直治的指示，把钱送去了上原的住处。后来，再一次去送钱的时候，和子见到了上原。他给和子的第一印象是：既像年老又像年轻，又像从未见过的奇兽。上原的太太和一个六七岁的女孩子，一同居住。

后来，上原约了和子一起去喝酒。那是一座大厦的地下室。二十叠大小的狭长房间里，四五伙客人各自隔桌喝着闷酒。

上原喝酒，吸烟，沉默。和子也沉默。告别的时候，上原在黑暗的楼梯里，吻住了和子。和子紧闭着嘴唇，任他吻。倒不是多么喜欢上原，但从那时开始，和子有了"秘密"。那是一种奇异的心情，她觉得人突然变得像大海一样广阔。

甚至于有一天，和子被丈夫抱怨得有些感到孤寂，不经意地说道："我有情人了。"

"知道。是细田吧？无论如何都不能死心吗？"

和子默然。每当有什么不愉快的事发生,这个问题就出现在了他们夫妻之间。和子觉得这可不成,一如裁错了裙子布料,只能全部扔掉,另找新布料剪裁。

"肚里的孩子不至于……"一天夜里和子听到丈夫这么说时,觉得实在太惊恐,浑身瑟瑟发抖。

如今想来,和子觉得自己也好,丈夫也好,都还年轻。不懂恋情,甚至连爱也不明白。和子只是欣赏细田先生的画,却从未往恋情方面想,然而误会存在了怎么也说不清。后来,和子生下了死婴,同山木的关系,也就不了了之。

自那以来过去了六年。那时,和子告诉直治,她见到了上原,并且觉得他是一个好人。直治听完之后很高兴。只是直治不知道,和子慢慢读过上原的作品后,渐渐对这个作家滋生了爱的情愫,一种朦胧的憧憬。那时的直治,迷恋上酒精,整日整夜去喝酒。而他欠给药店的费用,比和子知道得多整整三倍。和子和母亲商量,她们感到凄凉,但是也知道没有办法,每个月帮忙还一点。

和子想起直治在笔记里的话,她明白弟弟的痛苦。前途无望,也全然不知道做什么好,只能天天以一死之心喝酒不止。索性一咬牙当真正的不良分子如何?那一来,说不定弟弟反而快活起来。

正如太宰治曾经说:"无赖是自由自在的,当一个无赖要比当一个正人君子舒服多了。"

Day 5 《斜阳》

阻挡去路的道德，能够排除吗

> 可怕的是我真切预感到自己的生命，将在这样的琐碎生活中如芭蕉叶不落就腐烂那样

在今年夏天，和子给一个男人写了三封长长的信，都没有得到回音。但除了写信，别无他法。三封信里和子直抒胸臆，把信投入邮筒时的心情就像从悬崖顶端一头栽入惊涛骇浪。

在信中，和子告知了对方自己的爱慕之情，自己的生活，自己"不符合道德"的诉求。信是写给上原的，和子祈求能和上原生一个孩子。和子在信中这样写道：

> 我忍受不了现在的生活。不是说喜欢不喜欢，而是说长

此以往,母子三人实在没办法活下去。

……

我困得不行,累得不行。

母亲是半个病人,整日只能躺躺坐坐;弟弟直治,您是他的老师,自然知道他是有心病的大病人,每天喝酒,拿着钱往东京跑。

但可怕的不是这些事。可怕的是我真切预感到自己的生命,将在这样的琐碎生活中如芭蕉叶不落就腐烂那样。

和子做出这样的选择,显然不符合她贵族身份。战后的日本,经济萧条,各种社会思潮泛滥,青年人的思想出现了难以调和的矛盾。身为贵族的和子,却显现出一种反抗意识。

她告诉上原:"六年前的一天,我胸间隐约架起一道色彩浅浅的彩虹。尽管那未必是恋情也未必是爱情,但随着岁月的推移,那道彩虹明显增加了色彩的浓度。迄今为止,我一次也不曾让它在眼前消失。"

和子知道自己做出要给情人生孩子的决定,是肮脏的。母亲也好,世人也好,估计谁都不会认同她的做法。但是,归根结底,她只能独自思考、独自行动。这是她有生以来第一次有这样的想法。

在小说里,太宰治用了这样一句话形容:"这种艰难的事不大可能在得到周围人祝福的情况下如愿以偿。"

当人与人的价值观相违背时，人们总是以旧的道德限制新的尝试。当时的和子，因为丈夫的猜忌怀疑而离婚，等她到了而立之年，依旧选择"没有爱情就不考虑结婚"。

和子也聊到，如果她没有和山木结婚，和上原相遇得更早，也许就不至于像现在这般痛苦。她知道自己已经死心了，知道自己是不能同上原结婚的。她不愿意把上原的太太挤走，那就像是见不得人的暴力。但是，面对如今这样的日子，她要的是生存下去，而不是腐烂。

仿佛站在暮色苍茫秋日旷野中的、迄今从未品尝过的凄怆感朝我涌来

和子在信中万般请求，她庆幸自己来到这个人世间。庆幸生命。庆幸人世。在大家都为了生下来这一现实而后悔的时候，她庆幸自己活着。

她提出疑问："阻挡去路的道德，能够排除吗？"和子的问题，没有人答复。和子也未收到回信。而她也不能去寻找上原。母亲生病，她需要留在母亲身边照顾。

她明白自己的感受，明白自己内心深处的剧烈挣扎因自己身处世间而孤立无援。她是从小接受名门教育的贵族女性，是不允许有自己的想法，不允许去探求真理的。

太宰治在《斜阳》中用了这样一段话描述当时和子的心情：

感觉到的是人世这东西同我考虑的人世俨然是截然不同的怪物，单单我一个人被抛下不管。

喊也好叫也好，都毫无反应。

一种仿佛站在暮色苍茫秋日旷野中的、迄今从未品尝过的凄怆感朝我涌来。

如此独立旷野当中，不久日落天黑，除了被夜露冻死，料想别无选择了——

想到这里，欲哭无泪的恸哭剧烈拍打着双肩和胸口，感觉一阵窒息。

然而，在这样的挣扎中，和子最终决定尊重自己的意愿，以自然道德去拷问社会道德。她必须赶往应该去的地方，是的，去见上原。上原事实上正是当时日本青年的缩影：苍凉地活着，接受社会的现状，无力改变，也不曾去改变。他是大众眼中的不良人士；他一方面似乎是直治的老师，另一方面却又是其狐朋狗友。但同时，他又看不起直治身上的贵族气质。他也没有家庭责任感，和许多女人纠缠不清。上原是旧的一面，而和子正是新的一面。对上原来说，"斜阳"仿佛是落日之后的最后余晖，迎来的便是无尽的黑暗。但是，对和子来说，"斜阳"是即将到来的早晨，那是希望，一切都将苏醒。

Day 6 《斜阳》

为完成我的个人革命，像太阳一样活下去

> 以人的力量全然奈何不得的事，在这世上是有很多的

和子发现母亲一边咳嗽一边发烧。尽管医生诊断为普通发烧，只是左肺出现浸润而已。和子对此半信半疑，并生出一种不祥的预感，但她又抱有溺水者抓稻草的心情。

和子对母亲说："没事的，妈妈。只是肺浸润而已，一般人都有的。只要打起精神挺住，很快就会好起来的。大概是今年夏天气候不正常的缘故。所以我讨厌夏天，连夏花我也讨厌。"

母亲闭着眼睛笑道："说是喜欢夏花的人在夏天死去，我本以为自己也在今年夏天死去。因为直治回来了，所以活

到秋天。"即使是那样的直治,也还是成了母亲赖以生存的支柱。

一个星期之后,和田舅舅帮忙请来了从前当过御医的老大夫。老大夫告诉和子,母亲得了结核。

老大夫说道:"右侧左侧全部。""可妈妈还精神着啊!吃饭也说好吃好吃……"老大夫回答:"不管如何,多吃就是。不过,这回的病说不定要命。还是做这样的打算为好。"

和子觉得自己这才真正感受到绝望墙壁的存在:以人的力量全然奈何不得的事,在这世上是有很多的。那一瞬间和子感觉自己仿佛整个人的灵魂被抽空。送走老大夫之后,母亲询问和子医生的诊断。和子装出没事的样子对母亲微笑:"说只要烧退了就没有问题了。像上次病时那样。"

和子想相信自己的谎言,想忘掉"要命"这恐怖字眼。母亲的离去意味着和子的肉体也与之同时消失,无论如何她都不能将此认定为事实。往后她要忘记一切,为自己的母亲做很多很多很多好吃的。哪怕因此需要将自己的东西统统卖光。

所谓幸福感,应该是诸如沉在悲哀的河底而隐约闪光的沙金此类的东西吧

有天和子做了一个梦,有人问道:"母亲怎么样了?"和子回答:"她在这墓下。"

和子旋即感受到一种无可言喻的凄凉感。母亲已经不在了？母亲的葬礼早就结束了吗？

她浑身颤抖，睁眼醒来，看到母亲和她打招呼，还优雅地呼吸着！她不由得热泪盈眶。然后，听到母亲说今早烧到39.5℃时，和子顿时极为沮丧。那一瞬间，她不想活了。

后来，母亲的手肿了，什么也吃不下了。母亲告诉和子，她梦到了蛇。和子感到身上发冷。她知道完了，全完了！父亲去世时也说枕边有黑色的蛇。而且当时和子也看见院子所有树上都缠满了蛇。那是凄凉的、死亡的味道。

但和子却又感到了某种释然，那是一种悲伤穿过底部的释然感，一种甚至趋于幸福感的释然感。此刻，和子心里所想的只有一件事：好好陪在母亲身边。

和子想，如果穿过悲哀的极限之后那若明若暗的奇特心情就是幸福感，那么母亲、我，此刻的确都是幸福的。和子告诉母亲："妈妈，以前我是相当不通世故啊。"

母亲淡淡笑着问："那么，现在可通世故了……我不懂的，不懂世故。懂的人，是没有的吧？无论什么时候都是孩子，什么都不懂的孩子。"

三个小时之后，母亲在和子与直治的守护下，离开了人世。日本最后一位贵妇人离世了。

母亲的去世，更加坚定了和子要同人世抗争的想法。她终于决定去找上原，那仿佛是一场战斗。为之战斗的原因源于和子身上的三种别无选择的情感：爱慕、喜欢、仰慕。

和子说："人世为恋爱和革命而生的，神不可以加以惩罚。因为真的喜欢才无所顾忌。"

世界上为什么会有战争与和平？你不知道吧？所以永远不幸

当和子见到上原时，他正和一群人围坐在一起，男男女女，喝酒、抽烟。和子感觉像在做梦。六年了。判若两人。上原活像一只老猴子弓腰坐在房间的角落。和子心想："这就是我的彩虹、我赖以寄托人生的那个人吗？"

和子加入他们的酒局中，听他们唱着"积劳身、积劳身、休了休了心"，他们聊着人生的选择，在这个时代，不伪装成善的人是活不下去的⋯⋯和子想着，既然生在了这个人世，那么无论如何也要挣扎活下去⋯⋯果真如此，这些人挣扎求生的形象也不那么憎恶了。活着。生存着。这是何等让人气喘吁吁不堪忍受的艰难作业啊。

后来，和子跟着上原一同走了。上原是个悲观的人，是个不入流的人，在外人眼中。上原迷迷糊糊中说着："活着实在太悲哀了。"和子端详着这张脸，一张快要死去之人的脸，一张筋疲力竭的脸。他的身上有她母亲去世之前相同的气味。

后来,和子主动吻了他。她觉得悲情之恋终成正果。上原闭着眼睛抱住和子:"走火入魔啊,我可是平民之子。"

和子说:"我,现在是幸福的。即使四面墙壁传来叹息声,我现在的幸福感也处在饱和点。"

后来,和子如愿怀孕了。只是同样在那天早上,和子的弟弟直治自杀了。在遗书中,直治讲述了自己为什么在高中时期吸毒,讲述了自己为什么反抗父亲,包括拒绝母亲的优雅、冷漠对待姐姐的原因。因为他想要被平民接纳。他感受到了生而有罪的惶恐。在信中直治提到了一个埋在心中多年的秘密。他爱慕一位油画家的太太,但这位眼里显露出高贵与真诚的太太却因其他的一些事情而害怕:不是害怕道德,而是害怕她那个曾经看起来快要疯了的丈夫。于是直治让自己死心。

在遗书的最后,直治写道:"天已经亮了。多年来让你辛苦了。昨晚的酒醉彻底醒了。我以清醒状态死去。再说一声:再见。姐姐!我是贵族。"

和子说:"人们全都离我而去。"处理完直治的丧事,接下去一个月里,和子都独自住在冬天的山庄。她以水一般的心情写了最后一封信,是给上原的。

看来,你也好像把我抛弃了。不,好像淡忘了。
可我是幸福的。
尽管我觉得现在自己失去了一切,但肚子里的小生命正在成为我孤独微笑的因由。

近来我也明白了,明白世界上为什么会有战争与和平。

你不知道吧?

所以永远不幸。

我来教给你:为了女人能生好孩子。

……

牺牲者。道德过渡期的牺牲者。无论你还是我,都不例外。

即使你忘记我,即使你因酒丧生,我好像能为完成我的个人革命而坚强地活下去。

私生子,及其母亲。

但是,我们打算同旧道德抗争到底,像太阳一样活下去。

这是太宰治小说《斜阳》的尾声。整部小说,弥漫着凄凉和哀伤,但小说的结尾,却给了人希望,给了人微光。

Day 7 《斜阳》

成长是在无限接近
绝望的感受中产生的

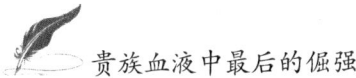
贵族血液中最后的倔强

苦闷与孤独,是太宰治小说当中不容忽视的叙事主题。只是,每个时代的青年都有迥异的人生困境。正如当下的青年们,可能刚踏入社会,一切都显得很难。在都市里打拼的年轻人,也曾豪言壮语,然而逐渐发现,生活不易,除了长胖和秃头。

但是,一切又才刚刚开始。

人的命运不是在事先铺设好的轨道上运行的。生命如斜阳,这是早晨的光。

当然,也会一部分人被打败了,他们终究无法去面对眼前的一切。他们缺乏爱人的能力,也缺乏爱自己的能力。正如书中的直治。他是个没落的贵族青年，历经战争的残酷，感受到了日本战后颓废社会现状带来的空虚，那是一种颓废而消极的人生观：生而，有罪。

直治与和子是对立面的存在。太宰治在文中写了这样一段话，令我印象深刻：

想活下去的人，不管怎么办也应该顽强地活下去，这是了不起的事，其中大概也有所谓人的荣誉吧，但我认为，死也不是什么罪过。

我这棵草，在这个世界的空气和阳光中是很难活下去的。要活下去似乎还缺少一样什么东西，能够活到今天，这已经是尽了最大的努力了。

对于直治而言，生活如此简单，简单到只剩下两个选择：生或者死。他无法与大众融入，也无法再拥有贵族的身份，并最终泯灭于这种矛盾心理。

直治名义上的老师与狐朋狗友，小说家上原，身上有太宰治的影子。他沉迷烟酒，与女人纠缠不清；他不是人们口中的道德人物。他颓废，没有希望，自暴自弃，用酒精麻痹自己，是战后年代普通青年群体的一个缩影。

日本文学评论家奥野健男说："无论是喜欢他还是讨厌他，是肯定他还是否定他，太宰治的作品总拥有着一种不可思议的魔力。在今后很长一段时间里,太宰治笔下生动的描绘都会直逼读者的灵魂,让人无法逃脱。"

此刻,我的心间如森林中的沼泽一般平静。我想我获胜了

而另一个人物,却是颓废生命中的一道光。她就是和子与直治的母亲,一生优雅、高贵的贵族,也是日本最后一位贵族。她远离世俗,忠于自我,身上没有那些虚伪的做作。她是太宰治心目中贵族的完美形象。母亲的死,也象征着贵族时代的终结。因为这一切都改变不了在新旧思想交替下,旧势力逐渐消亡的宿命。

弟弟直治自杀,母亲患病去世,这一切悲剧都成了主人公和子坚定内心选择的牵引力。和子并不是一开始就下定决心、坚持自己的选择的,这个人物在自我成长。

二战后的日本由于传统价值体系的崩溃,人们处于精神空虚的状态。作为贵族世家的日本女性,和子自小接受的是名门教育,但也因此束缚了她个性的解放。她在不断的求索中,在剧烈的挣扎中,终于明白自己要为了爱与道德革命而活。最后,通过对以直治、上原为代表的"过渡期道德的牺牲者"的救赎达到了精神层面的升华。

她在给上原最后的那封信中写道:"一开始我就没有指

望你的人格、责任……尽管我孤注一掷的恋爱冒险最终失败，但我的心愿却已实现。此刻，我的心间如森林中的沼泽一般平静。我想我获胜了。"

是枝裕和说："成长是在无限接近绝望的感受中产生的，这大概才是人生的奇迹，世界如此精彩，日常就很美丽，生命本身就是奇迹。"

读完《斜阳》，也许才会真正了解太宰治。他有一种与生俱来的"多余人意识""叛徒意识"，他选择了以自我破坏的方式来追求自己的价值。

回顾整本书，人物多少有着太宰治的身影。酗酒吸毒的弟弟直治叠印出中学、大学时代（即早年）的太宰治影子；小说家上原麻痹自身的生活方式是战后作者的生活复刻；而母亲身上则寄托着作者的贵族情怀和审美理想；决心为"恋爱与革命"而一往情深的姐姐和子凸显出战争时期作者苦闷的精神世界。

你会发现，太宰治终究是温柔的。正如他在另一个故事里写道："日子只能一天一天好好地过，别无他法。别烦恼明天的事，明天的烦恼让明天去烦吧。我只想开心、努力、温柔待人地过完今天一天。"

《夜晚的潜水艇》
悬浮于纸上的宫殿

陈春成

整个生活是幽远的清泉,带着崇高和干净,流落到空寂的日子,那里是千言万语的黄昏,壮阔绚丽的夜幕,柔情万端的食物链,以及平庸冗长的街道和空洞重复的杨柳树。

在现实边缘打造奇幻宇宙
古老的音节
美的侦探
白日梦的培育师
呈现汉语小说的一种风度与新的可能性

MAI JIA
READING
WITH YOU

Day 1 《夜晚的潜水艇》

飞翔，
不再只是梦想

背负生活辎重的人，能在他的文字间获得片刻轻盈

置身汹涌人海，汲汲于生，或汲汲于死，现实世界时常让人感到无法喘息，似乎连朝九晚五的生活都成为一种奢望。

你是否曾幻想过另一个世界？那里有深蓝的海水，如同梦境一般轻轻摇曳。鱼群穿梭于星汉间，大鱼潜行在积云间。或者，你是否还记得睡眠过程中进入梦境时的感觉？身体变得轻盈、柔软，潜入一个未知的世界。

短篇小说集《夜晚的潜水艇》所写的正是与幻想有关的故事，这些小说常常令读者感受到某种莫名的漂浮感。小说中每一个故事都是一艘夜深人静时分才出发的潜水艇，带着

疲惫的灵魂进入夜晚、入梦境，酣眠、翱翔。

陈春成生于1990年，却有着超过其年龄的语言功底和讲述能力。他的出现让不少编辑、作家感到兴奋：汉语之美，中国文学，仍有年轻人将其传承。

在他的故事里，你尽可驱驰自己的想象力。有在深夜以飞翔之姿，带着精灵宝可梦，在海底漫游的少年；有山野里魅惑的传说：人不能在外面看着天慢慢变黑，否则小孩不会念书，大人没心思干活；一支彩笔，与神的交易，关于天赋和文学，江郎才尽的真相是什么；一块古碑，遗落在深山的哪一个角落，藏匿着怎样的记忆？

陈春成丰富的想象力或许来自他成长的故乡。作为福建宁德人，生于斯长于斯，群山环绕着小城，山间无数秘密吸引着陈春成。他喜欢往山里跑，着迷于村落与村落、城市与城市之间那一片片极易被忽视的区域；也曾遇见过林间的小兽、车灯前一闪而过的影子、留下油亮皮毛的邈远记忆。

于是，当他在山间公路穿行时，常常会幻想，在密林中、山头上，一只小动物正望着自己，正如我们在山顶望着山下如同蚂蚁般挪移的汽车一般。

他带着这些孩童时代特有的瑰丽想象进入成人的世界，并将想象写进小说里。

背负生活辎重的人，能在他的文字间获得片刻轻盈。

凡是曾在这时代里失落过的人,都将从这本书里寻找到真正意义上的安置

除了丰沛的想象力,语言之美,是小说集《夜晚的潜水艇》另一处值得注意的特质。作家阿乙评价道:"他的语言锤炼已经炉火纯青,不是池中之物。这注定是一位了不起的小说家。"

陈春成似乎是用一种虔敬的心态面对自己所写的每一个字,斟酌打磨,使每一个句子都闪烁着诗的色泽。作为一个理科男,他却对古诗词很着迷。初中时就开始偷偷写一点旧体诗,就像自己的隐秘玩具,不轻易示人。高考语文成绩并不算很好,但这并不影响他对文学的热爱。大学时想报中文系,阴差阳错学了土木工程,然而即使是一名"旁观者",他依然写诗词、写散文。

陈春成甚至还冒充古人写了几首诗拿去请教中文系老师,却并没有被发现,这个顽童式的玩笑也让陈春成颇为得意。中国古代文学在他的生活中占有很重要的地位,尤其在心烦意乱、难以平静时,苏轼、杜甫、白居易等诗人的作品都成为他调节心境的源泉。诗词歌赋,对他而言,不止能安抚人心,更成为他写作上的主要资源。

在这个语言被损坏的年代,连"的地得"的用法都不被在意,但陈春成仍然保留着诗人的执拗,反复修改,调整长

句和短句的节奏,甚至是每一个字词的使用,都细细揣摩、精雕细琢。他用古诗般完美的音韵和结构,节制而辉煌的文笔,吟咏浩大的宇宙。

陈春成说:"我是想得多,很迟才动笔的写法。感觉酝酿一个小说像与虚无对弈,下盲棋,输了这故事就归于虚无,赢了则我得到一个小说。已经连输了好几盘了。"虽然年轻,但他并不是一个追求快速的人。相反,他总是沉稳、缓慢地思考,面对一些热点话题,他说:"我需要沉下来,慢慢想才行。"大学毕业后,陈春成并没有如自己年少时所幻想的那样,成为侦探、特工、考古学家、口袋妖怪训练师,而是当了一名地铁工程师。之后回到故乡福建,在泉州植物园工作。工作稳定,生活缓慢,他有了更多时间来耕耘文字。

黄昏,天光一寸一寸黯淡下来。他常常会在家附近的小广场上闲坐,有时拿瓶黑啤。慢慢喝,慢慢想,看似是喧嚣世间的一员,但他的"魂"却已进入到另一个空间领域。他的大脑里有许多故事,语句在脑中飘荡。身边的人潮和高楼大厦逐渐虚化,故事的脉络却清晰起来。

漫长的散步、骤然的动笔。修改,修改,修改……为此,他自嘲患有"强迫症"。酝酿得久,构思也花了很多时间,而后陈春成把自己"关起来",在非常安静的环境里,专心致志,抛去俗事杂事,将自己沉入小说所营造的"境"里,一旦开始,就自然、顺畅得多。

Day 2 《夜晚的潜水艇》

所谓事业，不过是才华熄灭后升起的几缕青烟

当幻想足够逼真的时候，也就成了另一种真实

1966年的一个寒夜，著名作家博尔赫斯在轮船甲板上往海中丢了一枚硬币，并写下一首诗。十九年后，一位富商在漫长的航海途中读到这首诗，成为博尔赫斯的崇拜者，狂热收藏了博尔赫斯不同版本的作品、用过的物件。他甚至突发奇想：要找到博尔赫斯扔进海里的那枚硬币。最先进的潜艇、最优秀的精英、有保障的物质支持，从1997年到1999年年底，在潜艇失去联系之前，他们确实找到了几枚大航海时期沉在海底的金币，但都不是博尔赫斯丢下的那一枚。

多年后，富商的孙女翻看遗物时发现了一段不可思议的影像：1998年11月，潜艇曾被卡在一座珊瑚迷宫中，动弹不

得。被困六小时后,一艘蓝色潜艇驶来,并发射了两颗鱼雷,击中珊瑚,解救了被困的船员。而后那辆蓝色潜艇幽灵般消失,不再出现在这片深海。

这一神秘事件的真相至今没有定论,但画家、诗人陈透纳所写的一篇文章却似乎在向世人呈现出与事件相关联的那些不为人所知的细节。

陈透纳曾是让父母感到绝望的孩子。初中阶段,他对于外界环境的幻想如同疯狂生长的藤蔓,不断延伸,不断缠绕。有时候即使对着一支圆珠笔,陈透纳都可以看上一节课,而美术书里的插画更是令其难以专心学习,成绩自然一落千丈。

想象力丰富,在儿时还是被长辈夸赞的能力,此时却犹如洪水猛兽,让家长担忧不已。父母为此绞尽脑汁:让陈透纳学钢琴、找心理辅导老师帮忙,甚至心理医生和脑科专家都看了好几次,但最终却只得出了"妄想症"这一毫无作用的结论。

叹气,接连的叹气。但陈透纳毫不在意,即使在被他人批评时,他也一样可以在太空漂浮、在莲蓬里睡觉。就好似他面前有无数门,每一扇门后都是一个世界。他自可选择打开其中一扇,进入到另一个世界。

唯一的后遗症可能是在幻想的世界里游历得太投入,醒来后常常会觉得浑身酸痛,而沾染着另一个世界的气息回到现实，陈透纳感觉自己好像真的穿越了时空。他推测，只要幻想的世界足够结实、细致，他就能打通现实与幻想之间的通道。

最让他着迷、也最危险的一个游戏是：他在幻想里造了一艘潜水艇。这个想法来源于他小时候睡前常常听到的故事。讲故事的人是他的爷爷，一位海洋学家，六十岁高龄时参加了海洋考察，从此再也没有回来。陈透纳想象着爷爷与大海融为一体，更向往着那片无尽的蔚蓝。在课堂笔记的背面，他画了一幅详细的草图，创造出一艘潜水艇。状如橄榄，艇身蔚蓝，内部结构与他家的二楼一模一样。

在幻想世界里，白天，他的家就是普通的住宅；而夜间，只要按下书桌上的按钮，二楼的内部结构就会转移到潜水艇里，在海中行驶。陈透纳是船长，皮卡丘坐在副驾驶位上，妙蛙种子报告"一切准备就绪"。父母躺在隔壁的房间里，随着他的幻想在海中航行，却一无所知——他们会将海水视作暗夜。

他还制定了一条航线：河流——闽江——大海，做一次环球旅行。或许能在海上与爷爷相遇？陈透纳将航行时间设定为爷爷外出考查的1997年。于是，夜深人静之时，正读初二的陈透纳每天夜晚都坐在书桌前，用手指敲敲桌面，启动系统，握住当作操作柄的台灯脖子，往前一推：出发！

我一度拥有才华,但这才华太过强盛,我没办法用它来成就现实中任何一种事业

潜艇在夜色般的海水中平稳行驶。在巨型章鱼的追击下,潜艇急降到海底,启动隐形模式成为一块岩石;海沟探险时,侥幸躲开一头史前沧龙的撕咬;一只性情温和的虎鲸成为他的好友,只要陈透纳在危难中发出信号,虎鲸总会第一时间赶来并肩作战。潜行在北冰洋的冰层下,因为忘了设计取暖装置,第二天醒来陈透纳便感冒了;而穿梭于珊瑚的丛林,陈透纳出手解救了另一艘被卡住的潜艇……

门都关好了,家闭合起来,像个坚实的果壳。仿佛鸟栖树,鱼潜渊,一切稳妥又安宁,夜晚真正降临。陈透纳沉浸在自己的幻想世界里,直到高二的那个夜晚,当他兴致勃勃地准备探险马里亚纳海沟时,沉默的父母,茶几上摊开的笔记本,每一页都画着潜水艇,这个极具现实感的场景出现在他面前。

仿佛只有此时,陈透纳才真正站在土地上,看到灯光下父母的愁容,苍老、无助、茫然。也是在那个夜晚,高考、就业、结婚、买房,这些从未出现在他人生字典里的词汇,像一块块炽热的陨石,砸在他面前。

这些才是正常人该操心的事。而父母对他的要求也不过是让他"正常一点"。

陈透纳有三天时间没有进入潜艇。当然他也无法集中注意力专心听讲，脑中伸出万千藤蔓，漫天枝叶在教室中无声地蔓延……

陈透纳做好了决定。最后一个与幻想相伴的夜晚，他关好房门，坐在书桌前，闭上眼。所有的想象力都集中到了大脑，它们闪烁着淡蓝色光芒，聚成一团，在房间里游荡。他想象着自己的想象力在脱离，于是，它就真的脱离了。从第二天开始，他惊讶地发现，自己能集中注意力了。能读进一本书，能完整听完一节课，再也不会抓住一个词就展开联翩浮想。

这种适度的麻木让人感到舒适。他的头脑也成了一个正常的、普通的脑袋了。想象力一般，与常人无异。老师认为这是开窍了，同学们笑说这是他的脑子治好了，高三这个关键的节点，他突飞猛进。

之后也是正常的人生路径：考上大学，找到工作，娶了妻子。他也曾想重温旧时梦境，但没有用。离开的想象力不再回来，只有偶尔的梦里，他才能再看到那艘被丢弃的潜水艇，停留在1999年的海底，一切都暂停了。深蓝的海里，有一片更深的蓝。那是他的潜水艇，行驶在永恒的夜晚，永远、永远地悬停在深蓝色的梦中。

成年后的陈透纳最初就职于广告公司，后来迷上绘画，便辞职了。他成了画家，但在五十岁之后，又停止作画，也不再写诗。众人说，江郎才尽。但只有陈透纳知道，他的画只不过是如实描绘记忆中的画面。以前的梦境都画完了，就不再画了。

他说："我一度拥有才华，但这才华太过强盛，我没办法用它来成就现实中任何一种事业。一旦拥有它，现实就微不足道。"

"没有比那些幻想更盛大的欢乐了。"火焰，熄灭于十六岁那年。而一生成就的所谓事业，只不过是火焰熄灭后升起的几缕青烟。

公元2166年，一个夏天的傍晚，有个孩子在沙滩上玩耍。海浪冲来一块金属疙瘩，锈蚀得很厉害。小孩捡起来看了看，一扬手，又将它扔回海里去了。

故事留下悠长余韵，让我们深思：成为一个正常人，或成为才华横溢但不被世人理解的艺术家，你会选择哪一个？

Day 3 《夜晚的潜水艇》

《竹峰寺》：
藏起我的钥匙、老屋和故乡

> 宗教的庄严肃穆与生命的轻盈华美，在刹那间契合

我在竹峰寺里足足睡了两天。睡眠，像往一个深潭里悠悠下沉，有时水面光影晃荡，催人闭眼。薄暮时分，我喜欢到山腰去看看慧航师父发现的瓮。

慧航本想找一块古石碑，常常在山上转悠。先是发现了一块空白的石板，后来又找到被大石所压的木板，激动得很，可惜揭开一看，却只是个能容纳成人的大瓮，空空如也。

慧灯说这是听瓮，人躲进去，十几里开外有兵马动静都能听到，估摸是清末寺庙被土匪霸占时所用。钻进瓮里，像回到生命之初的洞穴里，安全得很。

竹峰的最高处是藏经阁，多年前我曾在隧道间的公路上看到茂林之间，它的一角飞檐，这引起我的好奇，所以才会来到此处。仿佛上一刻还在张望，忽然间便置身山中。

大学毕业之际是我第一次踏上竹峰山，敲开竹峰寺门。而后，老屋被拆，世事如梦、无所凭依之感油然而生，小小县城也如都市，增删涂改，每天都不一样。

我只有一把老屋的钥匙。磨损的痕迹，印着"永安"两个字。它是老屋和我最后的联系，是我的慰藉。我决定把它藏在一个无人知晓、不会动摇的地方，一个我能取得到的地方。于是六年后，在换工作间隙赚得的两个月闲暇里，我又来了。

比起之前，竹峰寺多了一位年轻主持：慧航。他热衷权力，开过素菜馆，结识了一些和尚，觉得干这行有前途，便出了家。慧航诙谐健谈、俗而有趣，确实很有才干，很得赏识。只是升得太快，不免遭同辈排挤。

他觉得不如另立山门自己创业，将竹峰寺发展壮大。于是慧航来到这里，重修大雄宝殿，寺庙香火颇旺。可修路的宏愿因山形地势作罢，申报文物保护单位又因寺庙建筑多是重建，价值不大，再次失败。只剩一个机会：蛱蝶碑。这块碑曾是寺庙一大胜景，碑上有一个故事：

明朝景泰年间，书生陈元常寄住竹峰寺，字写得好，又无功名，世代崇佛，便成了写经生。方丈也爱他的字，便托他写一部《法华经》，管吃住、给银钱，但陈元常来了数月，却一字未写，每日只在寺中转悠，被嘲以吃白食。其实，因母亲信佛，陈元常自小便熟读经书，对《法华经》感情很深，不免想到已故的母亲，决意好好写这部经，只是琢磨许久仍不知用何种风格书写。那日暮春午后，陈元常坐在石阶上，有蝴蝶飞过。他如迷魂，意态忽忽地跟着走。蝴蝶飞进大雄宝殿，在香烛垂幔间翩飞。袅袅香烟，佛也半眯着眼。蝴蝶，最后轻盈落于佛髻上。陈元常大吃一惊，而后顿悟，索来笔墨，闭门书写经书，三日便成，而后大病一场。

宗教的庄严肃穆与生命的轻盈华美，在刹那间契合，也造就陈元常神妙的笔墨，尤其以《药草喻品》为最佳，后来便被刻成碑，立于亭下，供人观赏。因了这典故，碑被名为蛱蝶。

每个人都有一些事、一些回忆，藏于岁月之流里

清末时，寺庙为土匪所占，成为匪穴，民国时重建，但越发凋敝，"破四旧"时，信徒报信，僧人们将贵重的法器经卷藏于佛肚中和法座里，也藏起这块蛱蝶碑。之后佛像被砸，器物尽毁，只有蛱蝶碑不知所终。

慧灯师父当年三十出头，跟着众位和尚藏完器物以后，便逃下山，被迫还俗，当了个木匠，娶妻生子，与旁人无

异。只是退休后，仍然念着寺庙，便与妻子商量，端午、中秋、过年回家与家人团聚，平时就住在寺中。只有慧灯知道石碑的下落，但他无论如何不开口。

老和尚重承诺，又怕往事再来一遭，不如让石碑就藏在那安全之地，千秋万代地存在下去。折腾数年，慧航似乎也没有了当初的宏图大志，不再提寻碑的事，转而爱起了听评书。反而是我，在听到这一掌故后，动了心。在黄昏余光中，我坐了很久，也想了很久：如果是我，我会将这钥匙藏于何处？

天黑透了，众人也都睡下。我持电筒来到溪水边，但没有过桥。滑进溪水里，水刚及大腿，只是草叶蹿得很高，划得手脸生疼。钻进桥洞，拿起电筒照向两块石板组成的桥，窄的石板上，青苔只是青苔；宽的石板上——青苔上有字。

字迹的凹痕在手指——呈现，确是《药草喻品》。

众人都以为石碑匿于山间，日日从桥上过，谁也不会想到蛱蝶碑就在脚下。

举头看字，我忽然间得到了信心，这些字迹将会是长存永驻之物。想到这里，我便摸出老屋的钥匙，用力握了握，揭开一道厚青苔，将钥匙推入，塞实了，又用青苔盖上。

第二天，寺里的居士发现了溪里东倒西歪的草，看到我手臂上的伤痕，我只能扯谎说昨夜不慎滑入溪里了。他没有起疑，老和尚却抬起头深深看了我一眼。

离别时，慧灯送了我一本《金刚经》。午后风轻，林叶轻摇，群山如在梦寐中。我想起我的钥匙。日光此时正映照溪面，波光水影投在石碑上，光的涟漪在字迹上回荡、在青苔上回荡……

这是一个淡淡的故事，和"藏"有关。石碑藏于桥，听瓮藏于地，芍药藏于书，我的一把钥匙藏于石碑边的泥土里、青苔后，是否，我们每个人都有一些事、一些回忆，也藏于岁月之流里？

Day 4 《夜晚的潜水艇》

《传彩笔》：
你是否愿意伟大而不被理解

> 昨夜还是语言的铁栅栏，左冲右突不得出，而今却是遨游于星辰间，探手即是光

如果你可以写出伟大的作品，但只有自己能领受。生前、死后，都没有人知道你的伟大——你愿意过这样的一生吗？

老叶选择了愿意。

老叶是一位"体制内作家"，工作稳定，野心不大，业余时写上几笔乡土风物、生活记趣等老式散文，发表在地方刊物上。算不上出色，但也确实没有多少读者。面临选择的那一天，他正试图描写竹林间的日落——余晖在竹叶间明灭不定，却怎么也写不满意。于是老叶只好带着疲惫和怅然入

睡。没想到，却因此滑落到一个梦境里：

在一座早已消失的公园，老叶与一位老者围坐石桌，聊着文学，也引出了那个选择。

愿意二字，换得老者递来的一支传彩笔。同时，老叶从梦中醒来，他立刻拿出写作稿纸，过去的作品让老叶感到粗陋难忍。老叶将用过的稿纸揉成一团，丢掉，重新拿出一张纸，奋笔疾书。仿佛如有神助，竹林中的落日被轻松捕捉，昨夜还是语言的铁栅栏，左冲右突不得出，而今却是遨游于星辰间，探手即是光。

老叶把写好的文章输入电脑，发送给报刊的编辑。但编辑收到的文件却一个字也没有。再发一次，仍是空白。老叶将稿纸递给妻子，但瞬间文字便消失了。拿回稿纸，文章再次显现。这让他想起昨夜的梦。当旁人的眼光触及，这些美妙的文字便会消失。仿佛是一种惩罚，窃取仓颉造字奥秘的代价。

接下来的几年里，老叶笔耕不辍，用文字使景致不朽。大到星河轮廓、城市群山，小到流水纹理、雕刻尘埃，他既能工笔写照，也能一语传神。但过度敏锐的触觉，摇撼着他的生活。他只能对自己的生活下手，删减不必要的人际关系。

白纸上纵横捭阖、勇猛精进，现实里苦恼缠身、古怪浑噩。自那场梦里说了愿意，老叶再也没有作品面世，哪怕他知道自己写下了多少倾心的自然景观，拓印下故乡与回忆的每一个细节，雕刻了一秒钟里世界的横截面，或是过往岁月中这一立方米所发生的一切。但在外人看来，老叶江郎才尽了。

老叶第一次领悟到，江郎才尽这个成语的真实含义，或许并不是我们所熟知的典故那样，而是它的镜像：江郎在梦中得到一支彩笔，文采俊发，后又将其交还，从此再无佳作。

我本可以忍受黑暗，如果我不曾见过太阳

得到彩笔的第三年，老叶着手开始写真正不朽的诗歌：音韵和结构如古诗般完美，语言则是最优美的现代汉语。那是一组诗，每首之间互相关联、呼应，就像星体环绕着星体，整个宇宙的浩瀚，都在这首组诗里闪烁光芒。

两年的琢磨，组诗完成了四分之三，但写作后的狂喜无人可以分享，逐渐变成一种难以忍耐的责罚。

老叶开始后悔，甚至在幻想，如果没有得到这支笔，原先仅有的一点天分，一点肯定，加上踏实的练习，自可收获细碎的欢乐，动了念头，梦境再一次降临。只不过这次变成了老叶携笔寻找愿意接受这支笔的书写者。

山洞里，马背上，潜水艇中，老叶穿梭进不同的梦境，挨个询问当初老者问他的问题:如果你可以写出伟大的作品,但只有自己能领受——你愿意过这样的一生吗?

没有人愿意。

直到有一天,失败的"推销员"老叶遇见一个戴着圆形眼镜的少女,她回答:"我愿意。"梦,结束了;传彩笔,也已经不在身边。

第二天,当老叶试图继续书写他那不朽的组诗时,却发现,所有的纸上再无一字。不想要笔的念头一旦产生,就算自己内心仍犹豫不决、割舍不下,但他依然还是在梦里诚实地将才华交出,仿佛那笔容不得一点不虔敬。

正如诗人狄金森所写的:我本可以忍受黑暗,如果我不曾见过太阳。然而阳光已使我的荒凉,成为更新的荒凉。

领会过伟大作品的盛大,便再也无法忍受现在的文字如此乏味。老叶不再写作,甚至不再阅读了,他知道,真正伟大的文字都存放在我们目光无法触及之处,古往今来皆如此。

他最后写下这件事的前因后果,发表于自己的博客,观者寥寥,此后,不再书写,直至离开人世。有人读到这篇文章,燃起了好奇之心,在与老叶的儿子吃饭时提到了这篇有意思的"小说"。老叶的儿子小叶也从事写作,撰写仙侠、盗墓、穿越和宫斗的故事,仅凭一个公众号和为电影、游戏写文案,得到的稿费,便比父亲写作一年得到的还要高。

小叶以为父亲只会写一些老套的散文，乡土风光之类。叹了口气，他又说，父亲去世前好几年，脑子就不太清楚了，一下班就把自己关进书房，说在写很厉害的东西。

小叶曾偷偷翻看那些本子。结果本子上什么都没有，全是空白的。如中邪一般，让人毛骨悚然。几年后，好像又突然好了，出门遛弯、下棋闲谈，没承想因心脏的毛病离开了。

——"那些本子呢？"

——"清明时都烧掉了，放在家里看着硌硬。"

老叶的行为不被理解，他曾视若珍宝的笔记本也在他离世被轻易销毁。

文中的这道选择题，你会如何作答？

Day 5 《夜晚的潜水艇》

《李茵的湖》：
生命中的两个遥远时刻

 装着杂物的纸箱子，里面盛着过去的时光

第一次约李茵到耽园闲逛，她就哭红了眼。那时她刚辞了职，在家复习，准备考研，而我在县一中教地理。县城太小，俯首抬头就碰到面，日子久了，吃了几次饭，我们便熟络了。

耽园曾经是清代本地一家大户的花园，20世纪80年代时被改建成小公园。小时候县城里多数家长都会带着自己的孩子去玩。而李茵从未去过。于是那一天，我约了她到耽园，甚至分享了自己的"秘密基地"。

那是我在中学时代发现的。在两条园路的岔口，两面景墙间有一道恰可过人的空隙。草很深，几乎及膝，但草底下却有一条小径，往前走，藏着一个水滴形的空地，当中有个砌筑得很精致的树池。

也许是景观设计没衔接好，也许是有意为之，总之，成就了这个小小的园中之园，我将它命名为"匿园"，隐匿的匿。进来后，李茵低头盯着树池发呆，神情迷离，浓密的睫毛低垂，覆下一层阴影。她好奇，这树池上怎么镶着玻璃碴？

那是水刷石，一门过时的工艺。李茵说，她好像来过这里，见过这树池。那是一种很奇怪的感觉，有些感动，又有些莫名的愁绪，看到她变了声调，湿了眼角，我找了点借口离开，再回来时看到一双红红的眼睛，也只好装作没看见。我们在长廊尽头的小卖部买了两盒菊花茶，擦擦上面的灰，静静地喝着，看着雨中的耽园。

不知不觉，我们去了好几次耽园。她兀自出神，我陪她闲坐，把玩树叶，按按手机，想想心事，偷瞄她一眼。李茵常常放下书，什么都不做，眯着眼，睫毛微微抖动。有一次，我脑中一片空白，趁她发呆，鼓起勇气握住了她的手。她的手冰凉如瓷器，红红的脸上似乎有某种许可，我便俯身吻她。

在一起后，我们依旧经常到这小小的园中之园。冬天时，李茵从她表舅家搬出来，在外头租了一个小房间，七楼，没有电梯，家具简单，她却显得很开心，布置了好几天。

有一个装着杂物的纸箱子，里面盛着过去的时光。李茵原名迎男，这个名字含义里带有某种酸楚。父母离婚后，她随母亲，但也未曾享受多少母爱。前些年，母亲在邻县有了新的家庭，给她生了个弟弟，她只是过去住了几天，便觉得不自在。而她的父亲，据说做了不少生意，发达之后便不知所终。

在杂物箱里，她找到了一叠旧照，其中有一张小时候的她，独自站在草坪上。

她依稀记得，四五岁时，爸妈曾带她去湖边野炊。爸爸骑着女士摩托，小李茵坐在前面，妈妈坐在后座，一家三口，背着炊具，突突突地开到一个湖边。湖边长着一片美人蕉，开鹅黄的花，还有一座白色的小拱桥。大约是傍晚时分，铁锅盛水，架在几块石头上，爸爸拖了些柴，生起火。锅里煮着鲜虾鱼板面，放了好多"甲天下"牌的鱼丸。

20世纪90年代的霞光随着鱼丸在锅里浮沉，她爸爸穿着花衬衫，滔滔不绝地说着什么；妈妈带着崇拜或宽容的微笑听着，往锅里加调料。

吃完饭，爸爸用摩托车载着她开过那座小拱桥，一起一伏，引得小李茵又笑又叫，停不下来。于是爸爸就开摩托带她一遍一遍地过拱桥，玩够了，就趴在桥栏边，吹完一整瓶肥皂泡。泡泡飘飘忽忽，跌向远处的波光。爸妈站在她身后聊天，抚弄她的头发。天慢慢黑了，但心里依然觉得安稳。

 共同经历的人可能早已随手抛下,有的人却视若珍宝

这次野炊在李茵的作文里出现了好几次,但每次问起母亲,她都表示不记得了,父亲更是多年未联系,于是,那个傍晚和那个湖是否真的存在?没人知道。一段记忆,共同经历的人可能早已随手抛下,有的人却视若珍宝,收藏至今,在以后的人生路上,时不时拿出来,置于手掌心。

这张照片,那一小片反光给了她模糊的希望。

第二天,我向李茵提议去找那个湖。那年寒假,我们找遍了整个小县城的街头巷尾,像孩童时区春游一样,背着干粮和饮料,寻找着一个神秘的、只属于李茵的湖。

问了所有可能了解这个小县城水域分布的人,问过黄包车师傅和的哥,得到过线索,但都一一落空。慢慢地,探秘之旅频率降低,直至放弃。

李茵说:其实找不到也挺好的,就当作是一个未解之谜吧。

时光就这样滑过。如同大多数爱情,我们之间也由最初的甜蜜逐渐显露其不可磨合之处。曾经以为这份爱足以牵系到广大的星空宇宙,后来才发现它有着自己的疆界。

有一天我到同学单位玩,一位被称为鸟叔的大叔随着一

只尖嘴长爪的大鸟飞了进来。鸟叔很会养鸟,还爱拍鸟,自费出了一册影集。我多问了几句,他便端出一本来。有一张图引起了我的注意,那是池塘上的一对鸳鸯。

"哪里的池塘?"我问他。

"门球场外边,以前有块池塘。早没了,后来改成了停车场。"他回答。

我心里一阵激动,又小心翼翼地打探——池塘边有没有种黄色美人蕉?不记得?那,有没有拱桥?还真有?能不能把照片给我看看?一股暖流从我后颈升上来,汗毛都立起来了。

我给李茵打了个电话,傍晚时我们就赶到了门球场后的停车场,那里如今是寥寥几辆车和一块野地。李茵徘徊了许久。

取来鸟叔的照片,我和李茵一张张地找,果然找到了那座熟悉的小拱桥。桥栏并非一味的灰白,而是灰白相错,其间还散布着一些细小的、绿莹莹的、仿若群星的光点——和耽园里的树池一样,那是八九十年代独有的粗糙与晶莹。

对同一材质的相同感受,连接了李茵生命中的两个遥远时刻:童年里最明亮的一个黄昏和多年后耽园里一个阴沉沉的下午。李茵捏着照片,伏在我肩头,哭了。那是我第二次见她哭,也是最后一次,甚至分手时她都没有这样波动的情绪。

后来，她考上研，去了北方，嫁了人。我依然在小县城，不时会梦见那个湖。曾经虚假的事实，后来神秘的回忆，最后伤感的慰藉。

李茵后来因病去世了，我的哀伤有些抽象，也没有那么持久，也没有那么惭愧。只是在陪同父亲去耽园散步时，走过那条分岔路口时，我撇下父亲，绕过竹丛，钻到景墙后。时隔多年再次踏入那片荒草地，被忽视的角落，斑鸠被惊得飞起来，树池和树都不见了。

我想起了在书上看到的故事：汉朝灭亡时，某个井底的火焰就熄灭了。万事万物间似乎有着隐秘的牵连，一个事物消失，也会带走另一个事物。许久，我听见父亲在外面喊我，便转身走出去，匿园在我身后徐徐消散。

这个伤感的故事也让人稍感欣慰，还好，李茵最后还是找到了她的湖。是否也有哪一个童年的片刻，让你铭记至今？

Day 6 《夜晚的潜水艇》

《音乐家》：
一个躯体，两个人

> 年复一年，他面前的每一张谱子上都升腾起一座庞大而沉重的蜃楼

1957年的一个秋夜，细雨飘洒在列宁格勒上空。一缕细长诡异的乐声从十九号公寓鬼鬼祟祟地飘出。而后，四个男人闯入公寓，一下一下地砸门——早在1947年，苏联就强制收缴、集中销毁萨克斯，因为斯大林和赫鲁晓夫都将其视为传播精神污染的乐器。

然而几天前，区民警局接到匿名举报：有人在深夜吹奏违禁乐器。三天的盯梢，便衣们终于听到了踪迹，敲开大学生瓦尔金的房门。但在打开抽屉、掀翻床垫、割破沙发、扔了一地杂物后，他们却没能找到萨克斯，大学生也一副迷惑

的样子。

民警队长知道从五楼扔下乐器是难以销声匿迹的。但他没有发现,面前两掌宽的水泥窗台下方,正用钢钉牢牢固定着两条细绳索,贴墙吊着一只木箱。里面装着从黑市买回的萨克斯。

队长决定将瓦尔金带回警局审问时,乐声再次响起,来自隔壁。闯入房间时却发现是一位白发蓬乱的老人在吹单簧管。不是萨克斯。没有人证物证,民警们只能悻悻地离开。

大学生轻轻地敲门,压低声音,表示感谢,赞美刚刚出现的曲子,也想知道它的名字。老人严厉地让他处理掉那乐器,而他自己也想不起来自己所吹奏的乐曲,究竟源于何处。老人叫古廖夫,他出于同情,犹豫片刻后机智地取出陈放的单簧管,替大学生解了围。

往日的幽灵攀缘而上,窗外的飞鸟更是让他想起往事。

四五十年前,十岁出头的古廖夫每天都去学习单簧管,也听到了许多乡间的神怪传说与音乐家的典故。比如:椋鸟——莫扎特的宠物,终其一生学唱到处听来的曲调,寻找着自己的灰烬之歌。据说上帝每造出一只椋鸟,就会造出一段旋律,存在于泉流、树梢,或某个人的脑袋中,让这鸟去寻找。一旦寻得,偶然唱出,椋鸟的形体就会立刻化作灰烬,灵魂则钻进旋律里再也不出来了。

18岁,古廖夫进入彼得格勒音乐学院作曲系,后来因在游行中负伤,获得了强烈的、听觉方面的通感反应,被称为"联觉人"。数年后,为了对音乐进行审查,有人提出一个看起来最"科学"的方案:由多位联觉人听同一首乐曲,记录音乐激起的形象,对比后由更高等级的人把关,最终得到一份对音乐内容的形象化描述。作为"联觉人"的古廖夫被选中了,他在一个被称为"圣所"的地方工作。

年复一年,他面前的每一张谱子上都升腾起一座庞大而沉重的蜃楼。勤恳严谨工作了几十年,他最终因幻象压迫、侵蚀神经而晕倒,提前退休,改行做起钟表维修。

称不上伟大,但是独一无二,与自己灵魂的形状最契合

穆辛是古廖夫的一位老朋友。他们曾一起学习单簧管,经历了战争、饥荒、动荡……两位老人,在很多年后坐在一起,谈论着故乡和往事,一阵温热感袭来。

穆辛递来一沓厚厚的谱纸,希望古廖夫看看。他一直在创作,只是从未公演。是熟悉的质感,独特的幽深与明澈——古廖夫在圣所工作时,常常会收到让他中意的作品。匿名、多变,但出自同一人之手。他每次都会暗自欣赏。

想到这里,古廖夫的胸口一阵紧缩,觉得自己毁掉了穆辛的一生,也浪费了自己的一生。他表达了喜爱与赞美,穆

辛的眼睛湿润了,邀请古廖夫来参加演奏会,那是他最后的作品,仿佛一辈子就是为了写出它。没有等到应允,穆辛就道别、推开门,消失了。

故人离去后,古廖夫躺在黑暗中,任由回忆涌来:穆辛自小就有作曲天赋,脑子里常常充满乐声。为了获得宁静,穆辛常常待在水里,加上身材瘦小,便被称为"蝌蚪"。他还想起,自己为了不再被村里的孩子欺凌,加入了欺负穆辛的队伍……多年后,他也一样投入了另一个群体,转而欺凌起他的同类,毁掉他们的心血……

穆辛呢?他总是反抗,直到某一天被追打着,跃入潭中,说要潜进洞口。孩子们嬉笑着,认为他没有胆量。可他倔强的头颅,最终消失了……古廖夫猛地睁开眼睛,坐直了身体,大口喘着气。他想起来了:在半个世纪前,穆辛就已经死了。

几天后,古廖夫又在路上遇到了穆辛,演奏会要开始了。是穆辛的魂魄归来吗?他带着疑问,跟着穆辛出了城,在一个偏僻的水池边坐下,手里多了那沓乐谱。古廖夫翻看着,神经开始抽搐,纸张却越来越淡,渐趋透明,直至消失。原来,谱纸并非真实存在,它和眼前的穆辛一样,不是亡魂,只是幻觉。那些曲子,都印在古廖夫心里,都是他创作的。

早在少年时代,古廖夫就梦想成为作曲家。但时局险恶，他明白：纸上的一切都能成为证据，他只能在脑中谱曲。工作的第五年，他用穆辛的名字悄悄地向圣所投寄了自己的作品，却都无法通过（导演）审查。敏锐的创作者，严苛的审查者：一个躯体，两个人。如此十多年，他的神经系统彻底崩溃。

 仿佛有群鸟啁鸣，鼓动羽翼，将要四散飞去

古廖夫接受另一个自己的建议，开始了一场演奏会——在幻想中。可随着乐符进入想象之境时，却总有一个男人的身影挥之不去。恐惧深植于古廖夫的大脑中，挫败感汹涌，曾经在音乐里飞翔的时光不再回来，只剩下提防、忧虑、恐惧、忍受。他捂着脸，在荒野里号啕大哭。

在通往郊区的路上，大学生瓦尔金遇到了大哭的古廖夫，便将他带到一所郊区别墅。在这秘密基地里，年轻人们做着不被允许的事情：违禁的乐器和摇滚音乐。古廖夫想提醒他们这样的音乐是危险的，但看到年轻的面容快活、骄傲，没有丝毫恐惧，他开不了口。瓦尔金希望能再次听到雨夜时解救他的音乐，古廖夫将音符写在纸上，由一位年轻的姑娘弹奏。乐声，纯净得近乎透明。而后是震耳、持久的掌声。

回到房间，古廖夫和自己的幻觉坐在一起，关掉所有的钟表，世界是纯然的寂静，停留在了十点五十分。他决定以逃遁的方式躲开大脑中的审查者：用音乐引发的幻觉，来抵御恐惧引发的幻觉。与此同时，警察攥紧手枪，将还在讨论音乐的年轻人们赶入地下室，关了起来。

最先响起的是引子，古廖夫随着温厚的乐声回到故乡的深水潭，潜入传说中通往冥河的洞口时，八字须、灰军装的男人出现在水中；于是他将音乐厅藏在蓝鲸体内。声调低沉幽邃，是乐曲的第一章，名为鲸厅。单簧管宽广沉静，大提琴幽暗，洋流般包裹；小提琴摇颤出轻盈的光泽。男人的脸庞出现在一艘血红色的潜艇中；继续遁逃。进入花苞内部的蕊珠宫，长于乌克兰大草原，他们在花蕊里演奏，渺小如游尘，声音比蝴蝶的呵欠还细微。第二乐章是快板，小步舞曲，小提琴声典雅欢欣……此时，瓦尔金一伙被押回警局，乐器等证物也被带回。青年们很快招供，古廖夫写下的乐谱也被发现，他的罪名是：向非法刻录和演奏的青年团体提供未经审批的乐谱。

第二乐章快结束了，花苞缓缓绽放，草茎间却有一只巨眼，而后，男人的靴底出现。古廖夫镇定地收好乐队，撤离，逃向月球的背面，一座未命名的环形山，开始第三章的演奏：广板，三部曲式，带有圣咏风格，一种深渊般的寂寥、以世纪丈量的孤寂。古廖夫想起记忆中一个又一个消失的、被抹去的名字，而后看到一颗卫星，是男人在操纵它。

又一次逃遁。此时是夜里两点钟，几个警员走在十九号公寓的楼道里，奉命抓捕古廖夫。

他的幻想进入第四乐章行板，变奏曲式。大提琴悠然，雪花纷纷扬扬落下——他在自己童年时最钟爱的玩具雪花玻璃球里。一座小木屋，在森林边缘，他和小动物们堆雪人，随后听到父母唤他回去的声音。这是最安详、最甜美的梦境，仿佛回到母亲的肚里，毫无忧虑。乐声中，落雪的夜空深处，隐约浮现一张孩子的脸：儿时的古廖夫。

门外的民警听到有人正轻声哼唱着什么，拍起门来。幻想世界随之震荡，但古廖夫没有停止吹奏，他站在雪地中，吹出了最后一个旋律。公寓的小床上，古廖夫的身体蜷缩着。

伴随着乐声，他感到灵魂激起一圈圈波纹，旋动成涡流……古廖夫的失踪成为悬案。那天，警察破门而入，却发现房间里空无一人，只有小床上方悬浮着许多小黑点，曳着尾巴，像蝌蚪一样游转，愈来愈细，直至消融在深秋的夜里……

Day 7 《夜晚的潜水艇》

小说世界，
是可供藏身的洞窟

我们曾是孩子，也曾有过想象力丰沛的时光

在幻想之境翱翔，作者为我们编织了一卷梦境。每个故事都是一个引子，触发我们生出对童年那漫长时光的乡愁。

是什么时候开始，我们忘记了自己曾是世界的孩子呢？

《夜晚的潜水艇》让我们想起这一切：遥远的山河，逝去的风景，下着雨的寂静夜晚。夜晚降临，少年的房间变为潜艇操纵室，书桌是控制台，台灯成为操纵柄。他带上了最爱的宝可梦。皮卡丘、妙蛙种子成为副驾驶和队员，他们一起在幻想的海洋里航行，甚至解救了1998年大洋深处被珊瑚礁困住的潜艇。

《酿酒师》里，最好的酒是由不同颜色的酒互相排斥、融合而成的，瑰丽的星云涌现，饮下一口，便会被世间人所遗忘，而凡是看过这坛酒的人，则会对世间事不屑一顾。

《尺波》中，铸剑师在梦里喝下用整个夜空熬炼出来的汁液，造出一柄乌黑的剑，它能将穿过的一切化为乌有，此刻正在黑暗中潜行。而正如古代诗人吟唱的，大地是华美的毯子，神和历代帝王在这一面用金线织就了花纹，另一面却有其他的图案，人只能在梦中窥视。

《〈红楼梦〉弥撒》则书写了一场因《红楼梦》而展开的权力斗争，有一座能在土地里游走的底下航母……

陈春成的书写，经由想象这隐秘的路径，直面万物和永恒。山川河流、稻香风声，日月星辰、树云花鸟，自然的一切，都是他想象的来源，也是我们阅读的归处：在虚构的世界里，回忆起自己也曾是孩子，也曾有过想象力丰沛的时光。只是成年后很多人便忘了那些绮丽的梦。

一颗心总要历经长途跋涉才有可能抵达另一颗心，尤其是对天才而言

除了缤纷的幻想泡泡，这些故事里也不乏深刻的思考和辛辣的讽刺，剥去包裹着幻彩的故事外衣，我们也能在其间找到自己的影子。

叶嘉莹先生说：每个人在世界上都是孤独寒冷的。

我们总在寻找同类，寻求共鸣，但一颗心总要历经长途跋涉才有可能抵达另一颗心，尤其是对天才而言。

小说里写了不少有才之人。比如陈透纳，他有着极为丰富的想象力，一支笔，一幅插画，都能让他琢磨一下午，仿佛进入另一个时空；比如在梦中得到传彩笔的老叶，能极尽文字之华彩雕刻世界；比如寻到灵魂音乐的古廖夫，用乐符抵抗恐惧，离上帝更近了一些。但没有例外的是，他们都只能孤独地蜷缩在自己的才华里，无人可言说。

陈透纳沉浸在自己所创造的旖旎幻境里的时光，被父母称为"生病的那几年"；老叶写出了最伟大的文字，但没人能看到，他只能独自喜悦狂欢；古廖夫一生不仅从未开过演奏会，甚至要亲手毙掉自己的乐谱……

或许人生就是如此，能被理解的本就寥寥无几，更深处的思想与悸动，又有几人关心呢？

而在另一篇故事《裁云记》里，我们则能读到作者更明显的态度：一些荒诞，一些嘲讽。架空的故事里有一个城市，因为"领导"随口说出的话，成立了"云彩管理局"，聘来云彩修剪员，负责将天空中随处飘荡的云朵裁剪成统一的模样：椭圆形，带着波浪边，尺寸统一。这个故事让我想起陈透纳和像他一样的孩子们，他们以极为相似的面孔和行为举止成长。同样长度的头发，同样的充斥着补习的课外生活，雷同的人生目标：好的工作，有车有房。想象力丰富的陈透纳则成为"异类",成为"脑子坏掉"的代表。

就像《裁云记》当中,当修剪员忽视了机器维修,让各种形状的云朵奔腾于天空时,人们却开始恐慌,连小孩子都发出疑问:哪有这样子的云!他们忘了,其实也是我们忘了,参差才是自然之态。

将记忆留住,从此内心也能安然

温情、怀旧,也是我在阅读这本故事集时强烈的感受。我始终难以忘怀《李茵的湖》里的这个画面:阴雨天,寂寥无人的旧时园林里,一男一女坐在屋檐下喝一盒菊花茶。他们还不是男女朋友,怀着各自的心事,或什么也没有思考,只看着雨落下。而盒装的菊花茶上铺了浅浅的一层灰。

这是一个让人觉得伤感的故事。陪心爱的女孩寻找父母的爱。冷冷的,但也有那么些暖意,是黄昏时的光线,带给人惆怅之余也留下最后的抚慰。

故事的结尾,男男女女的聚散合离不再那么重要,重要的是那个名叫李茵的女孩确实找到了童年最美的那天,那一个记忆中的湖,湖上的小桥用过时的工艺建造,就像她坚守的过时情感,但仍然繁星点点,闪耀在夜空中。尽管湖泊早已被填埋,但那片羽吉光足够她醒时回味,累时倚靠。

《竹峰寺》里,也有让人觉得柔软的存在。坚守诺言的慧灯老僧，守护一方绝处逢生的石碑，日落月升，苔痕蔓延。而失去故乡的浪子，不愿遗忘家乡的模样，留了一把钥匙，把它藏起，就像将记忆留住，从此内心也能安然。

当我们在生活大潮中汲汲于生、汲汲于死的时候，是他将湖面的月亮打捞起来，故事深处，点点银光，星云旋转，草木萌发。

《儒林外史》
追求真我的理想之歌

吴敬梓

做事比赚钱重要,成长比成功重要,失败有失败的魅力,我们要学会向失败者致敬。

中国古代讽刺文学的典范
贬抑假名士种种荒诞、虚伪的行为
批判当时败坏的世俗风气
也通过少数远离功名、追求自由的真儒士
寄寓了自己的理想

Day 1 《儒林外史》

向萎弱时代
发出反思强音

 中国古代文学史中成就最高的讽刺文学

18世纪中期,中国文坛两朵奇葩横空出世,其一是四大名著之一的《红楼梦》,另一部就是《儒林外史》。

《儒林外史》是一部白话小说,主要讲述的是儒林中各色人物围绕科举制发生的故事,是我国古代文学史中成就最高的讽刺文学。作者吴敬梓将自己平生经历尽数融入了笔墨,落笔满是对官场儒生发出的"不平之鸣",亦是向萎弱时代发出的反思强音。

鲁迅在《中国小说史略》中介绍道:吴敬梓字敏轩,号粒民,是安徽全椒人。他生于一个科举之家,虽然父辈家道中落,但祖辈及以前曾出过数位进士、榜眼、探花,在科举时代当得起"书香世家"四个字。

吴敬梓幼时就聪颖非凡,擅长识记、背诵,精通《文选》,能即刻下笔成文,不过他性格任性,常常有愤世嫉俗的感慨。但在其父去世之后,族人欺他两代单传,争夺其父遗产,令他备尝人情冷暖。经历过磨难后,他变得旷达起来,在科举屡屡受挫后放弃了科举之路,离开家乡去了南京,靠卖文潦倒度日。正是在这样的背景下,他创作出了《儒林外史》,里面充满了他对世情的洞悉。史书中寥寥数句不能尽数详尽展现吴敬梓的人生坎坷,但《儒林外史》五十五回的每一字每一句,都浸润着他的辛酸。

作者将全书分为三个部分来写:第一部分由第一回的楔子作为引入,在前三十回内,是对腐朽文人不遗余力的批判;第二部分由第三十一回起至第四十六回止,主要表现的是吴敬梓的理想世界,塑造了一批他心目中真正的名士人物;第三部分由第四十七回起至第五十五回止,描写的是名士们胸怀理想却不得志,理想世界也逐渐坍塌的过程。

作为中国小说史真正意义上的第一部讽刺小说,《儒林外史》的艺术手法可谓前无古人,虽然全书出场人物众多,且身份大都为儒生,但读者并不会感到乏味,皆因吴敬梓极为擅长刻画人物:

首先,吴敬梓擅长制造人物的言行冲突,具体而言就是让某个人物自身的言论与行为不符,从而产生讽刺效果。比如书中一个极为吝啬的人物严贡生，在外都称自己如何如何大方，却常对平头百姓做一些讹诈之事。

其次，吴敬梓会安排同一人物前后做出相悖的行为，制造出喜剧性的讽刺效果。比如他写范进正为母亲服丧，所以在知县宴请时不肯用上好材质的筷子，直到换了一副竹筷才肯吃菜，但他接下来却吃了荤菜，这一点未顾忌自己正在服丧。

同时，书中包含大量的细节描写，并且作者以夸张化的手法来刻画，这样就将作者所否定的一切进行了放大化的处理，使得讽刺的效果更加突出了。如巨富严监生临终前的一幕：严监生因油灯燃了两根芯觉得浪费而迟迟不肯咽气，只有小妾深谙丈夫骨子里的节俭品德，她挑掉其中一根，严监生才肯瞑目。

《儒林外史》并不只是批判与反思，还有对理想社会的构思与呐喊

吴敬梓从身边人取材，提炼出众生相进行艺术加工，从而进行讽刺。又在单个人物或事件中将喜怒哀乐交错处理，使情节跌宕起伏，让读者的情绪被文中人的嬉笑怒骂所牵引，沉浸式体会作品的喜剧性和悲剧性。

全书主题以批判科举制为主旨展现人在社会制度中的拉扯，深刻反思了当时知识分子的价值观为何扭曲，探究了社

会风气如何变得污浊不堪。

其一,吴敬梓认为科举制是麻痹读书人精神世界的罪魁祸首。其二,吴敬梓认为科举制是官场腐败的根源。《儒林外史》中的官僚十之八九都是贪官污吏,空得父母官的名头。其三,科举制还使人人格扭曲,许多原本平行端正的儒生在堕落的大环境中与小人同流合污,为追逐功名富贵丢弃品格。其四,《儒林外史》将科举制与封建礼教、理学结合起来批判,进一步地揭露千年来的文化糟粕如何腐蚀社会的每一个灵魂。许多人物名字里包含"仁""德"等字,实际上却是衣冠禽兽,做的尽是有悖仁德的勾当。其五,科举制还荼毒了社会风气,大多数人都对权势无条件低头,但对无权无势的一方毫无同情心。

但《儒林外史》中并不只是批判与反思,还有对理想社会的构思与呐喊。书中的"杜少卿"便是作者以自身为原型塑造的角色,寄托了作者对真儒名士的想象。

吴敬梓还对封建权威发起挑战,他在文中对女性地位提出重视,反对歧视女性、摧残女性的行为;对于文人精神世界的单一化局面,吴敬梓提出解放个性,追求自由的精神状态,但在为人狂放不羁的同时,他仍不脱为国忧患的心理,在他的理想世界,始终对社会国家有不灭的责任感。

面临理想与现实的差距时,我们是像吴敬梓一样跟随自己的内心走自己的人生道路呢,还是像他笔下的大多数人一样随波逐流呢?

Day 2 《儒林外史》

科举制催生的道貌岸然

> 将来读书人既有此一条荣身之路，把那文行出处都看得轻了

第一回楔子内容与后文相对独立，作者借王冕的故事隐括全文，引出书中所要讲的百位文人出场。

王冕是元朝末年人，幼时丧父，家境贫寒，靠母亲做些针线活供他上学，但他的志向不在做官。他在闲暇时间自学绘画，渐以擅长画荷花出名。

当时的知县时仁要送上司礼物，命王冕画了二十四幅花卉图呈了上去。那收礼的是一名京官，看了画后爱不释手，心下便想结识王冕，但王冕并不想与官员结交，只能找借口搪塞过去，时仁亲自去村里找他，他也避而不见，最后甚至

逃到山东济南，待到时仁升迁他才回乡。

知子莫若母，王冕的母亲虽然是一介村妇，但她临终前的一席话说得却十分透彻，她说："我看见那些做官的都不得有甚好收场！况你的性情高傲，倘若弄出祸来，反为不美。我儿可听我的遗言，将来娶妻生子，守着我的坟墓，不要出去做官。我死了，口眼也闭！"一番叮嘱朴实无华，道出的是母亲为儿子未来的忧心与难舍。

王冕母亲去世数年之后，吴王朱元璋统一天下，建大明王朝，新朝商议出一套筛选士人的考试制度，是用《四书》《五经》作八股文。王冕批评道："这个法却定得不好！将来读书人既有此一条荣身之路，把那文行出处都看得轻了。"作者借王冕之口否定这样的科举制，认为不应该将做学问限于作八股文、饱含功利心去读书。

楔子末尾写道王冕夜观天象，发现文昌星受冲，百来个小星坠向东南，文昌星君是读书文人求功名所尊奉的圣星，文昌星受冲也暗示接下来出场的百位文人被笼罩在一片堕落氛围之下。

知人知面不知心，与人交往，不能流于表面，更要看到对方的言行是否一致，是否具有正常的价值观

首先出场的文人名为周进，他是山东一个县里的教书先生，已经六十多岁却未承考中功名。在潦倒的前半生里，他始终被人轻视，以至于被人戏弄，丢了教书的工作，生活愈发艰难。于是，他只能跟了姐姐、姐夫去省城做生意，不承想这周进路过贡院，勾起了大半生的辛酸往事，竟然一头向号板撞去，倒把在场众人吓了一跳。

所幸周进只是晕了过去，众人听周进姐夫解释他的行为缘由之后各拿了几十两银子，给周进捐了个监生。这监生隶属国子监，也就相当于在明朝最高学府读书的学生，周进成了贡监后参加考试，中了进士，殿在三甲，便受了官职，后钦点广东学道。在中举之前，周进处处被人轻视甚至污蔑，中举之后，县里的人"不是亲的也来认亲，不相与的也来认相与"。

周进当官后决心仔细阅卷，不让有才之人被埋没。虽然当他看到范进五十四岁还在考学时，油然升起同情心，反复看了范进的卷子之后，将他录了第一名。

接下来故事进入到"范进中举"的一幕，此篇人物对话耐人咀嚼，生动再现了科举制下的社会丑恶现状，刻画了两大类人物形象：一是以范进为代表的为功名而读书的书生形象，二是以范进岳父胡屠户为代表的趋炎附势的"墙头草"形象。

范进得知自己中举之后疯了的情节是吴敬梓毫不掩饰的讽刺，也是范进故事线的高潮所在，吴敬梓在书中描写道：

范进不看便罢,看了一遍,又念一遍,自己把两手拍了一下,笑了一声,道:"噫!好了!我中了!"被灌了开水醒了之后又拍着手大笑道:"噫!好!我中了!"

反复渲染着范进的激动之情,也从另一个角度告诉读者:范进的功利心严重到令人发疯的地步,是十分滑稽可笑的。

除了"二进","二严"与"二王"也耐人寻味。

"二严"分别是严监生和严贡生。严监生是严贡生的哥哥,是一个有钱且胆小的人,且没有什么仕途心。在大多数人心里,他就是个十足的吝啬鬼,这个刻板印象来源于他临终前因为灯燃了两根芯而迟迟不肯咽气的情节。但严监生的形象并不扁平,他对自己的确极度省俭,但对家人极为慷慨,比如自己病了不舍得吃药,但妻子王氏病重,药方里的名贵药材仍是一日日地开着。

严贡生则是个彻头彻尾的油滑狡诈之人,他因作恶被告官而畏罪潜逃。哥哥死后,他回来不仅不好好安排后事,反而还想霸占哥哥的家产。

"二王"则是严监生的妻子王氏的两位哥哥,分别叫王仁和王德,"王"谐音"亡",作者暗示二人是无德无仁之人。由于严监生性格畏畏缩缩,导致他不敢将侧室扶正,唯恐两位舅爷不高兴,也怕族人多闲话。但"二王"却说了一席话,明里暗里要了严监生许多银子,第二天用钱请了族人办了侧室的扶正仪式,王仁王德也成了侧室赵氏名义上的哥哥,两兄弟为了利益根本不顾亲妹妹病危。

当赵氏被严贡生步步紧逼霸占财产时,王氏两兄弟却溜之大吉,弃赵氏于不顾,谈不上任何义兄该有的义气。他们虽然也是读书人,满口圣人言语,实际行动却完全背离道德准则。

腐朽的科举教育下,是一个个道貌岸然的书生。知人知面不知心,与人交往,不能流于表面,更要看到对方的言行是否一致,是否具有正常的价值观。

Day 3 《儒林外史》

唯有真情最动人

带有功利心的行为是没有温度的

严监生刚走的时候,赵氏一人掌家,过的是"钱过北斗,米烂成仓,僮仆成群,牛马成行,享福度日"的日子。但好景不长,不巧赵氏那唯一的小儿子得了天花死了,赵氏愁无子嗣,便想将严贡生的五儿子过继来。奈何严贡生不同意,反而欲霸占哥哥家的财产,而王仁、王德两兄弟一副事不关己的态度,赵氏无计可施,被逼得去县衙向汤知县喊冤。

封建时代的女子即使富如赵氏,要是没有男人作为倚仗便很容易被人欺辱,不过吴敬梓将赵氏设定为一名勇于为自己争取权利的女人,在正室尚未亡故时,她就懂得未雨绸缪。首先，她日日在王氏跟前殷勤服侍，半夜为王氏祈福，频频上演姊妹情深的戏码，最后让王氏在弥留之际心甘情愿同意侧室扶正。其次，懂得寻求外援，笼络人心。她在严监生面前温柔小意，又在严监生死后在物质上待王氏兄弟不薄，期望日后他们兄弟能帮衬自己。

不仅拥有人和，还得了天时，赵氏的运气也很好。县里的汤知县恰好是妾所生，自然偏向赵氏，严贡生不服这个调解结果，就告到了上一级的府中，知府也是有妾室的，便推给知县，知县判的结果自然是不变，一番波折后，严贡生与赵氏的纠纷便不了了之。

严贡生道德底线很低，他时常讹诈穷人，无理取闹，这样的人结交不到真心的朋友，失道时寡助，现世报总有一天会降临在他头上。结交朋友需要以真心换取，不可唯利是图，带有功利心的行为是没有温度的，最能打动人的其实是真情。

 爱能让我们变得包容，包容的更能感受爱

在严贡生求助周进的同时，范进亦进京参加会试顺便也拜访了周进。在会试中，范进顺利中了进士，钦点山东学道。山东是周进的故乡，周进当年在诸暨县教书时有一个学生叫荀玫，他叮嘱范进，若荀玫还在读书应考，便提拔提拔他。范进当是义不容辞,正好荀玫参加了院试,范进找到荀玫的卷子时,见他早已取为第一。后荀玫又中了进士,结识一个同年同乡的进士,名叫王惠。

吴敬梓的情节铺排可谓草蛇灰线,这些情节主要是为了引入又一个重要人物——蘧公孙。蘧公孙是南昌府蘧太守的孙子,其父和祖父都是性情淡薄雅致之辈。蘧父三十八岁便亡故,于是蘧太守很是溺爱蘧公孙,舍不得让他辛苦考学,用钱为他捐了个监生。蘧公孙勉强会做几首诗词,也没有考学的野心。

一日,蘧公孙得了一本孤本诗话,便虚荣心作祟,添了自己的名字占为己有,并借给亲友传阅,平白得了才子的名头,而蘧太守只是纵容,并未管束。鲁编修是翰林院的编修公,因认可蘧公孙的才名便将女儿嫁给蘧公孙。

如若鲁小姐是个寻常女子,那这桩婚事也算天作之合,但偏偏鲁小姐从小就被当作儿子教导,开蒙便读的是"四书五经",做出来的文章可谓"花团锦簇"。蘧公孙不免露出真才实学,鲁小姐渐渐明白他无心举业,夫妻之间难免产生不和。

尽管蘧公孙和鲁小姐的婚姻起初并不美满,但之后蘧公孙找到了做选书的工作,也算有了自己的事业;而鲁小姐则贤惠能干、孝敬蘧太守,两人相互迁就,各有担当,日子也就慢慢步入了正轨。爱能让我们变得包容,包容也更能感受爱。

真诚如一根火柴,渺小却有源源不断的热力

蘧公孙有两位表叔,是当朝宰相的三公子娄琫(běng)和四公子娄瓒,二人出身显贵,都醉心学问,但屡试不第。二位公子在拜访完蘧太守回家的路上,偶遇了给自家看祖坟的邹吉甫的儿子邹三,便顺路寻访至邹吉甫家里小叙。

邹吉甫自然是精心准备了酒饭招待二位公子,席间邹吉甫说道:"我听见人说:'本朝的天下要同孔夫子的周朝一样好的,就为出了个永乐爷就弄坏了。'这事可是有的么?"永乐爷指的是朱棣,这话在感慨人情淡薄,也在质疑科举制。

屡试不第的娄家公子可谓是如遇知音,忙问邹吉甫是从何人口中听来,邹吉甫便介绍了镇上盐店的管事先生杨执中。杨执中喜看书,是一个有些许清高的人,因为无心仔细管店内账目,让店亏了七百多银子,之后东家告到衙门,于是杨执中被打入监牢,至今已有一年半的光景。

娄家公子认定杨执中是沦落穷乡僻壤的真君子,便用钱通过关系将杨执中放了出来,但他未得知是娄家公子相救。

数月之后,邹吉甫给娄家拜年,特意带了些炒米豆腐干之类的乡野粗食。邹老爹的这份心意其实是闪着人性的光辉的,当时人情淡薄的社会正如寒冬一般冰冷,但邹吉甫的真诚却如一根火柴，渺小却有源源不断的热力。他对东家的衷心不掺任何谄媚的意味，只是捧出了一颗真心回报东家对他一生的恩德。在得知娄家公子又去拜访了两次杨执中未果后，邹吉甫主动请缨做中间人促成这场会面。

到了约定的那天，邹吉甫顾及杨执中是个极贫寒的人，又恐他清高、重脸面，没有能力用体面的酒饭招待娄家公子，便自己出钱置办了吃食，让两方的相聚顺利进行。常存善意不难，难得的是那种将自身少有的温暖分享给他人，邹吉甫就是这样的人。

Day 4 《儒林外史》

每一次相遇都要珍惜，
每一次挥别都要用力

赤子之心落入泥淖，亦会失去人性的光辉

娄家公子顺利与杨执中会面，两方相谈甚欢。杨执中引荐了他的朋友权勿用。权勿用个伪名士，没考中过，没有什么真才实学，只能靠教书勉强维持生计，不过对外自诩名士罢了。

娄家公子养尊处优、涉世不深，也没有看出权勿用的虚伪，反而以礼相待。但权勿用并未改变本性，他带一个侠客骗了娄家公子几百两银子，又因之前做的恶事被告发而入狱。

权勿用是吴敬梓塑造的一个被科举制残害、抛弃的代表，他因执迷于追求科考背后的荣华富贵而把人生赌在考试这一处，直到实在没有经济能力才放弃科考。他是狭隘的，他的无用和娄家公子的盲目崇拜结合起来更加说明了社会风气的虚伪，这样的环境不仅滋长了"恶"，还腐蚀了"善"。

匡超人就是其中之一。匡超人是温州府乐清县人，本性勤劳善良，前期因为谋生流落在外，后在他人帮助下回乡侍奉患病的父亲。他对父亲的照顾可以说是无微不至，毫无怨言。

匡超人算得上全书中最踏实肯干的人物，但当他有了追名逐利的念头，他的"善"就在一步步地消亡。当地向知县看到他挑灯夜读，就决定提拔他，这便是匡超人堕落的开端，他进城拜了知县做老师，但学里的老师邀他见面，他却说："我只认得我的老师，他这教官，我去见他做什么？有什么进见之礼？"

匡超人日渐自视清高起来，此时他对有权势的知县秉着尊敬、奉承的态度，但后来知县落难，他却极力撇清自己，因为生怕被知县连累，于是他逃往杭州。到了杭州，匡超人的品性变得愈发恶劣。他在杭州结识了一些伪名士，参与了许多恶事，如刻假的公章，为他人代考。他只顾事成之后的利益，忘了父亲临终的叮嘱——不要贪图富贵、攀高结贵，功名是身外之物，德行才是最要紧的……

当他结交的伪名士锒铛入狱，他也毫不顾忌旧情，独善其身。匡超人不仅在交友方面逢场作戏,在婚姻上他也是个薄情寡义之人。他原本入赘了郑家,娶了郑氏,但因要上京做官,于是以生活不便为由,逼迫娇贵的郑氏下乡去老家乐清居住,郑氏百般推辞却拗不过丈夫,只能被迫下乡。匡超人进京之后却隐瞒娶妻事实,又娶了京中李官员的外甥女辛小姐。

几个月后,因为要回本省领取地方官府的证明文书,不得不回去时,他才得知原配郑氏因身体娇弱不适应乡下而病故了。回顾前因后果,郑氏的死是匡超人一手促成,可怜她不知道自己在乡下受病痛折磨的时候,匡超人正与新妇过着蜜里调油的生活。

显然,匡超人在纸醉金迷中迷失了自我。他原本的赤子之心落入泥淖,失去了人性的光辉。

戏剧性的人生其实是一种常态

匡超人取毕证明文书就回了扬州,在船上遇见了一个叫牛布衣的人。这位牛布衣不久后客死他乡,他虽然有一定才华却并非重要人物,吴敬梓没有在他身上着墨太多,不过后文却有一个人借牛布衣的名字为自己添光,他叫牛浦郎。

牛浦郎出生在生意人家,但他却无心商业,向往举业,他在寺庙偷拿了一个老和尚的两本诗集。这两本诗集其实是牛布衣所作,牛浦郎看见诗题上写着一些官员的名字,就肤浅地认为会做两句诗就能结交官老爷,于是他计上心头,将自己的名字合着"布衣"的号,刻两方图章印在上面,占为己有。牛浦郎因冒充了有才名的牛布衣,而受到一些名士的青眼,也因此越发虚荣,家中生意更是无心照拂,最终破产只能去舅丈家住,又因自视甚高羞辱舅丈被赶了出来。他想攀附权贵,于是去了淮安,随后他又做了一些恶事,最后被人打了半死扔进粪坑,幸而被人救起,跟船去了安东县。在安东,牛浦郎拜访了从前有所结交的知县,那位在粪坑救他的恩人见他确实结识权贵,便将自己的女儿嫁给他。牛浦郎同匡超人一样,隐瞒已婚事实娶了新妇,之后他借着"牛布衣"的名号招摇撞骗,过得逍遥快活。但不久后真牛布衣的家人得知所谓的牛布衣还活着,便来寻他,看见牛浦郎并非其人,以为牛浦郎是杀人凶手,于是告去了官府。但当时的知县是一名糊涂知县,没有仔细调查案件就听信牛浦郎的托词,将他放了,又把牛布衣的妻子押回家。牛浦郎的故事至此也告一段落。

牛浦郎的人生经历是全书中最为跌宕起伏的人物之一,他总能在时运不济的时候绝处逢生,在社会上靠招摇撞骗过得风生水起,社会腐败更加助长了他的无耻行径,他是社会无赖的缩影,是一直以来被唾弃的对象。

匡超人、牛浦郎的人生起伏不定,但戏剧性的人生其实是一种常态。不经意的一个举动,或许就足够改变一个人的命运。

Day 5 《儒林外史》

此中有真意，
欲辨已忘言

 捉襟见肘的生活，也不妨碍自得其乐

杜慎卿是一个骄奢淫逸的风流人物，因为才貌双全得以与许多名士来往，他的几件风流事迹在此不详述，他最主要的作用便是引出书中的核心人物杜少卿，也是他的堂兄弟。

杜慎卿向鲍廷玺介绍杜少卿，道："伯父去世之后，他不上一万银子家私，他是个呆了，自己就像十几万的。纹银九七，他都不认得，又最好做大老官。听见人向他说些苦，他就大捧出来给人家用……我这兄弟有个毛病：但凡说是见过他家太老爷的，就是一条狗也是敬重的……"正是抓住这一点，杜慎卿教鲍廷玺谎称过往是太老爷跟前极欢喜的人，鲍廷玺照做，果真在杜少卿那里得了不少好处。杜少卿是个淡泊名利之人，他无心举业，从不参加考试，声称做官的如同匪徒，这在当时是离经叛道的言辞。除此之外，杜少卿还十分尊重女性。他对妻子一心一意，反对纳妾，对于他人关于纳妾的劝说，他表示："娶妾的事，小弟觉得最伤天理。天下不过是这些人，一个人占了几个妇人，天下必有几个无妻之客。小弟为朝廷立法：人生须四十无子，方许娶一妾，此妾如不生子，便遣别嫁。"

吴敬梓以自己为原型创造了杜少卿，所以杜少卿的观点在一定程度上代表了吴敬梓的想法，他这一席话虽然仍有封建思想残余，但是一种在性别平等方面的进步思想。

杜少卿经常做慷慨助人的事情，比如给予杨裁缝丧葬费以葬他母亲，他还因此变卖了衣服、田地等财物。后来散尽家财，杜少卿去了南京，但来了南京，他也没改变自己乐善好施的本性，过的是捉襟见肘的生活，他却还能将自己的凄惨处境与妻作笑谈，过得自得其乐。这像极了陶渊明的风骨，秉持"此中有真意，欲辨已忘言"的生活态度。

过分追求结果，结局往往不如人意；若充分享受过程，反而会有惊喜发生

名士迟衡山是杜少卿表侄的业师，与杜少卿在表侄家结识，他们相谈甚欢，志趣相投，一起商议着要为南京第一个

名士修一座祠堂，以便传承礼乐，为这事他们还找到了庄绍光。庄绍光是一个真名士，十一二岁就会做七千字的赋，四十多岁已经是盛名之辈，但却不轻易与人结交。迟杜二人与庄绍光说了祠堂的事情，庄绍光虽也愿意效劳，但他当时需要进京上任，迟杜二人表示会等候他归来。

庄绍光到任时被天子召见，天子问他教养百姓方面的见解，庄绍光正要回答的时候忽然头顶刺痛，他只能借口说要回去思考一番再作答，天子允了。回途中他发现帽子里有一只蝎子，似乎并不是什么好兆头，他便回去给自己占卜，结果如自己所料，他立马递上辞官还乡的本子，回家乡去了，路过台儿庄的时候还花钱葬了一对老夫妻，乡民都尊敬他的善行。由于庄绍光的品行端正，才气盛大，不论是在归途中，还是回到家里，都有络绎不绝的人来拜访，他不胜其扰，与妻子搬到了元武湖居住。

过了一段时日，迟衡山、杜少卿按照当初的约定来同庄绍光商定祭祀的礼乐。次年，他们却愁主祭人的人选问题，这时候迟衡山推荐了他的朋友——虞博士。虞博士是常熟人，他五十多岁才中了进士，因为年纪过大，天子补他做南京国子监的博士，名称由此而来。虞博士善良忠厚，平时做的善事也不少。他的侄子将他房子变卖了，他反而理解侄子事业艰辛，还借给他银两。还有一次有个监生被诬陷赌博，他也没有处罚他，而是为他辩解，避免了冤案的发生。虞博士是吴敬梓歌颂的人物，描述虞博士善行的文字，让人读之便觉得温和淡然。他对于科举的态度并不是病态的执着，而是淡然处之，是科举制之下难能可贵的人才，是一个值得尊崇的好老师。当一个人过分追求结果的时候，结局往往不如人意；若是充分享受过程，反而会有惊喜发生。

故事在虞博士的牵引下继续，他帮助一个孝子寻父，几番辗转在一个寺庙中使父子重聚。当时寺中一位僧人有难，有妇人让这位孝子去寻求一个少年人的帮助，这个人便是萧云仙。萧云仙侠肝义胆、功夫了得，救了僧人。孝子见他不俗，劝他博取功名，时值边防告急，他便顺从他父亲的要求去投军。

萧云仙在战场上施展才华，收复了一座城。在城中，又细细做了一套文书，向上禀报修缮城池一事，还开设学堂，教化百姓，将城池建设得很和谐。但当他竣工后报上文书时，朝廷却责怪他修城费用虚报，向他索赔七千多两银子。萧云仙只能打道回府，靠病重的父亲用七千多两家当补上欠款。

后来萧云仙调到南京，机缘巧合认识了志趣相投的武书，两人一番畅谈，结下情谊。萧云仙又经武书引荐，拜谒了虞博士、杜少卿、迟衡山、庄绍光这些名士。杜少卿、迟衡山、庄绍光、虞博士、萧云仙的性格各有特点，但他们的品质都是积极正向的，代表着吴敬梓心目中真正名士的模样。

Day 6 《儒林外史》

圆满的结局，
挥不去的悲哀

尽管前路不明，她也愿意靠自己的本事独立生存

萧云仙修筑青枫城立了功，朝廷却向他索赔七千两，这无疑是寒了这位贤士的心。接下来萧云仙在扬州遇见了一位曾在青枫城教书的沈先生，一番交谈后得知沈先生是为嫁女而来。他的女儿名叫沈琼枝，即将嫁入扬州宋府。

没想到宋府的一应做派看着却不是要将沈琼枝娶为正妻的样子，倒像是娶妾，沈氏父女发觉被骗，并未忍耐，沈琼枝决定独自争取公道，她坐轿子进了宋家，在大厅不卑不亢说了一席话："请你家老爷出来！我常州姓沈的，不是什么低三下四的人家！他既要娶我，怎的不张灯结彩，择吉过门？把我悄悄地抬了来，当作娶妾一般的光景；我且不问他

要别的,只叫他把我父亲亲笔写的文书拿出来与我看,我就没得说了!"

宋老爷见她这般刚烈,便令下人推脱说自己不在家,将沈琼枝先安顿下来再议,沈琼枝决定见机行事,暂且应允。一夜过后,宋老爷欲用银子把沈父打发走,沈父料想女儿真被做了妾,就去报官申冤,没想到知县被宋老爷贿赂,反将沈父押回常州。沈琼枝料到父亲有难,扮成小老妈模样,打包了金银珠宝逃离了宋家。之后怕回娘家被人耻笑,她决定去南京卖诗为生。

如果要在沈琼枝身上提取一个关键词,那一定是"抗争"。虽有点理想化,但吴敬梓赞扬这种抗争命运的精神。比起书中第一部分委曲求全的鲁小姐,沈琼枝迈出了一大步。

沈琼枝在南京王府塘卖诗,因身份特殊而名动一时,也由此结识杜少卿和迟衡山等人。紧接着她却被知县抓捕了,她在堂上当场作诗,赢得了知县的赏识,知县听了她的故事,便放她去江都县,让她另行择婿。

娇宠必败

沈琼枝在回去的路上遇见两个妇人,这两人其实是妓女,被送来给汤六老爷陪酒的。这汤六老爷是官员汤镇台的侄子,不仅风流成性,还将汤镇台的两个即将去南京考试的

儿子,也就是他的堂兄弟拉到一处,一起花天酒地,好不荒唐,这似乎是他们纨绔生活的常态。

后来,汤家两兄弟不出意料地落榜,他们怨天尤人,不反思自己的堕落,这其实与他们父亲的娇宠不无关系。落第后,他们去父亲所在的镇远县,途中在彭泽县遇见水盗,但当地知县却胡乱判定此案,直接将受害船夫认定为监守自盗,将他打了板子,还是汤氏兄弟求情才让船夫解脱。到了镇远县,苗民因为生活艰难、官府不作为而起事,绑架了人质,汤镇台为了平定叛乱,用钱买通官员将官府文书改了,这样他就能得到更多兵马派发,增加胜算,最终也如愿平息了一切。但朝廷因汤镇台率意轻进且耗费大量财力物力,将他连降三级,他便同两个儿子收拾收拾回了家乡。在战场上,汤镇台骁勇善战,足智多谋,他的两个儿子却是十足的草包,一无是处,印证了一句古话:娇宠必败。

遗憾是最不值钱的情绪,愿每一句"原本可以"变成"得偿所愿"

虞华轩小时候是有名的神童,但因县里的恶霸乡绅而无处施展才华,长大了,他没有通过努力考去别处施展抱负,却渐渐不思进取,沦为庸人。之后还干了一些无赖行径,这可以看作他对抗现状的一种歧路。

从虞华轩身上我们能看到一种鲁迅所说的"哀其不幸，怒其不争"，我们会对这种少年天才产生遗憾，但很多时候我们其实同虞华轩一样，本可以有更好的结局，却不去争取机遇，最终遗憾终身。遗憾是最不值钱的情绪，愿每一句"原本可以"变成"得偿所愿"。

六十多岁的秀才王玉辉，他的三女儿因为丈夫病故，就决定殉夫，但她也怕加重父亲养家的负担。家人都劝她，只有王玉辉同意女儿的决定，美其名曰这是"青史上留名"的事。女儿死后，他还劝阻痛哭流涕的妻子，说："你哭她怎的？她这死的好，只怕我将来不能像她这一个好题目死哩！"说完大笑，一边叫着"死的好"，一边出门去了。

这荒诞的情节实则暴露了封建礼俗与科举制结合后对时人精神的成倍迫害，王玉辉将封建礼教作为借口，将女儿的死作为值得称颂的事。这样的思想表明他屡试不第的人生经历已经将他的人格扭曲了。故事已渐近尾声，吴敬梓以"凤四老爹行侠仗义""陈木南与烟花女孽缘"等几件事作结，其实故事从三十回往后就逐渐呈现形象堆砌之势，故事情节并没有前三十回缜密，在此不加赘述。最后，万历十四年天下大旱，河南监察御史上奏解释，是因为民间才子的怨气与天地合为一体导致天灾，于是朝廷采纳任用贤人名士的建议，使贤儒们都有了好的归宿。

Day 7 《儒林外史》

高超的叙事艺术
成就讽刺文学的典范

 时代的写生图

书中近二百个人物,吴敬梓却能把每个人物刻画得千姿百态而不重复,把每个人物的剧情都设计得百转千回而不失整体性,可叹作者笔力强劲,对文人小说做出了极大的创新。

写到科举制度下的文人图谱,吴敬梓以王冕作为开篇,直接斥责科举制,并且凸显出它对社会的侵害无孔不入。首先,无论何种家境的男性都醉心科考,贵如宰相之子,贱如商贾之子,无一不将科举考试作为唯一一条容身之路,这些人中不乏五六十岁仍不放弃的愚昧之徒。即使有些年轻人无心举业,他们的父母也一定会对他们倍加劝导。如汤镇台家

的两个纨绔子弟，即使考试落了榜，汤镇台也不放弃为他们寻求好的老师。

不仅男儿被科举风气所裹挟，就连女子也被其毒害。最典型的就是蘧公孙的妻子鲁小姐，在他父亲的教导下，她接受了"除八股文以外都是邪魔外道"的论断，将科举奉为信仰，并祈求丈夫能圆满她的举业梦。

在这样的社会现状下，人产生了"变形"。有的人因为执念太深而精神失常。周进、范进是最好的例子。中举前，他们是任人轻贱的小人物，物质和精神上都很匮乏。当他们一朝如愿之时，却承受不了心理落差，竟然疯疯癫癫，精神失常。这都归因于科举造成文人的社会地位与人格不平等，其实这些执迷不悟的儒生所要的是受人尊敬。

还有人因为深陷欲望而改变品格。匡超人的故事完整地显现了科举所代表的钱与权如何将一个勤勤恳恳的大孝子一步步腐蚀成道德沦丧的傀儡。这种"变形"不仅体现在举子身上，还体现在每一个势利的小人物身上。当一旦有人高中，这些人立马化身"变色龙"，在他们身边极尽谄媚，与此前截然不同。

除了以上两者，还有一种表面风雅，实则内心扭曲的伪名士。以杜慎卿为代表，他们有着不错的经济条件和一定的才情，常常集会赋诗，但骨子里却充满了虚伪做作。这一点牛浦郎体现得更加具象化，他窃取牛布衣的名号，披着名士的皮,实际上就是个招摇撞骗的混混。

沉重的文字背后暗暗透露着无法挥去的悲哀

杜少卿是作者倾情打造的真儒名贤。在对待科举的态度上,他不求徒有功名,而注重文字的来处,也就是真正用心做学问。他对社会风气以及朝廷有着清醒的认知,所以背弃祖辈追求的举业,宁愿追求心中逍遥快活的人生,也因此视金钱如粪土,将人性看得更为重要。同时他对两性也有清醒的认知,所以他尊重女性,在一定程度上批判一妻多夫制。

杜少卿结识了一批与他相同的名士,他们都有改造社会的理想,反映的是吴敬梓"经世致用"的价值取向。杜少卿和迟衡山等人修建祠堂纪念第一代名士,证明了他们对真善美的呼唤,对假名士的不满;萧云仙在青枫城建设城池,相当于构筑了一个名士眼中的理想家园。

但是理想最终还是破灭了,朝廷最终否定了青枫城和修筑它的萧云仙,这隐喻着理想终究被现实推翻,而背后的原因是复杂多样的。究其根本,在于作者的时代局限性。吴敬梓并没有脱离官僚制度的框架,他想走的是"托古改制"的路线,这种改革必然是失败的。他也清楚知道自己的方式扭转不了社会局面,所以才写出了看似喜剧的结局,那沉重的文字背后暗暗透露着无法挥去的悲哀。

独特结构与叙事艺术

虽然《儒林外史》有所局限,但瑕不掩瑜,其高超的叙事艺术耐人寻味。

首先,《儒林外史》的叙述方法不同于其他小说,袁行霈在《中国文学史》中总结道:吴敬梓深谙古史笔法,采取了编年和纪传相结合的方法,以时间为序,写出了一代二三十个人物的行状,创造了一种长篇小说的独特结构。在以传奇故事为题材的中国,吴敬梓写出了完全以平凡人做主角的故事,这也是一大创新之举。

其次,在人物塑造方面,吴敬梓认识到人物的立体性,塑造的形象都是非脸谱化的。杜少卿虽然淡泊名利,但他经常随意地听信于人,导致倾家荡产;匡超人虽然重视亲情,但一旦在妻子和前途之间做选择,他一定是偏向后者;严监生即使是个吝啬鬼,但他对弟弟的包容,对妻妾的疼爱却是真真切切的。

再次,《儒林外史》的语言艺术也极具魅力,极具讽刺美学。吴敬梓擅用白描手法刻画人物,人物语言无不符合人物身份,让人如同身临其境,十分真实。比如在范进中举的片段中,前期的胡屠户的粗鄙之语频现,他贬低范进:"不要失了你的时了!你自己只觉得中了一个相公,就'癞蛤蟆想吃天鹅肉'来！……你不看见城里张府上那些老爷，都有万贯家私，一个个方面大耳。像你这尖嘴猴腮也该撒泡尿自己照照！不三不四，就想天鹅屁吃……"

全书最精华的部分是它体现的讽刺美学。吴敬梓擅用对比来进行讽刺，无论是相似的还是相异的。相似典型的对比，如周进、范进，他们二人的经历相似，都是前期受人白眼，老来得官的贫士，也同样因为考试而精神压抑。前者撞号板、后者得知自己中举后发疯。他们的事迹表现了世人的趋炎附势、冥顽不灵。

相异典型的对，比如鲍文卿和向知县。鲍文卿是戏子，因在按察大人面前为向知县说好话救下了向知县，鲍文卿虽然于向知县有恩，但鲍文卿却恪守自己的身份。在向知县请谢宴的时候拒绝知县陪他喝酒，直到向知县退出，让管家陪饭，他才上桌吃饭。他们尊卑有别，性格迥异，放在一起写更能凸显彼此的特色。

《儒林外史》是那个时代以及儒林的众生相。他用讽刺的语言将社会的黑暗面展现在世人面前，让我们随着故事中的人物喜怒交加，也带给了我们无尽的思考。

《寻欢作乐》

成为任何人，都不如成为真正的自己

[英] 毛姆

一个人能够让自己愉悦，这是一个人的美德。

比肩《月亮和六便士》的纯熟之作
一向刻薄犀利的毛姆收敛锋芒和偏见
以欣赏的视角描摹至真至纯的女性
展现英国文艺界众生相

MAI JIA
READING
WITH YOU

Day 1 《寻欢作乐》

力透纸背的笔力，
与精准深刻的洞察力

与其委屈自己满足大众期待，他更想写好心中的每一个故事

在有些人看来，毛姆的性格不怎么讨喜，这与他坎坷辛酸的童年经历有关。他出生于法国巴黎一个优渥之家，父亲是大律师，母亲是社交名媛。毛姆从小便跟随父母出入上流社交场所。

然而八岁那年，母亲难产而死，十岁那年，父亲又因胃癌离世。他不得不被送回英国的伯父家，后来又被远方表叔送到一所寄宿学校。几乎所有孩子都嘲笑和欺负他，而老师不仅不去制止，甚至会和孩子们一起羞辱这个孤儿。

多灾多难、坎坷孤独的童年给毛姆的一生投下了浓重阴影,造成了他性格中根深蒂固的敏感、孤僻和犀利。长大成人后,毛姆开始尝试人生的各种可能。十八岁那年,他进入一家会计师事务所实习了短短六个星期。很快,他又进入伦敦圣托马斯医学院学医,开启长达五年的助产士生涯。二十三岁那年,他毅然弃医从文,五年之间,小说写了不少,却一直不温不火。于是,毛姆调整方向,专攻戏剧创作,很快一举成名。伦敦西区的舞台上,一度同时上演他的四个剧本。

大红大紫之际,他却选择回归小说创作,用两年时间潜心完成作品《人生的枷锁》,在文坛掀起了水花。可好景不长,两次世界大战的爆发打断了毛姆的脚步。一战期间,他曾前往比利时火线救护伤员,曾被派遣出使俄国商讨战事,还曾被英国情报部门派去日内瓦收集敌情。二战期间,六十六岁的毛姆又仓促离开欧洲,前往美国寄居了整整六年。遍布全球的游历让毛姆看到了世界的广大和多彩,丰富的经历让他对不同的人、不同的人生有了更深刻的理解。为他笔下的故事注入了巨大的力量,也为他赢得了声誉、地位和财富,还为他迎来了全球各地、各个年代的忠实粉丝。村上春树曾反复读毛姆全集,马尔克斯说毛姆是他最喜欢的作家之一,就连出了名犀利高傲的张爱玲也坦言:"我是毛姆的爱好者。"

人们喜欢毛姆的故事,却也常常吐槽他的"毒舌",其实这并没有冤枉他。他曾说:"绝大多数人都蠢得离谱,说谁谁在常人之上真算不得什么恭维。"他还说:"大部分人长得真是丑啊!可惜他们也不知道该待人随和一点,也好补救一下。"

他在随笔中毫不客气地揶揄文坛前辈,就算是特地来感谢自己的新人作家,他也要写信怼一怼。见识到了他的战斗力后,就连另一位以"毒舌"著称的人物——英国首相丘吉尔——也主动和他达成君子协议,相约互不取笑。

然而,人们一面吐槽毛姆"毒舌",一面又不得不感慨和叹服。他对人性弱点的揶揄虽然会刺痛自尊心,却又总是直击根本,直击痛处,让人根本无法反驳,甚至觉得痛快过瘾。

因此,他从不缺粉丝,是为数不多的在世时就享有盛名,并获得了丰厚物质回报的作家。成名之后,住豪宅、开豪车、上节目、接访谈,是他的日常。四处演讲,周游世界,非头等舱不坐,非豪华酒店不住,是他的姿态。36岁那年,他就买下海德公园周边的五层住宅。晚年在法国南部的豪宅更是足足占地九英亩之广,坐在家中就可以悠然欣赏地中海的碧波万顷。

毛姆自己也坦言:"我憎恨贫穷,我讨厌为了维持生计而节衣缩食。"这样的毛姆和人们心中文学大师的形象相去甚远。但从始至终,与其委屈自己满足大众期待,他更想写好心中的每一个故事。

终其一生,他只对坚持"正确的行为"感兴趣,那就是"符合其天性和职分的生活之美"。

毛姆只是看到了我们应该看到却没有看到的真相,说出了我们想说却没能说出的真话

毛姆的生活经历,他的作家职业,乃至他的"毒舌"和"现实",都在这部《寻欢作乐》中体现得淋漓尽致。这不仅是他个人最钟爱的一部作品,也是他对自己一生挚爱——苏·琼斯的追忆和致敬。

苏是一位年轻美丽的戏剧演员,正如毛姆在回忆录中所说:"她有着我所见过的最美丽的笑容"。更重要的是,虽然比毛姆小九岁,但她温柔的性情却让毛姆体验到了从小缺失的母性的温暖,让毛姆彻底为她着迷。

然而,风流的苏周旋在各种男人中间,并且游刃有余,乐此不疲。不过毛姆并不介意。他贪恋苏的甜美和温暖,明知她滥交的私生活,仍然决定向她求婚。可惜他还是晚了一步——苏已经怀孕,准备嫁作他人妇了。她当场拒绝了毛姆,这成了毛姆一生的遗憾。在这部小说的女主角罗西身上,我们能够清晰地看到苏的影子。毛姆在序言中写道:"我喜欢《寻欢作乐》,因为那个脸上挂着明媚可爱的微笑的女人,为我再次生活在这本书的字里行间。"

除了缅怀这段旧爱,毛姆还在这部小说中嘲讽文坛。

这部作品的主要人物,除了罗西,其他三人都是职业作家。在一代文豪德里菲尔德和年轻作家阿申登身上,我们总能看到毛姆的生活经历以及他对人性、人生和创作的思考。而另一位流行作家阿尔罗伊身上却饱含着市侩文人的虚伪、圆滑和狡诈,并由此带出了当时文坛不少可笑可鄙的乱象怪象。

这个形象曾让毛姆备受责难——很多人认为,阿尔罗伊的形象脱胎于毛姆的一位同辈作家,就算毛姆多次公开澄清仍然无济于事。然而,各种非议和责难,恰恰证明了毛姆力透纸背的笔力和精准深刻的洞察力。

可见,"毒舌"只是表面,掩藏其中的,是他敢于说真话的犀利,是他不怕得罪的勇气,是他对人性和社会的深刻洞察。说到底,毛姆只是看到了我们应该看到却没有看到的真相,说出了我们想说却没能说出的真话。

正如毛姆短篇小说集的译者陈以侃所说:"他是一边毒舌,一边爱着这个世界的。"因为爱,才会渴望融入,才会诸多挑剔,才会期待改变。

Day 2 《寻欢作乐》

没有障碍不可逾越，只要你有足够的分量

 真才实干并不一定能让人心悦诚服

阿申登先生是一位知名作家。一天，他忽然接到另一位知名作家——阿尔罗伊·基尔先生打来的电话，对方锲而不舍地邀请阿申登与他共进午餐。

这让阿申登莫名其妙。他和阿尔罗伊虽然相识二十多年，但一直以来并不"熟识"。在阿申登心中，阿尔罗伊也算是个"人物"——他凭借如此微薄的才能，竟然在文坛取得了重要的地位。

阿尔罗伊家境优渥，年轻时曾当过一位国务大臣的私人秘书，并借此机会亲身领略了上流社会的"斑斓风貌"。因此，当他辞去秘书职位，正式进军文坛，便顺理成章将贵族

们作为自己小说的主角，游刃有余地将他们的生活描绘得别有意趣。后来文坛风向发生转变，他也立刻转舵，开始容许律师、会计师、经纪人这些中产阶级走进自己的作品。

但最让人叹服的，在于他"讨人喜欢"的为人处世。出版第一部作品后，他将书送给当时文坛上的所有主要作家，并附上一封洋溢着热情、坦率、谦虚和景仰的信件。作家们居然完全看不出其中奉承的痕迹，并彻底扼杀了批评和嫉妒的萌芽，甚至很乐意费点心思指点一下这个年轻人。

看到报纸上那些尖刻恶毒的书评后，他从不动怒，只会诚挚邀请评论家共进午餐，共同探讨一下为什么觉得自己的作品如此糟糕。于是，只需要五六只牡蛎，一块小羊里脊肉，外加十二分的热情和恭维，阿尔罗伊总能轻而易举攻陷评论家们尖酸刻薄的堡垒。掌握着这一人性奥秘，阿尔罗伊在文坛混得如鱼得水。

他积极参加各种社会活动，热情赞扬文坛上那些年轻作家和他们的作品。听完他的介绍，人们总会觉得，关于那些作家，自己已经完全了解了所有需要了解的，就没有必要再去看他们的作品了。于是阿尔罗伊所到之处，那些作家的书常常一本都卖不出去，但他自己的书却始终畅销，经久不衰。

然而，当精明被人用诚挚层层包装，当算计披上了热情的外衣，又有多少人能够抵挡这种糖衣炮弹？虽然摸不着头脑，但被好奇心驱使着，阿申登还是决定应邀赴约。

这毫不起眼的家伙后来居然成了一代文豪

被好奇心驱使着,阿申登还是决定应邀赴约。阿尔罗伊热情款待了阿申登。可阿申登却隐约察觉到,在阿尔罗伊谈笑风生的外表下,隐藏着一种心神不定的情绪。在各种东拉西扯的话题后,阿尔罗伊忽然提起前不久刚刚过世的文坛泰斗,爱德华·德里菲尔德先生。

正如阿尔罗伊了解到的,阿申登早在德里菲尔德成名之前就认识他,并和他有过一段不浅的交情。

阿尔罗伊又提起德里菲尔德的第一位太太。阿申登同意阿尔罗伊听来的传言,那位太太曾在酒店做过女招待,对她的丈夫非常不忠诚。可当阿尔罗伊说她又粗俗又讨厌时,阿申登却坦言自己不敢苟同。

关于德里菲尔德的谈话却让阿申登陷入了回忆。那是四十年前,阿申登和叔叔婶婶一起生活在海滨小镇,黑马厩镇。第一次在镇上的街头偶遇德里菲尔德,是在他十五岁那年暑假。虽然只是匆匆一面,但这个陌生男人花里胡哨的打扮、快活亲切的神情却给阿申登留下了深刻印象。

很快,阿申登了解到德里菲尔德出生在黑马厩镇,父亲曾在这里的弗恩大宅当管家。他的妻子是当地一位姑娘,曾在当地的酒店当过女招待。他们刚刚在镇子里安顿下来,打算长住。阿申登的叔叔反对侄子自降身价，屈尊去和这样的人做朋友。

那时，黑马厩镇的人们怎么也不会想到，这毫不起眼的家伙后来居然成了一代文豪，让他们争着抢着将他的遗骸安葬在镇里的教堂中，并深深引以为傲。

越是不许重提的事，在心中烙下的印痕往往越深

没过几天，阿申登收到了德里菲尔德遗孀的一封来信，邀请阿申登来家中小住，并表示有一件特别的事需要他帮忙。

阿申登立刻打电话给阿尔罗伊。果然，阿尔罗伊对此一点都不惊讶。德里菲尔德太太的邀请到底是出于什么目的，他显然心知肚明。在阿申登的反复质问下，阿尔罗伊答应立刻来找阿申登，和他面对面好好谈谈。

等待阿尔罗伊的时间中，阿申登不由回想起信中提到的那顿午餐，当午那一幕幕又从脑海中浮现出来。

那时，德里费尔德已经声名显赫，每天都有各色人物登门拜访。而甄别并决定谁有资格一睹这位文学大师真容的，正是写信给阿申登的这位德里菲尔德太太。当年，她全身上下都洋溢着能干、机敏和精明的风度，端庄自信地安排他们与德里菲尔德共进午餐，并带他们参观了书房，欣赏了

手稿。

阿申登望着老朋友,心中却忍不住疑惑,对眼前尊贵的客人、完美的妻子、优雅的生活,德里菲尔德是真心快乐、心满意足吗?

而最让阿申登吃惊的,还是德里菲尔德对自己的态度——明明相识多年,可他对待自己却好像初次见面的陌生人。德里菲尔德太太似乎也在不动声色地严防死守。在她的缜密安排下,阿申登和德里菲尔德根本找不到单独聊两句的机会。阿申登甚至被明确告诫,不要提起任何让德里菲尔德伤痛的往事。

然而,不再重提,不代表真能忘怀。恰恰相反,越是不许重提的事,在心中烙下的印痕往往越深。德里菲尔德当然没有真的忘了阿申登。

Day 3 《寻欢作乐》

陈年旧事
如此神秘

 真正的正派人士并不需要自我标榜

德里菲尔德教阿申登骑自行车,是两人缘分的开始。

那年,阿申登还是个青涩少年。他刚刚攒钱买下一辆自行车,打算趁暑假学会练熟。他把自行车推到附近一条平坦又僻静的大路上练习,却怎么都不得其法。就在这时,一男一女骑着自行车从道路尽头朝阿申登迎面而来。可擦身而过时,女人的车子却猛然一歪,正好撞到了路边的阿申登。

他们,正是德里菲尔德和他的第一位妻子,罗西·甘恩。原来,德里菲尔德正在这里教罗西骑自行车。得知阿申登也在学骑自行车,德里菲尔德主动提出教他。于是,阿申登踏着脚踏板,德里菲尔德在身边跟着跑,使尽全力保持车子平衡。很快,阿申登就掌握了技巧,越骑越得心应手。

阿申登很快成了德里菲尔德夫妇的忘年交,可他的叔叔却极力反对这段友谊,还不肯说出反对的理由。最后还是家中厨娘玛丽·安解答了阿申登的困惑。

她告诉阿申登,德里菲尔德虽然受过良好教育,却什么事都做不长久。现在不仅一事无成,还娶了罗西那样声名狼藉的女人。至于罗西,她曾在一家酒店当女招待,和每一个来喝酒的客人眉来眼去,一个接一个换男人。乔治勋爵就是她在那个时候搭上的。

乔治勋爵是一位阔绰的煤炭商人。他总是红光满面,兴高采烈,穿得花里胡哨招摇过市,扯着一副响亮的嗓门大声嚷嚷,声称要将这个死气沉沉的镇子唤醒。于是有了"乔治勋爵"这个外号,以此来嘲笑他那副神气活现、爱出风头的样子。

罗西认识乔治勋爵时,他已经是三个孩子的父亲,但这显然丝毫不影响他和罗西的"交情"。当罗西因为行为太不检点被炒了鱿鱼后,他便在另一家酒店为她找了份工作。而罗西和德里菲尔德就是在那家酒店结缘。

在那些"正派人士"看来,出身低微,职业不稳定,私生活混乱,这样的人当然没有资格和自己做朋友。

那个暑假,阿申登总是和德里菲尔德夫妇泡在一起,而阿申登的叔叔也渐渐听之任之。

德里菲尔德夫妇对过去毫不避讳，好像一切再正常不过。可在从小成长于"正派家庭"的阿申登看来，那些过往简直不成体统，有失身份。多年之后，阿申登才终于明白，当年黑马厩镇那些所谓"正派人士"，只不过是在装腔作势，弄虚作假，并且心照不宣地不去拆穿彼此，仅此而已。他们藏在假面具后自我感觉良好，却不知道他们嗤之以鼻的人，才真正在淋漓尽致地体味着生活的真实复杂和鲜活饱满。的确，真正的正派人士并不需要自我标榜，反倒是那些自诩正派的人，往往藏着最虚伪的嘴脸。

没有什么比真挚的情谊更能融化人心

和罗西渐渐熟识后，阿申登发现，他所认识的罗西和玛丽·安口中的罗西完全是两个人。眼前的罗西爽朗纯真，尤其是她明亮的笑容，总是带着孩子一样调皮的神气，却又隐隐蕴含着一种神秘的意味。

阿申登无法想象，这样的罗西会和那些粗俗的男人勾搭在一起。于是他得出结论，玛丽·安说的全是一派胡言。毕竟，人们真正相信的，总是他们愿意相信的，而不是他们应该相信的。可罗西和玛丽·安的确是旧相识。得知玛丽·安在阿申登家做厨娘后，罗西很快便兴致勃勃登门来看望她。

没想到这短短一面之后，玛丽·安的态度发生了惊人的转变。她承认,或许罗西并不比大多数人更坏,她只是比大多数人受到更多诱惑。

然而,就在罗西来拜访玛丽·安那晚,阿申登却看到乔治勋爵搂住罗西。而罗西不仅没有反抗,还发出了一阵低沉却愉快的笑声。

这惊人一幕如同一阵飓风,瞬间吹乱了阿申登的心。他不断为罗西找借口,甚至异想天开地认为,乔治勋爵一定是掌握了什么可怕的秘密,才将罗西牢牢控制在自己手心。

但阿申登无法忘记罗西的笑声,那笑声告诉阿申登,罗西那时并不是被乔治勋爵胁迫。可再见罗西时,她的神色仍然如此天真坦率。阿申登怎么也无法相信,她会有什么见不得人的秘密。

陷在这种混乱的心境中,暑假结束了。阿申登独自返回学校,没想到德里菲尔德夫妇竟然赶到车站,专程来为他送行,还约定圣诞节假期再见。

圣诞节假期终于来临,他如愿和德里菲尔德夫妇重逢,却发现还有两位新朋友加入了他们寻欢作乐的队伍,而其中一位居然正是那位乔治勋爵。冬季寒风呼啸,他们无法四处漫游,便总是聚在德里菲尔德家里,聊天、吃茶、打牌。德里菲尔德还常常为大家献唱几支滑稽歌曲,引得大家纵声大笑。

欢声笑语之中,阿申登甚至也有点喜欢起乔治勋爵热情友好的性格了。可他始终无法忘记那晚所见,总是不动声色地观察他和罗西之间的互动。在阿申登看来,两人与其说像情人,倒不如说更像朋友。但他发现,罗西有时会静静盯着乔治勋爵。她的眼神中蕴含着某种阿申登看不懂的微妙情愫。

圣诞节假期转瞬即逝。临别之际,大家相约复活节假期再见。然而世事无常,太多约定永远无法兑现,太多期待注定只能失望。当阿申登满心欢喜再次归来,却得到消息,德里菲尔德夫妇居然趁着夜色溜走了。他们带走了所有的衣服和书籍,只留下了在黑马厩镇各家店铺中欠下的一屁股债。

Day 4 《寻欢作乐》

真实的人生怎么会"恰到好处"

> 当人人都指望凭借熬资历"躺赢",任何行业都会失去活力

这些年来,德里菲尔德先是被戴上现实主义大师的桂冠,后来又被认为创作出了无与伦比的美。可在阿申登看来,作为一位作家,德里菲尔德最大的优势莫过于长寿。

一方面,老一辈反复强调,老人总比年轻人有智慧。可等年轻人终于发现这种说法有多荒谬时,他们自己也成了老人,自然不会去戳穿这一骗术。另一方面,年轻作家的竞争对手从来不是老作家。适当赞扬一下老作家取得的成就,不仅对他们丝毫无损,还能阻碍真正的竞争对手。况且三十岁后,真正的"聪明人"哪还会读书?于是,等他们上了年

纪，年轻时读过的老书便愈发光彩夺目，而写这些书的老作家也跟着光芒万丈。在老作家、新作家和"聪明"的读者共同努力下，作家只要活得够久，成为泰斗就指日可待。不过，只写一两本杰作是远远不够的。作家必须不断写作，写出个四五十本作为陪衬。这样，即便无法用魅力打动读者，也能用数量让世人震惊。

德里菲尔德就是个绝佳案例。六十岁时，他还丝毫不受重视。可一过七十，人们却忽然意识到了他的惊人价值。于是读者们争相借阅，评论家们满纸溢美之词，各种研究也百花齐放。等到他七十五岁了，再也没有人质疑他。八十岁时，他成了英国文坛的泰斗，并且终生都享有这个崇高的地位。

就在阿申登思索着老朋友的成功之道时，阿尔罗伊终于赶到。他开门见山地告诉阿申登，受德里菲尔德太太的委托，他打算写一部德里菲尔德的传记。毕竟，一个小说家总得写点严肃读物，哪怕不能赚钱，却能升华他们的身份，提高他们的咖位。

写作，本该抒情言志、陶冶身心，但在这些"聪明人"心中，却只是赚取金钱、名望和地位的工具。

可不论是阿尔罗伊，还是德里菲尔德太太，对德里菲尔德的早年生活都几乎一无所知。唯一能帮助他们填补空白的，只有阿申登。

本以为是扶持，有时反而是葬送；本以为是伤害，有时反而是成全

应阿尔罗伊请求，阿申登回忆起黑马厩镇往事中让人难忘的片段。他谈起德里菲尔德花里胡哨的穿衣品位，谈起他对建筑、苦啤酒、庄稼活以及煤炭行情的爱好，还谈起他们一起踩着脚踏车穿过夏风，包括他在冬夜里唱过的滑稽歌曲。

生活充满伤痛，但回望来路，记忆中历久弥新的，是那些平凡却幸福的时刻。但显然，平凡和琐碎并不是阿尔罗伊想要的。尤其是当阿申登提起德里菲尔德夫妇逃走的"壮举"，阿尔罗伊更是整整一分钟没有开口。

在他看来，在一代文豪的人生历程中，连夜逃离、滑稽歌曲、酒吧豪饮这种小事无足轻重。他笔下的德里菲尔德的人生必须一切都"恰到好处"。无关紧要的敏感之处不值得浪费笔墨，作为一位文坛泰斗"应该"拥有的经历、情感和品质才是重点，才不会给任何人带来任何麻烦。

然而，真实的人生又怎会"恰到好处"？正因为充满矛盾与和解、创伤与治愈、收获与失去，人生才足够精彩，才足够有味道。

但显然，关于怎样处理"德里菲尔德的人生"，阿尔罗

伊有自己的主意。可他也有拿不定主意的地方，比如该怎样处理德里菲尔德的两任妻子。第二任妻子，也就是阿尔罗伊的委托人——埃米·德里菲尔德的角色相当清晰，正是她，在德里菲尔德最后二十五年的人生中，创造了世人眼中文坛泰斗的形象。为此，埃米不知道付出了多少心血，使出了多少手段。

但已故的第一任妻子——罗西的形象却要模糊复杂得多。众所周知，那段不幸的婚姻差点毁了德里菲尔德。但他最伟大的作品都是在与第一任太太生活期间创作的。那些作品中洋溢着浓郁的风味、活力和喧嚣，而这种蓬勃的生命力却在晚年作品中烟消云散，再也无法找回。

因此阿尔罗伊认为，彻底否认罗西对德里菲尔德的影响，并不明智。而看看两位德里菲尔德太太就会明白，人与人之间的相互影响错综复杂。本以为是扶持，有时反而是葬送；本以为是伤害，有时反而是成全。

世界总是不由分说带走一些东西，又将另一些东西塞给人们

阿尔罗伊还提到，据他所知，黑马厩镇一别后，他们在伦敦重逢，并保持了长达两三年相当密切的关系。阿尔罗伊请求阿申登接受邀请，前往德里菲尔德家小住两三天，把在

黑马厩镇和在伦敦的往事细细写出来。

沉思片刻,阿申登终于决定接受提议,并和阿尔罗伊约好一起坐火车前去,那段时光,也在阿申登脑海中浮现出来。

那年,他还不到二十一岁,正在伦敦圣路加医学院学习。一天,他和罗西在街头巧遇。罗西兴高采烈地握住他的手,立刻邀请他去他们家坐坐。德里菲尔德也很高兴,热情欢迎他的到来。还有什么比他乡遇故知更让人欢欣鼓舞呢?很快,每周去拜访德里菲尔德夫妇就成了阿申登的习惯。

然而时移世易,世界总是不由分说带走一些东西,又将另一些东西塞给人们。伦敦不是黑马厩镇,阿申登的老朋友也不再是那对一文不名却幸福快乐的夫妇了。德里菲尔德在一家周刊当了文学编辑,每周六都会举办茶会,招呼文学界和艺术界的人物在家中聚会。正是在这些聚会上,阿申登惊讶地发现,德里菲尔德已经俨然成了文学界中一个了不起的人物。

茶会上的客人形形色色,有作家,有演员,有画家,有歌手,每个人都带着自己的目的在这里寻找机会和出路。在他们之中,巴顿·特拉福德太太格外与众不同。所有人都知道,她"造就"了一位伟大的小说家和一位轰动一时的诗人。那位小说家过世后,应大家强烈要求,特拉福德太太公开发表了小说家写给自己的大批信件。每一封信都在诉说对特拉福德太太美貌和智慧的倾倒，都在表达自己有多么感谢她的鼓励和支持。

至于那位诗人，一夜成名后，特拉福特太太立刻施展自己的神奇手腕，将他牢牢控制在自己柔软的掌心。她安排诗人会见"合适"的客人，代表诗人签订"合适"的合同，并确保诗人的诗歌只刊登在"合适"的刊物上。而当那位诗人才华耗尽，特拉福特太太立刻用最"合适"的方式温柔地抛弃了他。

那次投资失败后，特拉福德太太并没有放弃这项事业。而德里菲尔德，就是她的下一个目标。

阿申登还发现，茶会上的客人们并不全都是为德里菲尔德而来，很多人的目标其实是罗西。

Day 5 《寻欢作乐》

忠于别人，
不如忠于自己的内心

越是问不出口的问题，往往越靠近真相

在德里菲尔德家的每周聚会上，有几位常客也很快引起了阿申登的注意，他们的目标不是德里菲尔德，而是罗西。

其中一位画家曾为罗西画过一幅画像。阿申登见过那幅画像，不得不承认，画家画出了罗西身上那种绝无仅有的"色彩"——她整个人都是金色的，却又分明闪烁着银白色的光芒，好像破晓时分掩映在茫茫白雾中的太阳。罗西鲜红性感的双唇、矢车菊一样的蓝眼睛当然魅力十足，但最让阿申登心醉的，还是她的笑容。那是这世界上最欢快、最甜美、最灵动的笑容。

那时，德里菲尔德的工作越来越忙，但罗西从不会让自己闲着。她身边从来不缺出手阔绰的男伴，在一个又一个夜晚，他们一起去餐厅吃饭，去戏院看戏，在夜色中散步聊天。

而阿申登也成了罗西身边的男伴之一。对罗西来说，就算人人都循规蹈矩，也不影响自己任性恣意，寻欢作乐。要是没有乐子，那就自己去找点乐子，生活有时候就是这么简单。

阿申登一直怀疑罗西和其他男伴之间的关系。可德里菲尔德却从不干涉。而留神观察后，阿申登也觉得，罗西和那些男伴之间的相处模式与其说像情人，不如说更像忠实的朋友。

至于自己和罗西的关系，阿申登也并不认为自己爱上了罗西。他认为自己只是喜欢待在罗西身边，静静感受她身上那种安详柔和却生机勃勃的光芒。然而感情就像野马，往往一不留神就会过界。一天晚上，分别之际，罗西却忽然扑哧一笑，在他嘴唇上印下绵长一吻。

那晚之后，每次结伴出游，他们总会回到阿申登房中，有时待一个小时，有时直到破晓才离开。罗西就像阳光将阿申登温柔包围，驱散了他精神中孤独的阴霾，让他感受到前所未有的温暖和光明。虽然愧对德里菲尔德，阿申登还是一头栽了进去，义无反顾，甘之如饴。

但有时候，阿申登也会胡思乱想，追问罗西和其他男伴间的关系。罗西告诉他，他们是很好的玩伴，但也仅此而已。阿申登想起少年时代对罗西和乔治勋爵之间关系的猜疑，可却怎么都问不出口。更多时候，这段情人关系带给阿申登的，还是无可置疑的浓浓的幸福感。

可没过多久，一个新客人——杰克的到来却打破了这种状态。杰克是一位腰缠万贯的钻石商人，因为商业事务短暂停留几个星期。他毫不掩饰对罗西的爱慕，且拥有充足的财力和慷慨的性情，每天都会精心准备各种惊喜，让罗西出尽风头。那一阵子，阿申登几乎见不到罗西。她花费了所有时间陪伴杰克，并在两人分别之际，得到了一件价值不菲的貂皮披肩作为礼物。当阿申登终于等到罗西和自己共进晚餐，却发现她不断抚摩披肩，即便坐在暖和的饭店中吃饭也舍不得脱掉，还兴奋地向阿申登炫耀披肩的柔软和昂贵，简直像一个孩子刚刚得到心爱的玩具。披肩的天价深深刺痛了阿申登。他根本无法相信，哪个男人会仅仅出于单纯的友谊送出这样昂贵的礼物。信任就像瓷器，一旦出现裂痕，就会迅速扩散，彻底粉碎。

阿申登越来越坚信不疑，罗西和杰克绝不清白。这样一想，她和其他男伴的关系想必也是不清不楚。他恍然大悟，原来自己和别人从来都没有什么不同！

可罗西却对阿申登的委屈和怨愤不以为然。她告诉阿申登，人生如此短暂，与其自寻烦恼，倒不如寻欢作乐享受生活。她搂着阿申登的脖子悄声耳语："我就是这样的人，你可不要苛求。"

面对真实，人们总是一面追求，一面却又逃避

那段时间，阿申登很少见到德里菲尔德。工作占据了他绝大多数时间和精力。《人生的悲欢》就是他那段时间的创作成果。也正是这部小说，一度将他卷入了一场狂轰滥炸的风暴之中。因为其中一个情节，评论家们一致认为，这部小说是对女性的侮辱，会给青年一代带来灾难性的影响。

可德里菲尔德却只是平静地忍受打击。他微笑着告诉大家，他的小说完全是真实的。这场骚动直到六个月后才渐渐平息。就在这时，更大的打击悄然降临。一天深夜，德里菲尔德忽然收到来信。罗西在信中告诉丈夫，她和乔治爵士私奔了。消息立刻传到了特拉福德太太耳中。她精神大振，立刻行动，邀请失魂落魄的德里菲尔德到自己家中小住，和丈夫一起照顾他的起居，抚慰他的心灵，安排他的工作。特拉福德太太打算趁这个千载难逢的机会，一举将这位前途无量的作家收入掌中。与此同时，她还请来阿申登，向他打听那位乔治勋爵到底是何物。

特拉福德太太并不知道阿申登和罗西之间的关系，她无法想象，这个消息给阿申登带来了多么巨大的震撼。在忌妒的"滋滋"炙烤中，阿申登也迫不及待想要查明一切。

Day 6 《寻欢作乐》

时间会带走很多，
只留下心灵的内核

 命运的转折总是来得猝不及防

原来，大约一个星期前，乔治勋爵忽然宣布要去伦敦办事，可两天后他就提出了破产申请，逃得无影无踪。这些年来，他一直声称要将黑马厩镇打造成一个海滨旅游胜地，并为此想方设法向当地居民筹集资金。因此，那些将自己全部积蓄托付给他的居民，一夜之间便将失去一切。

被丢下的妻子和儿子备受牵连，只好抵押房子，拍卖家具，在巨大的压力中举步维艰，煎熬度日。责任就是缰绳，一旦挣脱逃离，就一定会人仰马翻。乔治勋爵"潇洒"地逃离了，却将自己的家人、昔日的朋友推进了水深火热之中。

而最让阿申登恼火的还不止这些。一位客店老板告诉他，在过去的两年中，乔治勋爵几乎每个星期都会来他的客店和罗西私会一夜。阿申登有足够的理由大发雷霆，可一想到这辈子大概再也见不到罗西了，他心中最强烈的感受却不是屈辱，不是愤怒，而是浓浓的辛酸。

罗西走后，阿申登和德里菲尔德也渐渐断了联系。直到多年后，应德里菲尔德第二位太太邀约，阿申登才从阿尔罗伊口中知道了德里菲尔德后来的境况。

果然，罗西走后，特拉福德太太对德里菲尔德关怀备至，不仅是在生活方面，更是在工作方面。整整十年之中，她四处奔走，亲力亲为。也正是她鼓励丈夫发表评论文章，首次将德里菲尔德列入英国小说大师的行列之中，为他后来的显赫声名和泰斗地位打下了基础。

然而，命运的转折总是来得猝不及防。就在事业如日中天时，德里菲德尔却忽然得了肺炎，一度生命垂危。他不得不遵照医嘱，前往乡间疗养，并由一位护士随行照顾。然而仅仅三个星期后，他就和那位护士结婚了。

从此，这位文坛泰斗的事业大权也随之旁落，转移到了第二任德里菲尔德太太手中。

一间书房总是和他的主人有着相通的灵魂

赶到黑马厩镇后的第二天，阿申登和阿尔罗伊就应德里菲尔德太太的邀请,参观了丈夫生前工作的书房。一切都布置得井井有条,纤尘不染,和他生前一模一样。

可不知为什么,阿申登却觉得这间房子死气沉沉,甚至散发出一股霉味。一间书房总是和他的主人有着相通的灵魂。或许在德里菲尔德去世之前,这间书房早已死去很久了。

谈到这座宅子,德里菲尔德太太有些无奈。在这一带,德里菲尔德和罗西当年的黑历史几乎人尽皆知。更何况,他的父亲当年就是在这座大宅当管家,这里分明就是他卑微出身的见证。在她看来,哪有人会愿意在功成名就之后,转身回到最初的不堪之处?因此,她一直劝说丈夫卖掉宅子,可在这方面,德里菲尔德却固执得出奇。

的确,面对外界的非议,最好的回击莫过于满不在乎。不仅不肯卖掉这里,德里菲德尔甚至坚决反对妻子改动宅子里的任何布置。德里菲尔德太太不得不小心谨慎,一件一件换掉那些碍眼的东西,最终将宅子按照"自己的意思"改得面目全非。

阿申登不由感慨,这位德里菲尔德太太总是能按照"自己的意思"去做事——她从来就是这样一位"了不起"的女人。

德里菲尔德太太还给他们看了丈夫生前的照片,从青年时代,到成名之后,直到最后走入晚年。照片中,德里菲尔德的脸越来越瘦削，皱纹也越来越多，但他眼中那种超然的神态不仅没有泯灭，反而愈加清晰。诚然，时间会冲走很多东西，可心灵的内核却不会流失，反而会被淘洗得愈发干净清明。

　最终，他们还是活成了自己想要的样子

相册中也有罗西的照片。德里菲尔德太太和阿尔罗伊毫不掩饰自己的鄙夷，将她戏称为"粗壮的挤奶女工"式的女人，可阿申登却无法容忍他们的诋毁。他告诉他们，人们认为罗西对丈夫不忠，但事实上，那只是因为她愿意去爱。当她喜欢一个人，她会毫不犹豫将自己的身体交给对方，让自己快乐，也让别人快乐，丝毫不会犹豫不决，丝毫不觉得有什么不对。

这不是恶习，而是天性。正因为这种天性，她才会像太阳，不断发出热量温暖别人，不断发出光芒照亮别人。但阿申登心中还有一个大大的秘密。

人人都以为罗西早就客死异乡，可阿申登知道，事实并非如此。就在几年前，阿申登去纽约公干，在那里收到了罗西的来信，邀请他去家中聊聊。那一年，罗西已经至少七十岁，早已不再是阿申登记忆中的样子。可即便身材发福走样，又烫了呆板的卷发，搽了厚重的粉饼，她的微笑却一点都没变，仍然闪烁着那种孩子气的调皮可爱的神气。

她告诉阿申登，当年和乔治勋爵私奔来到美国后，他们过得相当不错。乔治勋爵的生意在这里大获成功，并在有生之年将所有温柔体贴给了自己。虽然辜负了很多人，但最终，他们还是活成了自己想要的样子。

谈起往事，阿申登这才知道，原来罗西和德里菲尔德曾有过一个孩子。但很可惜，小姑娘六岁时就死于脑膜炎。阿申登忽然想到德里菲尔德那部《人生的悲欢》，其中一个情节曾备受谴责和批判。他隐约猜到，这段往事就是那个情节的原型。

小说中，那对夫妇也失去了他们的小女儿。在漫长沉重的疲惫和悲痛后，妻子忽然离开家中，去酒馆找了一个素不相识的男人度过一夜，第二天一早又和丈夫一起去医院安排孩子的葬礼。

罗西没有否认阿申登的猜测，但她告诉阿申登，小说中的情节并不准确。事实上，那晚和罗西过夜的并不是酒馆里的陌生男人，而是当年每周茶会上倾慕罗西的一位常客。那晚，她没有告诉那个男人女儿的死讯，因为她不需要同情和安慰，她只需要简简单单的快乐，只需要痛痛快快的大笑。

罗西明白，只有立刻脱身，寻欢作乐，她才不会疯掉，才有力气继续走下去。但她无法理解，往事如此不堪回首，德里菲尔德居然会将它写进书中。同为作家，阿申登却能够理解——把伤痛化为白纸黑字,这正是德里菲尔德自我疗伤的方法。

正是凭借这种方式自我疗愈,德里菲尔德才能卸下枷锁,重新开始。最后,阿申登问起罗西,当年为什么会和乔治勋爵私奔。罗西告诉他,她一直深爱乔治勋爵,不过是因为他的婚姻和地位才不得不隐忍自己的感情。可那天晚上,乔治勋爵忽然跑来找她,说自己彻底破产,一败涂地,问罗西愿不愿意跟自己远走高飞。罗西立刻毫不犹豫抛下一切,毕竟,乔治勋爵才是她唯一真正喜欢的人,他才是真正能带给她快乐的人。

至于余生,罗西坦言,她一直都在寻欢作乐,也打算就这样收场。

Day 7 《寻欢作乐》

你以为自己道德高尚，
人家就不能寻欢作乐了吗？

只有铭记，才能将伤口化为疤痕，从此获得心灵的自由

往事属于书中人，但我们却总能从字里行间看到毛姆本人的影子。他用难得的"温柔"，缅怀了一段求而不得的旧爱；又用一贯的"毒舌"，不留情面地调侃了种种怪象乱象。更可贵的是，他对人生、人性和现实的思考，穿越时空之后，仍然分量十足，让我们深受启发。

在罗西身上，我们能清晰地看到毛姆的旧爱——苏·琼斯的影子。她们同样拥有甜美温柔的性情，洋溢着浓浓的母性光彩；同样享受着生活，追求快乐并愿意让别人一起快乐；她们同样坚持做自己，义无反顾为自己的人生做出

抉择。

故事中的德里菲尔德也深深明白"铭记"的力量,但与毛姆不同的是,他选择在自己的小说中铭记的,是最沉重的往事,是最深重的创伤。

一味逃避,不去正视,伤口不会自愈。唯有直面伤口,剔骨疗毒,才能真正拯救自己,而他拿起的笔就像那把锋利的疗毒的手术刀。在这次深刻的"铭记"之后,往事不再是一个鲜血淋漓的伤口,而成了一个硬硬的结痂的疤痕。疤痕或许终身都不会消失,但却不会再发炎溃脓,危及生命。

在人生中,每个人都会收获属于自己的苦与乐。我们或许没有毛姆和德里菲尔德手中那支笔,却同样可以选择铭记。美好的过往,当然值得深深铭记,这样才能在漫长的岁月中回味那份明亮和余温。而至深的伤痛,只有铭记,才能将伤口化为疤痕,从此获得心灵的自由,获得重新出发的力量。

为任何人而活,都不如为自己而活

如果说"铭记"是德里菲尔德的人生姿态,那么罗西的姿态就正如这部作品的名字——"寻欢作乐"。这个隐约闪烁着贬义色彩的词,其实在莎士比亚的戏剧《第十二夜》中的一句话中也出现过:"你以为自己道德高尚,人家就不能寻欢作乐了吗？"

但在毛姆笔下，这个词绝不是贬义词，而是一种忠于自己、忠于内心的生活态度。这个词几乎贯穿了罗西的一生。她绝不会压抑自己对爱和欢乐的欲望。她不是一个忠于丈夫的爱人，不是丈夫身旁的贤内助，更不是人们期待中的文坛泰斗的妻子。更重要的是，对于成为这样的女人，罗西从来没有半点兴趣。她从来无意于成为人们期待她成为的那种女人，她只想成为她自己。

而第二任德里菲尔德太太比罗西实在要"精明"得多，也"得体"得多。她深谙怎样做好一位称职的贤内助，怎样做好一位文坛泰斗的妻子，怎样由此收获属于自己的成就和荣耀。

可就算是市侩文人阿尔罗伊也能看出，德里菲尔德一生中最好的作品都是和罗西生活时写下的，那些作品中有着后来再也找不回的活力和风味。在寻欢作乐的人生中，罗西不仅让自己活得开心快乐，更像一颗始终散发柔和光芒的星体，用快乐感染了身边的人，照亮了身边的世界。

当然，盲目推崇享乐，甚至给身边人带来伤害的人生观绝不值得鼓励，但在尽到了责任、承担了义务的前提下，人生的品质也同样值得我们关心。每一个人都有资格问问自己，是不是幸福，是不是快乐，是不是满足。而忠于任何人，都不如忠于自己；为任何人而活，都不如为自己而活；成为怎样的人，都不如成为真正的自己。

推动世界变得更好的,不该是也不可能是这些怪象

除了缅怀旧爱,思考人生,毛姆还通过德里菲尔德、阿申登和阿尔罗伊这三位同行,毫不客气地揶揄了不少文坛怪象。可以说,阿尔罗伊身上集中了市侩文人的各种"优良做派"。他资质平平,却又野心勃勃,热衷于沽名钓誉。他戴着一副圆滑虚伪的假面具走天下,自诩深谙文坛"潜规则",并且是忠实的践行者。然而,就是这样一个"所谓的作家",居然无往不利,真的在文坛闯出了名头。让人真不知是该替那些"真正的作家"不平,还是该替那个光怪陆离的文坛悲哀了。

就连文坛泰斗德里菲尔德的成功也不简单。他自己虽然不擅长这一套,但背后却站着两个不简单的女人——慧眼识珠的特拉福德太太和精明干练的第二任德里菲尔德太太。他的名望和地位离不开两个女人的运作和经营,也同样离不开阿尔罗伊崇尚遵循的那套"潜规则"。

要想成功,才华和作品不重要,重要的是要手腕高明,四处逢源。创作合适的作品,出席合适的活动,会见合适的客人,发表合适的讲话,表现合适的谈吐,结交合适的名流,还要动用金钱、关系和恭维去摆平那些挑剔的评论家。

在这种乌烟瘴气的大环境下,(英国)有真才华、有好

作品的作家无法出头,而脑中空空的文化骗子却招摇过市,名利双收。长此以往,文学彻底成为人们"向上爬"的工具,作家们纷纷舍本逐末走"捷径",读者们无法读到能够滋养身心的好作品,文学创作只会彻底泯灭了初衷和意义,如同行尸走肉,了无生机。

其实,这种种怪象不仅存在于文坛,各行各业都屡见不鲜,此时此刻也并没有彻底绝迹。然而推动行业、社会、时代进步,推动世界变得更好的,不该是这些,也不可能是这些。

《过于喧嚣的孤独》
我只是独自一人,生活在稠密的思想之中

[捷]赫拉巴尔

悲剧时常因为庄重而变得动人、有力。

赫拉巴尔最重要的作品：
"我为它而活着，并为写它推迟了我的死亡。"
集工人、酒鬼、书迷于一体的诗人汉嘉
为时代所抛之后
乘着书籍飞升天堂

Day 1 《过于喧嚣的孤独》

在困境中
自得其乐

书籍是在时代的波涛中航行的思想之船,它小心翼翼地把珍贵的货物运送给一代又一代

"三十五年了,我置身在废纸堆中,这是我的love story。三十五年来我用压力机处理废纸和书籍。三十五年中我的身上蹭满了文字,俨然成了一本百科辞典。"

这是小说《过于喧嚣的孤独》的开篇。一个在废纸回收站工作三十五年的打包工汉嘉,一个生活在"时代垃圾堆"上的穷苦的可怜人,却有着最广博的学识、最深刻的思想。他孑然一身,没有亲朋好友,生活在遍布老鼠、苍蝇、废纸、粪便的地下室里,浑身脏臭,孤独如影随形。

他却自得其乐,在一盏不算亮的小油灯照耀下,同书籍

相伴，与先贤闪闪发光的思想对话，将三十五年不见天日的苦差事看成love story，把阴暗潮湿的地下室当作灵魂的净土。他这样形容自己："因为我有幸孤身独处，虽然我从来并不孤独，我只是独自一人而已，独自生活在稠密的思想之中。"

可见，一个有见识、会思考的人，即使身处泥泞的沼泽，也有仰望星空的权利。培根曾说："书籍是在时代的波涛中航行的思想之船，它小心翼翼地把珍贵的货物运送给一代又一代。"汉嘉就乘着这艘思想之船，同过去的智者在灵魂上交流，如同光和光打招呼，在最暗处见。因为书籍，汉嘉有了最稠密的思想，即使生活在孤独中，也觉得这孤独如此"喧嚣"，让他从不寂寞。

《过于喧嚣的孤独》这本小说以第一人称写就。小说的作者博胡米尔·赫拉巴尔，是"捷克文学的悲伤之王"，和米兰·昆德拉、伊凡·克里玛并称为捷克当代文坛"三剑客"。米兰·昆德拉盛赞他为"我们这个时代最了不起的作家"。

赫拉巴尔大学时正逢第二次世界大战，德国纳粹在前捷克斯洛伐克第一共和国的领土上建立了保护国。那年秋天，学生们因反对纳粹展开游行，声势浩大。纳粹一气之下，关闭了保护国的高等院校。赫拉巴尔只好回到家乡，先后当过仓库管理员、铁路工人、列车调度员……直到战争结束，他通过了考试，继续学业，拿到了法学博士的学位。

毕业后，他跑去布拉格当工人，住贫民区、大杂院，到了晚上，就去啤酒屋喝酒听故事。因为工伤，赫拉巴尔当过四年废纸回收站的打包工，正是这段真实经历，让他写下了汉嘉的故事，成就了赫拉巴尔最重要的代表作。

他酝酿二十年，三易其稿，耗费了大量的时间和心血。他是如此爱这本书，如他所说："我为它而活着，并为写它推迟了我的死亡。"

一只盛满活水和死水的坛子，稍微倾斜一下，许多蛮不错的想法便会流淌出来

小说的主人公汉嘉，满脸油污，衣着肮脏，手上裂开口子、染着血污，脑门上粘着被拍死的绿头苍蝇，裤管和袖管里一不留神儿就会跑出耗子，每次去啤酒屋，女服务员见到他就会背过身去。他的一切，和那些已经过时的书籍一样，写满了不合时宜。但他特别爱书，会小心翼翼地把那些珍贵的书籍从废纸堆中拣出来，仔仔细细地把它们包好、收藏。他把书抱在胸口，如饥似渴地阅读着，"嘬糖果似的嘬着"那些"美丽的词句"。

他思想丰富，脑袋像"一只盛满活水和死水的坛子，稍微倾斜一下，许多蛮不错的想法便会流淌出来"。他学贯古

今中外，说得出尼采、黑格尔、康德、费尔巴哈，能从中国老子的《道德经》讲到古希腊植物分类学……他操作着那台打包机，每打完一个包，就塞进去一本自己心爱的书。他幻想着等哪天退休了，就把打包机买下来。

可时代变化得太快了，时代抛弃你的时候，连声招呼都不会打——新式废纸厂建立了，流水线的工作，高效率的机器，冲击着汉嘉"老派"的生活。地下室来了两个年轻人，接手了汉嘉的工作，汉嘉被"赶走"。年轻人对打包上手得那样快，让汉嘉一度气恼自己被那台相伴三十五年之久的打包机"背叛"了。

飞速变化的时代让汉嘉无所适从，他找不到自己的定位和价值了。所以有一天，他把自己打进了废纸包，乘着心爱的书籍飞向了天堂。

小说中，汉嘉的离去，带着一种破灭的壮烈感。现实中，作者赫拉巴尔的逝世，也颇有戏剧性。相伴多年的妻子离世后，赫拉巴尔的晚年生活疾病缠身，日渐衰弱，把药片当糖果吃，还总稀里糊涂弄伤自己。1997年，84岁的赫拉巴尔从医院五楼坠落身亡。他的作品中曾出现过"从五楼坠落"的情节，因此有人说他是自杀。也有人说，他是为了去喂一只窗户外面的鸽子，因而坠楼。

其实，无论是汉嘉还是赫拉巴尔自己，透过孤独的地下室，都能触摸到那个喧嚣的外部世界。但他们并不渴望走出去,他们在困境中自得其乐,有一种了不起的独处力。

赫拉巴尔写过很多小说,代表作有《底层的珍珠》《我曾侍候过英国国王》《过于喧嚣的孤独》,获奖无数,还得到过诺贝尔文学奖提名。他偏爱那些生活在"时代垃圾堆"上的社会底层人士,他们大都贫困潦倒,处境悲惨,但不曾有一刻失去对生活的幻想,他们哭着、笑着,令读者在他们的故事里,流着自己的泪。

Day 2 《过于喧嚣的孤独》

我只不过是一个
软心肠的屠夫而已

书留下的是和计算器加减乘除一样"非物质"的思想,这些思想扑扇着翅膀,在空气中飞舞

马克思曾说:"任何时候我也不会满足,越是多读书,就越是深刻地感到不满足,越感到自己知识贫乏。"汉嘉也是一样,他酷爱读书,像品尝烈酒一样,一小口一小口地呷着,仿佛置身于另外一个世界。

汉嘉很好奇,书籍为什么会有如此大的魅力?一个关于计算器的实验,帮他找到了答案。汉嘉买过一个计算器,一个四四方方、不比皮夹大多少的小玩意儿。但它能算加减乘除,还能开方。出于好奇,汉嘉把计算器的后盖拆了,发现里面除了邮票般大的一小块之外,什么也没有。

汉嘉明白，书籍也是如此。当他翻起一本有价值的书，阅读一行行印刷的文字时，这本书留下的是和计算器加减乘除一样"非物质"的思想。这些思想扑扇着翅膀，在空气中飞舞。汉嘉喜欢喝酒，但他喝酒不是为了买醉，而是为了活跃思维，更好地深入一本书的心脏，理解那些闪闪发光的思想。

书籍还让他领略到了破坏的乐趣。他常常在爆破现场一站就是几个小时，百看不厌。这种破坏，就像他把一本本书送进压力机一样，眼睁睁看着这些珍贵的书籍在压力机中毁灭。他无力阻挡，只能在心中慨叹："天道不仁慈，我只不过是一个软心肠的屠夫而已。"这种铺天盖地的无力感，令人不由得感到一阵难过。

汉嘉手里的每一本书，他都会仔细地阅读，读过之后，要在每个包里放进一册，装饰打扮一番，算是"送书籍上路"的某种仪式感。但他乐此不疲。他喜欢跟那些有思想的先贤智者谈话，在这个世界上，唯有他知道哪个包裹里躺着歌德、席勒，哪个包裹里是尼采。每次读书，汉嘉就像进入了另外一个世界，两耳不闻窗外事，极度投入，连工作效率也低了许多，干活儿老是完不成任务。

他就在这样的日子里，过了三十五年。还有五年，他就可以退休了。他攒了点钱，决定到时候买下这台承载着他思想、灵魂养分的机器。他还打算在花园里办展览会，展览自己毕生所珍藏的书籍，以及费心打好的一个又一个包裹。他身处不见天日的地下室，与无边的黑暗与孤独为伴，但他并不寂寞。

人最终留下的不过是够做一匣火柴的那点儿磷和充其量只够造一枚成年人用来上吊的蚂蟥钉的那点儿铁

汉嘉的母亲病重时，他急忙蹬上自行车赶回家去，因为口渴，他走进地窖，从地上捧起一罐凉爽可口的酸牛奶喝了起来。突然，两只眼睛出现在他眼前，等他反应过来，嘴里已经跳进了一只青蛙。但汉嘉依然若无其事地喝完那罐酸牛奶。

后来，母亲去世了，汉嘉心中难过，却没有掉一滴眼泪。走出火葬场，他看到烟囱里冒出的烟升上天空，心想："我的母亲美丽地升天了。"走进火葬场的地下室，汉嘉想起自己也是个用同样方式焚烧、处理书本的人。他眼看着母亲的骨头被挑拣出来、磨碎、放进金属罐。他想起桑德堡的诗句："人最终留下的不过是够做一匣火柴的那点儿磷和充其量只够造一枚成年人用来上吊的蚂蟥钉的那点儿铁。"

一个月后，汉嘉签字领回了母亲的骨灰罐，把它送去给舅舅安置。有一年夏天，舅舅挖甘蓝时忽然想起他的姐姐、汉嘉的母亲，她最喜欢甘蓝。于是舅舅捧来骨灰罐，撬开，撒了一些汉嘉母亲的骨灰在种甘蓝的泥土里，后来长出的甘蓝,大家一起吃了。

有些荒诞的文字,却透着丝丝哀愁。汉嘉生活的地下室,老鼠成群,或许有二百只,或许有五百只,它们四处跳窜,最喜欢啃啮那些古老的书籍。有时,汉嘉去啤酒屋买啤酒,解开外衣扣子摸钱付账,常会有耗子从外衣里、裤腿里窜出来,吓得女服务员疯了一样,纷纷爬到椅子上。这样的生活,汉嘉早习以为常。书籍让汉嘉相信因果轮回。有时候他喝多了,会想起一位看林人。有一次,看林人捉到了一只偷吃小鸡的貂,他没有一刀结束它的性命,而是找来一枚钉子,残忍地扎进了貂的脑袋,然后把它放了。貂哀嚎着,在院子里东扑西撞,最终咽了气。一年后,看林人的儿子开混凝土搅拌机时,一道电流打在了他的脑袋上,让他当场送了命。

汉嘉还会想起一位猎人。猎人觉得开枪打刺猬太不划算,便用削尖的木棍扎进刺猬的肚皮,让刺猬蜷缩着身体,慢慢死去。后来,猎人得了肝癌,卧床不起,身体蜷缩成一个球,躺了三个月,缓慢地死去了。

每次想起这些事,汉嘉心里就会害怕。他想起自己残忍地把一本本珍贵的书送进压力机,看着它们被碾压、撕碎,他害怕书籍向他复仇。他总会想象这样一个画面:堆成小山的书籍倒塌,把他压在下面,从头盖到脚,然后压穿地板,降到二层、一层,最后坠到地下室里。理想与现实的拉扯,想做却无力去做的矛盾,让他终日浑浑噩噩。

Day 3 《过于喧嚣的孤独》

无论你从哪里出发，
必定会回到原地

 从整体上看，世界一秒钟也不曾跛了一条腿

作为一位废纸打包工，汉嘉很热爱他的工作，如果让他重新做出选择的话，他还是会选择干这一行。但尽管如此，一年之中，总有那么三四次，汉嘉也会感到厌烦和抗拒。主任的指责咒骂，机器吵闹的轰鸣，地下室臭得像地狱，老鼠、苍蝇疯狂逃窜……每当这时，汉嘉就要跑出去透透气，去别的地下室或地窖里待一会儿。

他最喜欢去的是暖气房，那里有两位科学院院士，受过高等教育，他们撰写当代历史、写社会学的调查报告。令汉嘉印象最深刻的，是他在那里看到的一份学术报告，说小灰鼠和褐鼠也像人类一样，进行过你死我活的战争。小灰鼠胜利了,它们有权占有下水道中的全部废物和排泄物。而这场战争一结束,获胜的一方就又分成了两个阵营。正是这样的分裂,使生命通过斗争向前发展,获得片刻的平衡,然后继续斗争……

于是汉嘉明白:"从整体上看,世界一秒钟也不曾跛了一条腿。"作者赫拉巴尔借小灰鼠和褐鼠之间的斗争,生动地映射了人类社会"分久必合、合久必分"的演进过程。为了利益,为了信仰,人类分化成不同的阵营,不断地进行斗争。但站在上帝的视角来看,人类又何尝不是那可怜的小灰鼠和褐鼠呢?而正如富兰克林所说:"从来就不存在好的战争,也不存在坏的和平。"

汉嘉不喜欢洗澡,一洗澡,汉嘉马上就会得病,所以对他来说,"讲卫生"是一个需要小心的习惯。但在年轻的时候,汉嘉是很爱干净的。他很在乎自己的形象,将长裤熨得笔挺,把皮鞋擦得亮亮的,一身衣着整齐、合宜。

一次舞会上,汉嘉见到了等待许久的姑娘曼倩卡。曼倩卡一袭长发,辫子里编着几根缎带,拖在身后,飘扬着。汉嘉邀请曼倩卡跳舞,每一场,他都只同她跳。

他第一次向曼倩卡告白说"爱她",曼倩卡则轻声回应,说她上小学的时候就已爱上了汉嘉。但在跳邀请舞的时候,曼倩卡突然脸色苍白,请求汉嘉稍稍等待。等她回来后,他们继续跳舞,旋转、跳跃,看上去是那样般配。可突然间，跳舞的人群停了下来，脸上带着憎恶的神情，一一躲开。

后来汉嘉才知道，曼倩卡离开的时间里去了厕所小便，不料农村饭馆的厕所，粪便堆得满到了坑口，她的缎带浸在粪便中泡湿了。等回到舞厅跳舞时，缎带上的粪水飞溅开来，落在跳舞的人们身上……

从那以后，曼倩卡多了个称号：甩大粪的曼倩卡！因为缎带事件，曼倩卡搬了家，许多年后汉嘉才找到她，请求她的宽恕。曼倩卡宽恕了汉嘉，并接受了汉嘉同去旅游的邀请。汉嘉买彩票中了五千克郎的大奖，他想尽快把这笔钱打发掉。他和曼倩卡去了山区，住最贵的酒店，随心所欲地挥霍着金钱。所有男人都羡慕汉嘉，想把曼倩卡从他身边夺走。

某天，曼倩卡从小松树和矮云杉后面出来，向人群走来，美得让人直想吻她。可当她从那些崇拜她的人身边经过时，有妇女捂着嘴巴窃窃地笑，男人们则用报纸遮着脸，装作看不见的样子。

等曼倩卡走近，汉嘉才发现，她的鞋子后面堆着一大团粪便，那是她在小松树和矮云杉后面方便的时候，不小心踩到的。汉嘉瞬间明白，这是曼倩卡生命中的第二章，她注定要忍受耻辱，永远与荣誉无缘。

操作压力机时，汉嘉回想起同曼倩卡的这两段经历，幡然醒悟:"机器在进行着这个世界的基本运动,犹如一个圆圈,无论你从哪里出发,必定会回到原地。"

他远离了时代的喧嚣,在心中勾勒了一个"地下室"王国

一日,汉嘉喝了四大杯啤酒,醉了。恍惚中,他看到了两个人:其中一个是耶稣,他身旁站着一位满脸皱纹的老人,他是老子。对于这两个人的出现,汉嘉并不感到惊讶,因为他的祖辈也曾在喝多了酒之后产生幻觉。汉嘉一边操作着压力机,一边看着耶稣和老子。

他看见耶稣在不停地登山,而老子早已高高地站在山顶;他看见年轻的耶稣神情激动,一心想改变世界,而老先生老子却与世无争,以返璞归真勾勒着永恒之道……

通过汉嘉的自述,你会发现他的渊博,对古今中外的历史人物简直如数家珍!所以在汉嘉的幻想中,耶稣是个活力满满的年轻人,一心传教,致力于改变世界;而老子是个与世无争的老人,遵循着大道,摸索自然法则。他看到耶稣犹如涨潮,老子好似退潮,耶稣像春天,老子则是寒冬,耶稣朝着未来前进,老子则退回生命的本源……

汉嘉的潜意识反映着他的思想。他热爱耶稣和老子,当他们共同出现在幻想中时。他远离了时代的喧嚣,在心中勾

勒了一个"地下室"王国。烛火在黑暗中长明，照耀着他堆到屋顶的书籍。

汉嘉是文明的捍卫者，却干着结束文明的事业——操作着压力机，把珍贵的图书碾碎。他心中痛苦，却无力改变。阿根廷作家博尔赫斯说："如果这世上真的有天堂，天堂应该是图书馆的模样。"汉嘉的地下室就是他的图书馆，是他的天堂。让他学会在"天道不仁慈"的处境下，活成体面的、读书人的模样。

Day 4 《过于喧嚣的孤独》

用诗意的心打败苦难的人，是人生场上的英雄

诗意地为不幸的生活找点乐子，守护着属于自己的快乐

"茨冈"，是吉卜赛人的别称。吉卜赛人，是一个世界性的流浪民族，他们弹贝斯，拉手风琴，天生崇尚浪漫，足迹遍布全球。在汉嘉工作的地下室里，经常会有两个收废纸的茨冈女人做伴前来。有时她们累了，就倒在干纸堆上，把裙子撩到肚脐眼，摸出香烟和火柴，仰天躺着抽烟。这时，汉嘉常常会把香肠和面包分给她们吃。

吃面包时，她们总是把面包掰碎，一小块一小块地往嘴里送，一边吃，一边点头。她们的日子过得很难，不仅要靠捡废纸养活自己和孩子，还得养活她们的头儿——一个根据

废纸量拿分成的茨冈男人。

茨冈男人架着一副金边眼镜，蓄着小胡子，梳着小分头，肩上永远挎着个照相机。他每天都给这两个茨冈女人拍照，善良的女人们则对着镜头，摆出最动人的姿势。快门"咔哒"一声按下，遗憾的是，相机里从来没有胶卷，两个女人也从未拿到过一张照片。然而，她们依旧天天让茨冈男人照相，像信徒盼望天堂似的盼望着自己的照片。

不少茨冈男人从事道路建设工程，他们脱光上身，在工地上挥着铁锹挖沟劳作，按劳取酬，干劲儿十足。他们常常把妻子和孩子带到工地附近，妻子们撩起裙子、抡着家伙挖沟，年轻的茨冈男人却把孩子抱在膝上玩耍。

在作者赫拉巴尔笔下，在汉嘉眼中，那些茨冈女人是不幸的，她们没什么太大的欲望，逆来顺受地迎接着生活的磨难，弱小的肩膀承受着沉重的负担。可她们仍然像虔诚的信徒，等着永远不会到来的照片，诗意地为不幸的生活找点乐子，守护着属于自己的快乐。

镜片厚得像烟灰缸的美学教授

这天，汉嘉在大街上碰见了美学教授，一位眼镜度数很深的老者，他的镜片厚得像烟灰缸，经常认错汉嘉和汉嘉那个粗暴的主任。教授伸手在兜里摸了一阵，抽出一张十克朗的钞票,像往常一样递到汉嘉手上,问道:"那年轻人在?"

汉嘉回答:"在。"

教授便像平时一样,凑到他以为的"主任"耳边,轻声说:"好好对待他,行吗?"

汉嘉煞有介事地回答:"我会这样做的。"

见教授穿过大街,汉嘉快步往前跑,先教授一步回到了地下室,摘下了帽子。教授下来了,对汉嘉说:"那老头儿呢?"

汉嘉回答:"又去买啤酒了。"

教授接着问:"他总那样像恶狗似的对待你?"

汉嘉:"从来都这样,他嫉妒我,因为我比他年轻。"

教授把一张揉皱的一克朗递到汉嘉手上,颤声说:"这是给您的,费神啦,找到什么没有?"

汉嘉从一只小箱子里取出几本旧的《民族政策》和《民族报》。原来,教授之前在《戏剧报》工作,五年前被赶出了编辑部。但他对二十年代的戏剧评论仍然很感兴趣,所以委托汉嘉帮他找。走之前,教授又塞给汉嘉一克朗,嘱咐道:"可别让那老头儿撞见。"

见教授走了,汉嘉再次戴上帽子,抄小路赶到了教授前面。教授再次把汉嘉认成了他的主任,给了十克朗,痛苦地说:"对那个年轻人您别这么厉害,好好对待他,行吗?"

我渐渐陷入一种对友情倍加敏感,对世界和永恒不屑一顾的心态之中

汉嘉的舅舅去世了,他们埋葬了他。对汉嘉来说,舅舅是为他指点迷津的吟游诗人,他的离去,让汉嘉内心十分难过。

舅舅在铁路工作了40年,管理道口的升降杆,后来负责看守信号塔。他很热爱这份工作,退休之后,用积蓄买了一套信号装置,把装置安装在了自己家的院子里。和他一样退休的几位同事,买了一台小机车。他们在园子里、树丛中铺了几节铁轨,在每个周六周天的下午点火,让孩子们驾驶着"火车"在花园里兜风。有时候,舅舅自己也会坐在上面,端着一大杯啤酒,边喝酒边兜风,醉醺醺地迎来黑夜。

舅舅在信号塔里得了脑溢血,死去的时候正逢假期,尸体半个月后才被发现。汉嘉帮舅舅收拾遗物,他打开舅舅的小柜橱,里面放着他的收藏物——一堆五颜六色的洋铁片,用一只只小盒子装得满满的。舅舅值班的时候,喜欢把一些铜片、锡片、铁片放在铁轨上,火车驶过,这些小碎片被轧得奇形怪状。舅舅小心地把它们收好,还给它们一一起了名。

汉嘉把五颜六色、奇形怪状的小碎片撒在舅舅棺材里,

舅舅躺在里面,身上好似堆满了奖章、纪念章、勋章,像一位赫赫显要那样神气,仿佛是汉嘉制作的一个非常漂亮的包。

汉嘉找来一本康德的著作,翻到令他感动不已的段落:"有两样东西总使我的心里充满了新的、有增无减的惊叹——头上的星空和我内心的道德法则。"他想了想,又翻到更动人的一段,是康德年轻时写下的:"夏天的晚上,当满天繁星在抖动的光亮中闪烁,一轮明月高悬时,我便渐渐陷入一种对友情倍加敏感,对世界和永恒不屑一顾的心态之中。"汉嘉把书翻到这一页,放在了舅舅手里。

两个茨冈女人、美学教授、舅舅,其实和汉嘉一样,都是固执地走在幽深小径上,用诗意的心打败了生活苦难的人,他们虽不幸,却是人生场上的英雄。

Day 5 《过于喧嚣的孤独》

天道不仁慈

他们一无所求,只希望永远永远这样生活下去

一个文静、纯朴的茨冈小姑娘,总在小饭馆门前等着汉嘉。她总穿同一件衣服,沾满了肉汁和汤水的污渍,浑身汗湿,发出一股油腻的麝香和润发油的气味。

汉嘉第一次遇见茨冈小姑娘时,是战争快要结束的时候。汉嘉从小饭馆出来走回家,小姑娘走在他后面,跟着他,静悄悄的,不说话。汉嘉走到十字路口,说"再见啦,我得走了",小姑娘则说,她也去那个方向。汉嘉故意绕弯子,可无论他往哪走,小姑娘都跟他去同一个方向。汉嘉走到家门口,说"再见啦,我到家了"。小姑娘说她也住在这里。就这样,小姑娘进了汉嘉的屋子,同他睡在一张床上。

第二天等汉嘉醒来，小姑娘已经离开了。

后来，汉嘉故意深夜才回家，可每次一踏上台阶，就能看到茨冈小姑娘在等他。他一打开门，她便像小猫似的跳起身钻进屋里，两个人谁也不说一句话。汉嘉拿着大罐子去打啤酒，回来时，茨冈小姑娘已经生好了火，她做的晚饭永远是土豆炖马肉香肠。

汉嘉同茨冈小姑娘生活在了一起，实际上，他们连对方叫什么都不知道。他们就这样静静地、不言不语地每天晚上相会。汉嘉没给过小姑娘钥匙，她总是等着他。小姑娘总要把面包掰碎成小块儿，像吃圣餐一样一点一点往嘴里送，跟过去那两个茨冈女人一样。他开始对黑夜有所期待，觉得世间万物变得美丽起来。所有的街道、广场，在暮色中行走的人，都像蝴蝶花一样美好。炉门敞开着，红旺的炭火在燃烧，茨冈小姑娘站起身，在炉中添了几根木柴，然后走回来，躺在汉嘉身边。他们就这么躺着，呆呆地望着炉子里摇曳的火光。他们一无所求，只希望永远永远这样生活下去。

第二次世界大战结束前的那个秋天，一个星期天，汉嘉花了整整一天时间糊风筝，茨冈小姑娘打来啤酒，他们一起做了一条长长的风筝尾巴，一起放风筝。小姑娘把头靠在汉嘉身上，岁月静好的画面，令人无比心动。小姑娘胆子小，怕风筝会把自己拽上天空，汉嘉手把手地教她。美好的时光，终会成为日后回想时钻心的刺。

一天晚上，汉嘉回到家，却没有见到茨冈小姑娘的身影。他开了灯,通宵达旦在门外徘徊,可是茨冈小姑娘没有来,从此她没有再来。汉嘉寻找着他的茨冈小姑娘,却得知她被盖世太保带走了,同另外一些茨冈人一起被关进了集中营,在马伊达内克或奥斯维辛的焚尸炉中被烧死了。

战争结束后,汉嘉在院子里把风筝烧掉了,他不敢想起那个陪伴了他无数个漫漫长夜的茨冈小姑娘,那个孩子般的,纯朴得犹如一块未经雕琢的木料,犹如圣灵气息的茨冈小姑娘,那个除却点炉子生火、做一锅土豆炖马肉香肠、给炉火添木柴、秋天放放风筝之外,别无他求的茨冈小姑娘。她喜欢火,因为火光能把一切痛苦深埋在下面。汉嘉觉得,也许有什么东西比这天道更可贵,那就是小姑娘带给他的——同情和爱。

他不断读书,从书本中寻找预兆,可书本却联合起来同他作对

"甩大粪的曼倩卡"多次来信,邀请汉嘉去看她。汉嘉坐着公交车,来到林间小镇,打听曼倩卡的住址。黄昏时分,他来到一座林中小屋前。推门走进花园,汉嘉看见一尊硕大的雕像高高耸立。一部梯子架在雕像上,梯子上站着一个老头儿,正挥动铁锤在石头上雕凿着。老头一边雕着头像,一边俯视地面,汉嘉这才看见坐在椅子上的曼倩卡,她正闻着手里的一枝玫瑰花。

曼倩卡的头发已经灰白，剪得短短的，使她显得超凡脱俗，汉嘉站在原地看呆了。最令汉嘉吃惊的，是雕像上有两只白颜色的大翅膀，仿佛曼倩卡正轻轻扇着翅膀，即将腾飞。汉嘉想着，这个一向害怕读书，一生中从未读完一本正经书的人，如今在生命旅程将要结束时，赢得了圣洁。

曼倩卡向汉嘉伸出手，她告诉汉嘉，这位雕刻的老先生是她的最后一个情人。曼倩卡领着汉嘉去参观她的小屋，从地窖看到顶楼，讲述着这座房子建成的故事——

她找来一个掘土工，她同掘土工过夜。后来，她找了一个砌砖匠帮她砌墙，同他过夜；再后来找来木匠、管道工、瓦匠……同他们过夜。曼倩卡就这样靠着她的床和一个明确的目标，盖起了这座房子。最后，她还找来一位艺术家，艺术家柏拉图式地爱着她，给她雕刻了一尊天使形状的曼倩卡像，这也是她的最后一任情人。

见面结束后，汉嘉回到家，喝得酩酊大醉，和衣躺在床上，想着曼倩卡。汉嘉一生爱书，从书中寻找着灵魂的宁静，却无力改变茨冈小姑娘被送进集中营的现实。而过去那个被人嘲笑"甩大粪""踩大便"的曼倩卡，那个汉嘉以为"注定要忍受耻辱，永远与荣誉无缘"，那个一生没读过一本正经书的曼倩卡，却用一种不可思议的方式，建造了属于自己的乐园，打造了一尊属于自己的雕像。那雕像如此圣洁，展开翅膀，沐浴在阳光中，令人惊艳、膜拜。汉嘉的信仰在这一刻产生了动摇，他开始怀疑自己坚持的一切是不是对的。

Day 6 《过于喧嚣的孤独》

时代抛弃你的时候，
连声招呼都不会打

> 那些书没有一页进入过人的眼睛、大脑和心灵，就被粉碎了

打包工被时代无情抛弃的时候，汉嘉也走向了生命的终结。三十五年来，汉嘉用压力机处理废纸，他一直觉得除了这样处理废纸之外，没有别的办法。可如今，他听说有一种巨型压力机，功效比他现在用的这台大上二十倍。

出于好奇，汉嘉去废纸厂看了看，顿时震惊了。那机器比他预想的还要大，传送带是那样宽、那样长，一群年轻的男工女工在机器前劳作着。汉嘉注意到，这台压力机处理的是成批成批的新书，那些书没有一页进入过人的眼睛、大脑和心灵，就被粉碎了。

看着人们在巨型压力机前工作，汉嘉突然感到恐惧和不安。他明白，这台巨型机将会对所有小压力机造成致命打击，他这个行业已经进入了一个新纪元，人们以另外一种方式工作着。

这时，一位女教师带着孩子们前来参观，参观废纸是怎么处理的。女教师拿起一本书，把书撕开，孩子们跟着学，一个接一个地拿起书，扯下包书纸和封皮，小手抓住书页，使劲地撕着，干得像工人一样顺利……

天道不仁慈，汉嘉那样热爱的书籍，却被像垃圾一样处理着，撕得粉碎。汉嘉心灰意冷，他再也看不下去了，起身离开。

在工人们的嘲笑声中，汉嘉跑到长廊尽头，停下脚步，忍不住撕开一包看看里面是什么书。他发现，原来孩子们撕的是一本小说，那本书共印了八万五千册，共三卷。也就是说，超过二十五万册的书在被孩子们的小手撕碎着。

汉嘉又穿过几条走廊，两侧都堆放着成千包的书，它们静静地、无助地排在那里，等待着被粉碎的命运。世界上的一切仿佛都变了、不同了。汉嘉从后门走进阴暗的地下室，空气臭烘烘的，他抚摸着他那台压力机上磨得发亮的槽边，呆呆地站在那里。

突然，主任冲出来朝他大声叫嚷，说他跑开了那么久，院子里、地下室的废纸都堆得顶到天棚了。主任表示，他再也不会跟汉嘉白费劲了,他已经给管理处打了报告,请求把汉嘉调到别处去打包。不出一个星期,他将被调到新印刷厂的地下室去捆白报纸。

汉嘉不由得眼前一黑,三十五年来,他经常指望从臭烘烘的废纸中捞出一本珍贵书籍来作为额外收入,现在却要去捆没有斑点、没有人性的白纸。汉嘉被这个坏消息击倒了,坐在地下室台阶上,浑身瘫软,呆若木鸡。

我是个瘸脚小学生,拿回家的是一张分数不及格的成绩单

地下室新来了两个年轻人接替汉嘉的工作,他们用叉子把废纸叉进槽里,按动电钮,机器轰隆轰隆地飞旋着,打出一个又一个的包。主任时不时前来探查,高兴地鼓掌、喝彩,目光则死死盯在汉嘉身上,带着嘲弄与羞辱。

汉嘉失魂落魄地离开地下室,向外面走去。他遇见了美学教授,美学教授再次把汉嘉错认成了他的主任,问道:"那个年轻人在吗?"

汉嘉一反常态,回答:"不在。"

教授问:"他是不是病了?"

汉嘉摘下帽子,回答说:"不是病了,不过,以后再不会有戏剧评论的文章了。"

教授惊慌了，举着一根手指点着汉嘉喊道："您就是那个年轻人，您也就是那个老头儿？"

汉嘉戴上帽子，把帽檐拉到额上，辛酸地表示："是的，以后再也不会有您想找的杂志了，他们把我赶出了地下室，您明白了吗？"

汉嘉继续往前走着，不知不觉走到了啤酒店，他要了一杯苦味酒，接着喝了一杯啤酒，随后又要了一杯苦味酒。恍惚间，他仿佛看到地下室里，两吨重的书堆在他睡觉的脑袋上方，快顶到天花板了。他说："达摩克利斯之剑每天悬在我的头上，是我自己把它悬挂在那里的，我是个蹩脚小学生，拿回家的是一张分数不及格的成绩单。"

达摩克利斯是一位朝臣，非常喜欢奉承他的国王，说国王很幸运，可以成为一位拥有权力和威信的伟人。国王提议与他交换一天身份，让他体验一下国王的幸运。晚宴上，达摩克利斯非常享受成为国王的感觉。可在晚宴快结束时，他抬起头，这才注意到王位上方仅用一根马鬃悬挂着一把利剑。达摩克利斯立即失去了对美食和美女的兴趣，请求国王放过他，他再也不想得到这样的幸运。一个人拥有多大的权力，就要负多大的责任。放在汉嘉身上，他觉得自己用书籍建造了天堂，他是有责任守护这些书籍的。可面对时代的飞速变迁，他无能为力，他是个蹩脚的小学生，拿回家的是一张分数不及格的成绩单。

我拒绝被赶出我的天堂

浑浑噩噩间,汉嘉发现自己走了一大圈,最终还是回到了他熟悉的地下室。他打开门,手掌在墙上摸索到了电灯开关,他看见新的废纸堆得像山一样高。他抱起一大把废纸,扔进压力机的槽里,铺平,铺成一张小床的模样。他抱着自己喜爱的书,抬腿跨进槽里,把身子缩作一团,然后爬起来,按了一下电钮。

汉嘉幸福地微笑着,那一刻,他仿佛看见了满天繁星,看见了曼倩卡挥舞着翅膀,看见了茨冈小姑娘睡眼惺忪地向他走来……

汉嘉跨进了一个他从未去过的世界。他攥着的那本书中,有一页写道:"每一件心爱的物品都是天堂里百花园的中心。"他说:"我拒绝被赶出我的天堂,我在自己的地下室,没有人能把我从这里赶出去,没有人能把我调离这里……"

这就是汉嘉最终的命运,无法适应飞速变化的时代,坚持多年的信仰与热爱轰然倒塌,使得他选择在自己陪伴了三十五年的压力机里,迎接生命的终结。

时代抛弃你的时候,连句招呼都不会打。汉嘉的命运令人唏嘘,但他的信仰却值得敬佩。他像个虔诚的殉道者,守护着自己梦想的天堂。

Day 7 《过于喧嚣的孤独》

即使身处暗处，
也有仰望星空的权利

这世界变了，他不喜欢，但他无力改变

三十五年来，汉嘉活在地下室里，孤独却不寂寞。可惜，这份享受终究被轰鸣的机器打破了。随着工业化进程，形体巨大、效率高的大型机器扼杀了落后的压力机，这也是作者赫拉巴尔在小说后半部分揭露的：机械化工业生产对人文主义文明的摧残。

汉嘉很排斥、很抗拒工业化的社会，因为它太过冷漠。汉嘉那样热爱的书籍，正在被祖国的花朵们像垃圾一样处理着，撕得粉碎。汉嘉看到成千包的书，静静地、无助地排在走廊两侧，等待着被粉碎的命运。同时被粉碎的，还有汉嘉一直以来坚持的理想。这世界变了，他不喜欢，但他无力改变。

当三十五年习以为常的工作被两个年轻人轻易取代,汉嘉感到无所适从。他用书籍建造了天堂,可他无力抵抗时代的洪流,他"是个蹩脚的小学生,拿回家的是一张分数不及格的成绩单"。

于是,汉嘉决定将自己跟心爱的书籍一起打包,飞升天堂。而这正是飞速发展的新时代,吞噬了喧嚣中隐匿的孤独,为汉嘉这种生活在社会底层,却有着强烈精神追求的人"敲响了丧钟"。

在困境中自得其乐,至死不渝

《过于喧嚣的孤独》这本书如同一个阅历丰富的老人在对你轻声诉说,有种温柔地踩在棉花团上的感觉,但它很悲伤,是无力抵抗时代命运轮盘走向的崩溃。正如汉嘉所说:"我拒绝被赶出我的天堂,我在自己的地下室,没有人能把我从这里赶出去,没有人能把我调离这里……我们唯有被粉碎时,才释放出我们的精华。"

世界上只有一种真正的英雄主义,那就是看清生活的真相后,依然热爱生活。汉嘉是一位英雄,他抵抗住了生活的苟且,享受书籍带给他内心世界的快乐,那是属于他自己的诗和远方。他心里装着康德、尼采,亚里士多德;他幻想到老子和耶稣同时出现；他能从中国的《道德经》讲到古希腊植物分类学……

在阴暗潮湿的地下室里，在同老鼠苍蝇为伍的生活中，汉嘉通过书籍，依然保持着心灵的至纯至善，他是喧嚣世界里真正的勇士，是人生场上了不起的英雄。

赫拉巴尔当过四年废纸回收站的打包工，正是这段真实经历，让他写下了汉嘉的故事，写下了这本《过于喧嚣的孤独》，写下了一部英雄的故事。其实，无论是汉嘉还是赫拉巴尔自己，透过孤独的地下室，都能触摸到那个喧嚣的外部世界。但他们并不渴望走出去，他们在困境中自得其乐，且至死不渝。

《复明症漫记》
荒诞的故事述说复杂的人性

［葡］若泽·萨拉马戈

对我们来说，难的是生，是活着，是像一个人一样地活着，有思想，有尊严。

《失明症漫记》续篇
诺贝尔文学奖得主经典之作
通过群体性时间挖掘人性的光明与黑暗
书写人性的荒诞

Day 1 《复明症漫记》

人生，
没有太晚的开始

他凭借自己的毅力，自学成才，以翻译和写专栏起家，做过记者和编辑，凭能力跻身报界

若泽·萨拉马戈是葡萄牙作家，他出生在一个赤贫的农民家中，"萨拉马戈"这个词在葡萄牙语中是野萝卜的意思，父母大概希望萨拉马戈即使没有锦衣玉食，有萝卜吃也是好的。因家境贫困，萨拉马戈高中时不得不辍学，先后做过修车工和开锁工。后来，他凭借自己的毅力，自学成才，以翻译和写专栏起家，做过记者和编辑，凭能力跻身报界。

萨拉马戈所处的时代，葡萄牙爆发了不流血的康乃馨革命，加入葡萄牙共产党的萨拉马戈在任《新闻日报》副总编的时候，努力将《新闻日报》改造为葡共机关报，为革命服

务。由于家境原因，萨拉马戈只是在二十五岁的时候发表第一部小说《寡妇》。此后三十年，他一直安心工作赚钱，直到他五十五岁，才重新拿起笔，进行小说创作。当时很多人都认为，萨拉马戈不会再有新的作品问世，更不会获得举世瞩目的成就，毕竟他不再年轻，甚至有很多人劝他放弃。可是，萨拉马戈心底怀揣着追逐诺贝尔文学奖的理想，一定要写下去。

在他的坚持和努力下，五十八岁的萨拉马戈，完成小说《从地上站起来》，以新秀的姿态登上文坛。1982年，花甲之年的萨拉马戈又出版《修道院纪事》，这不仅奠定了他在葡萄牙文坛的大师地位，还为他赢得了国际声誉。更让人瞩目的是，在1995年，七十三岁的萨拉马戈出版《失明症漫记》，并因为此书获得诺贝尔文学奖。在这一年，他获得葡萄牙语文学创作最高等级奖项，卡蒙斯文学奖。

在《失明症漫记》里，作者讲述了这样一个故事。

在某个平常得不能再平常的日子里，一种离奇的失明症突然降临到一个国家，最开始，是一个司机，他在开车的时候突然失明，眼前被一片类似奶浆的白色色素笼罩，然后再也看不见任何事物，从这个司机开始，失明症开始蔓延，城市一片混乱。当局下令，将所有的失明者都赶进一个废置的精神病院，派武装士兵把守。为了换取食物和活下来的机会，失明者们忍气吞声，委曲求全，当身上的现金和值钱的东西被搜刮干净之后，手握食物的人又开始要求获得女人，于是，盲人中的女人们成了牺牲品。

一个女人，为了照顾身为眼科医生却也失去了光明的丈夫，她谎称自己也是瞎子，混进精神病院，所有的一切，都落在她的眼中。为了活下去，这个女人带领着六个人努力地活着，但结局离奇而又可悲。

在《失明症漫记》中，白色盲症明显具有寓意。第一个失明者向医生描述症状时说，失明后更像是灯亮了，意味着其实这次失明，给了原先在社会意义上看不见的人们，认清自我从而"看见"的机会。在小说中，萨拉马戈用荒唐的、无理取闹般的逻辑展开叙述，而这就是他的写作风格，不管他如何戏谑、顽劣和不正经，他说的都是相当严肃的事。在那些奇怪的逻辑里，他想让读者看见人性不可预估的复杂和丑陋。

文学评论家哈罗德·布鲁姆认为，《失明症漫记》是萨拉马戈最令人吃惊和不安的作品。他那极具说服力的想象震撼人心，让读者深刻意识到，人类社会竟是如此脆弱、荒诞。

沉醉于他不露声色搭建起现实与虚幻融为一体的独特天地里

《失明症漫记》完成十年后，萨拉马戈续写了那座曾经陷入地狱的城市故事。《失明症漫记》和《复明症漫记》一样，体现了萨拉马戈的小说写作特点：只有逗号和句号——问号、引号等常用标点符号一律没有。句子很长，很少分段，文字像滔滔江水一般连绵不绝，有时一个自然段甚至长达几页。在感受其魔幻现实主义色彩之前，读者可能会感到迷惑，不知道他要讲什么，读到后面，会迷恋于萨拉马戈无缝隙的叙事风格，沉醉于他不露声色搭建起现实与虚幻融为一体的独特天地里。

此外，他的作品十分冷峻，全文几乎没有角色名称。对此，萨拉马戈说，读者应当大声朗读他的作品，这样才能抓住节奏，因为他的书面语言都是口语化的。对丑陋人性的抨击，在萨拉马戈的长篇小说《复明症漫记》中得到延续。它以充满黑色幽默的荒诞剧开场，以曲折而暖心的硬汉小说收尾。

瑞典学院在诺贝尔奖的授奖词中对萨拉马戈如此赞扬："他那为想象、同情和反讽所维系的语言，持续不断地触动着我们，使我们能再次体悟难以捉摸的现实。"在接受西班牙国家电视台的采访中，萨拉马戈相当坦率地谈到自己的童年、写作和信仰。他说他只是一个普通孩子，在公共图书馆里与文学相遇。他承认自己有写作方面的才能，但却反对将这种才能神秘化。他认为社会的进程能给文学以影响。写作、讲故事于他而言，就如同做椅子。他只是想把椅子做得更结实更漂亮更艺术。

Day 2 《复明症漫记》

你或许再也不会
像从前那样看待世界

大家等了很长时间,连一个前来投票的人影都没看见

大雨瓢泼的一天,第十四区选民代表大会正在进行选举活动,执行委员会成员都在大雨中陆续赶到,并准备就位。主任委员让秘书奉命到街上看了好几次,也没看见一个人。

主任委员看着空荡荡的会议室,看着一摞摞尚未登启用的登记册,心里一阵慌乱。如果没有一个人前来选举,局面不好收拾。好在秘书聪明,给他妻子打了电话,说这里遇到了麻烦,让他妻子前来投票。至少有一张选票有保障了。

看到这个情景,大家纷纷效仿,给自己的亲人打电话,让他们都来救局。几个小时过去后,终于来了一个选民,当

这个选民把选民证和身份证递给主任委员的时候，主任委员激动极了，大声宣读选民号码和持有人姓名，后来，人数最多时候是三四个，快到中午的时候，委员们的家属们来了，其间还有稀稀拉拉的几个选民。

下午四点的时候，雨停了，那些心安理得待在家里的选民一下子都来参加选举。无论是病人还是健康人，无论是步行者还是坐轮椅的人，无论是救护车里的还是担架上的。首都人民潮水般地涌向投票站，给全国其他地区树立了榜样。在场的政府官员都松了一口气。队伍一眼望不到尽头。投票结束已是深夜，委员们筋疲力尽，饥肠辘辘，但是都很兴奋。选票被倒出来，像小山一样被堆在桌子上，统计完投票，结果百分之七十以上投的是空白票。在场的委员们都傻眼了。

除首都外，这个国家其他地区，选举进展很顺利，没有出现事故，选举结果也无异常，空白票和无效票都不多，不具备特别意义。首都官员开始焦躁不安，政府宣布首都进入非常状态，并决定重新选举。

选民们开始走出家门前往各自的投票站，他们各个穿戴整齐，态度认真，投票站还没开门，等待的选民已经排起了长长的队伍。大家不知道的是，遍布全市四十多个长长的队伍中，每个队伍里至少有一个特工，他们的任务就是窃听人们的言论。

随着时间的推移，情报像雨点一样落进情报中心，但是，没有一条能证明前来投票的选民别有用心。投票的结果，空白票是百分之八十。

总理很生气，他断定这次的选举比上次的情况更加严重，要认真调查。总理在广播里让每个居民都自我反省，现在纠正错误还来得及。

然后，总理向国家元首请示首都进入非常状态。总理召集各个部长对投票情况展开了大讨论。国防部长认为宣布非常状态还不够，应该进入货真价实的戒严状态。内政部长说他们内政部已经制订了一项计划，派遣训练有素的探员渗透到民众之中。司法部长说内政部长将几张空白选票类比恐怖主义，有些危言耸听了。大家你一言我一语，争论不休。

最后，总理倾向于内政部长的计划。于是，挑选、训练探员的工作得以迅速开展，他们用侦察、录音、录像等方法搜集各种情报，很快，就拘留了五百个可疑的人，不断对这五百人施加肉体和心理的压力，可是，没有一个人承认自己投了空白选票。

国防部长说，应该把这次的事情定性为叛乱，否则国家将面临重大灾难

内政部长的计划几乎没有什么进展。被给予厚望的"非

常状态"，没有产生预期效果，现在急需把螺丝钉拧得更紧。必须实施戒严，加强武装部队在各个街道巡逻，禁止五人以上集会，绝对禁止任何人出入本市。此时，外交部长向总理转达了各国的担心，他们害怕这场白色瘟疫会穿越边界，向外扩散，使整个地球遭受威胁。

内政部长再次强调，首都处于被不明真相的敌人包围之中，形式很危急。国防部长说，应该把这次的事情定性为叛乱，否则国家将面临重大灾难。总理听完大家的议论，宣布进入不定期戒严状态，从公布时间起，立即生效。

于是，陆军部和武装警察占领火车站，在出入首都地各个路口设置拦截岗，工兵正式设置路障，探照灯把高速公路第一个拐弯处照得亮如白昼。全副武装的士兵像潮水一样跳下卡车，占领他们认为的阵地，仿佛要打一场持久战一样。令他们没想到的是，短短一天时间，不计其数的抗议书、申诉书和要求澄清的信件，像潮水般地涌进政府部门，而各个部门不知道如何答复。因为自上而下执行的是笼统戒严，根本没有顾及执行中的细节，所以混乱现象层出不穷。几天过去了，困难像雨后的蘑菇一样越冒越多，越长越大，但民众的坚强斗志，似乎没有显出低落的迹象。

一天上午，街道上出现了示威群众。而且，他们胸前都贴着黑底红字的字条，上面赫然写着：我投了空白选票！街区从高处窗台下垂满了巨大条幅，也赫然写着：我们投了空白选票！游行的人数成千上万,虽然警方的高音喇叭声嘶力竭地喊叫,不允许五人以上的集会,但游行的人数有增无减。国家元首连忙召开内阁全体会议,总理在会议上披露了他的计划。具体来说,就是以重要性为序,政府各个机关立即撤退到另一个城市,让那里成为国家的新首都。然后让这个城市里的民众的生活陷入一片混乱,那样他们就会低头求饶。

Day 3 《复明症漫记》

这次的撤退不是威胁，而是治疗

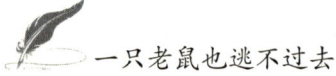一只老鼠也逃不过去

经过内阁会议讨论，除了留下包括市政委员会主席在内的全体成员、消防队和城市保洁部门，其他大小政要和部队警察都撤走。内阁会议还研究制定了撤退路线，国家元首、总理以及各个部长，都有各自的专用路线，一共有二十七条。另外，拟定分散路线撤退，避免出现示威群众组织游行阻碍撤出。

但谁也没预料到，本想悄无声息离开，意外却发生了。随着汽车沿街向前开进，临街的一座座楼房的灯全都亮了起来，所有的窗户也都打开了，各种灯光组成的水晶海洋，照亮了街道，照亮了逃兵们的流窜道路。各车队负责的人看到

满大街的灯光，慌了，忙下令将油门一踩到底。结果，由于车速太快，发生了碰撞。伤的不是很严重，稍微厉害一点的，是额头上有点血肿，脸上添道划痕等，不足以影响明天颁发负伤证和战争十字勋章的奖赏。

车队后面的医疗人员立即行动，跑过去救助，整个场面混乱不堪。车队只好都停了下来。有人打电话，要求提供其他路线，有人高声喊叫，要求评估局势的严重程度。尽管这么乱，依然没有人从窗户里探出头来，免费观看街上为他们演出的精彩节目。此刻，高瞻远瞩的总理也负了一点伤，医生一边在他的下巴上涂消毒水，一边暗自思考，是不是要给他注射一支破伤风，注射了算不算过度治疗？

总理和总统少不了互相通话，询问各自路上的情况。总理说："现在这个情况比选举那天更让人担心，灯光全亮起来，但窗户和街道上看不到一个人影，这事儿太奇怪了！有可能存在一个破坏国家安全和民主制度合法性的地下组织。"还好，撤离的车队最终来到了城市的边界线上。总统下了车，走向守在路口的军官，问有没有试图闯出去的人。军官说不管怎样他们都过不去，因为路口除了有常规巡逻队，还装了电子监视器，就连一只老鼠也逃不过去。如果有人硬闯，有必要用催泪瓦斯和高压水炮，朝着腿部射击也是可以的。

生活依然有条不紊地进行下去,短暂的罢工很快平息,人们很快回到各自的岗位

军队的最后一辆卡车和警察的最后一辆小型货车离开的时候,城市中的灯光开始熄灭。当浓重的黑暗开始消散,黎明悄悄降临。在这个早晨,人们像往常一样,刷牙洗脸、穿衣喝咖啡的时候,听到电台火急的报告,总统、政府和议会于今天凌晨离开了本市。

人们打开电视。电视里说上午七点整,将播送国家元首致全国群众的重要公告,显然,这种公告特别针对的是首都的顽固居民。七点,电视里的国家元首表情严肃,他声音低沉,用痛心的手势和难以控制的一滴泪水,向所有人宣告了这项令人感到诧异的决议。"不错,我们向这座曾经是,但现在已经不是我们首都的城市,下达了戒严令。不错,你们被包围,被围困,被限制在城市的范围之内,不得出城,否则你们将会遭到武装部队的开枪射击。你们是罪人,你们投出了空白选票,走上了颠覆和反叛的道路,向合法权力发起了阴险的挑战。不要埋怨我们,要怪就怪你们自己!这次的撤退不是威胁,而是一次治疗,治疗从你们自己身上长出来的脓疮。没有任何当局会去保护你们不遭受盗贼、强奸和杀人犯的侵害,这就是你们的自由,去享受吧!但是我们愿意宽恕你们,等着你们悔改!"

早上还冷冷清清的街道在总统广播播出后，突然热闹起来，街上人头攒动，拥挤不堪，没出门的人也伏在窗台上向外观看，大家互相招手致意，仿佛在欢度什么节日。总理的演讲，并没有取得预期的效果，首都的人们尽管有些骚乱，但生活依然有条不紊地进行下去，短暂的罢工很快平息，人们很快回到各自的岗位。

不这样的话，就将民众放在文火上烤，所有人都会深受其害

对于罢工这个主意的始作俑者内政部长来说，收集垃圾的员工自愿回到岗位，绝对不是一件好事。他拿起电话给市政委员会主席拨过去，要求市政委员会主席命令清洁工集体罢工。市政委员会主席没有接受内政部长的建议，他说，不这样的话，就把民众放在文火上烤，所有人都会深受其害。他还问内政部长，政府何时结束戒严这场闹剧。内政部长对主席的话嗤之以鼻，告诫他，你该提出辞职了，国家不需要你这样的官员。并且表示，自己会利用一切方法，达到想要的目的。

市政委员会主席这几天在办公室接到的消息不算太糟糕。有几起小的交通事故，一两处交通拥堵等，但是没有多大损失，这都是一个城市会发生的正常事情。与当局的预言相反，这些天出现偷盗、强奸和杀人的案件并没有增多。主

席让秘书准备了一辆车，他亲自开出来。看着行人来来往往，想着这座城市被自己的国家抛弃，被自己国家的军队包围，被政府视为危险的病原发源地，主席有些忧心忡忡。他把车停下来，步行在街道上。商场的生意并不红火，公共汽车运转畅通，银行门前仍旧排有长长的队伍。但是，主席还是感到空气中弥漫着威胁，他想将这种威胁告诉给路人，可很少有人跟他打招呼。

最终，主席告诫了一个人，尽管对方也不知他告诫的是何事。但主席对自己很满意，如果那个人把话传出去，那么在短短几小时之内，整座城市都会警觉起来。他来到一家餐馆，坐下来，给妻子打电话问候。突然之间，一场地动山摇式的爆炸随之而来，他所在的建筑从上到下地颤动，玻璃顷刻碎裂。桌子椅子掀翻在地，有人大声号叫，有人受了伤。主席的脸也划开一道大口子。他立马拨通应急部门电话。电话那头说爆炸发生在地铁，离车站只有五十米，他们正在灭火和抢救。他狂奔过去，看到浓烟疯狂地向上滚动，有人已经死了！两个小时后，大火得到控制。

"部长先生，火车站附近发生爆炸，是谁放的炸弹呢?!你说过为达到目的，你会使用一切手段！"主席电话质问内政部长。"你是什么意思？在影射什么？你竟敢怀疑一个政府官员？""内政部长先生，从现在起，我不再是市政委员会主席，我放弃我的职务！""如果对此事保持沉默，你会后悔的！"

Day 4 《复明症漫记》

越在复杂的时代里，
越要保持清醒和冷静

炸弹没做到的，示威做到了，而且威力无比

内政部长来向总理解释关于爆炸的事，说本来只是打算制造一些恐慌，没想到威力会这么大，或许是传达命令的过程中出了些差错。但是报纸和媒体把罪行归咎于某个与白票人动乱有关的恐怖团体，这个结果是他们想要的。

"最后确定死亡人数是三十四个，报纸只报道了二十三个，"总理提醒内政部长，"死亡人数太多。"

"想要达到目的，必定要采取手段，我提醒您这一点。"内政部长回道。

"这句话我已经听过多少遍了?!"总理很讨厌内政部长的自以为是。

"这不是最后一遍，只不过下一遍也许不是从我嘴里说出！"内政部长对总理很不恭顺，他们内部矛盾重重。

内政部长接着汇报，说市政委员会主席辞职了，爆炸后他立刻赶到火车站，参加了救助，看到那个场景，精神承受不住，崩溃了。总理摆摆手，内政部长走了。爆炸发生三天后，准备安葬遇难者。人们一早就聚集在街上，他们默默走着，表情凝重，十一点的时候，广场已经挤满了人，没有任何声音。安葬完毕，大家并没有散去，示威继续进行。从街道一边到另一边全都是人，他们正往总统府方向走去。示威队伍最前面的记者忙着采访、做记录。不知是哪一位眼尖的人，看到了走在示威队伍中的市政委员会主席。

"主席先生，怎么是您？"一位记者把话筒伸到主席面前，"在这里遇到您，我非常惊讶！"

"我不再是市政委员会主席，现在，我只是普通公民，三天前我就辞职了。"

"您为什么会放弃职务？为什么参加反政府示威？"

"这次示威是致哀的，不是反政府的。对于其他问题，我选择闭嘴。"记者跟随着示威队伍，采访了主席一堆无价值的话。

游行队伍走到总统府门前，然后各自散去。炸弹没做到的，示威做到了，而且威力无比。亲政府派选民，如惊弓之鸟，提出要离开本市，离开这些可怕的示威者，说不定他们会做出什么事情来。他们当中和官方密切的人通过电话打探政府的态度。

当局同意了。第四天凌晨,虽然连夜狂风暴雨,出走的家庭像当初政府撤出一样开始走出家门,带着皮箱和手提箱,带着他们的猫和狗。这次,没有人打开灯,也没有人开窗户来观看。有几个家庭,在走到边防哨所就快要穿过分界线时,一个年轻的军官把他们拦住说他没有接到上级放行命令。无论撤离的人如何解释,军官还是命令各处士兵封锁了出口。于是,在马路上绵延数公里的车队受阻,不能出城,除了轿车,还有车厢被塞得满满的小货车。总理和国防部长正在就此事严肃地进行对话。

"亲爱的部长,你给我动动脑子,如果今天关上大门,不允许那些把票投给我们的人通过,明天会产生什么后果?"总理说。

"数以百计的车辆当中,如果坐着颠覆分子怎么办?他们把白色瘟疫带过来怎么办?"国防部长回答。

总理和国防部长通话数次,每次国防部长都有理由驳回。最后,总理只好决定让这些车辆和人员原路返回。总理让内政部长安抚一下这些人。车队在狂风暴雨中待命到六点,他们收到了内政部长在收音机里的讲话:

"亲爱的男同胞女同胞们,最近几个星期以来,我国一直处于危机之中,这无疑是我国人民有史以来,经历过的最严重的危机，现在比任何时候，都要捍卫民族团结。有一些人，与全国人口相比是少数，他们受到不良引导，受到与现行民主体制思想相悖的影响。政府了解试图离开首都的人们对自由的渴望，认为他们是清水般纯洁的爱国者。他们毅然转身离开群魔乱舞的首都，这些人所表现出来的战斗精神值得称赞。但是，考虑到国家的整体利益，最适当的战斗行动，是立即回到首都生活，返回家园。据我们了解，已经有十七家被洗劫一空，那些吸血鬼撬开了你们的家门，那些野蛮残暴的家伙夺走了你们的财产！政府是站在你们这一边的，现在，是你们决定是否站在政府这一边的时候了。"

广播结束后不久，队伍最后的一辆汽车开始掉头，另一辆紧随其后。当这些人返回首都，往下搬行李时，看到人们从一座座楼房里走出来，有男有女，在人行道上停下，好像在等待着什么，全市到处都是这样。

有记者报道了这些画面，有人给总理打电话，说有人阻止那些人回家，迫在眉睫的冲突和流血事件就要发生。

要大胆向前迈步，不要装作什么事情都没发生一样

"臭狗屎！"总理气急败坏。一拳砸在桌子上。

内阁会议再次召开。总统首先讲话，他说，那次在选举中暴露出来的规模巨大的颠覆运动，终于露出了真面目，应该准

备好应对他们的方法，再一次发起运动。总理建议彻底改变战略，应采取激烈措施，以避免白色瘟疫蔓延，不要装作什么事情都没发生一样。内政部长建议采取一次快速的突击行动，先是由总统签署一份致首都民众公告，然后是一系列简短而有效的消息，为实施总理的主张和计划做心理铺垫。

发放传单三天后，总统收到了一封匿名信。信的大致内容如下：四年以前，一个非常偶然的机会，我和我的妻子成了一个七人小组的成员，和当时所有人一样，这个小组的成员包括我在内，为了生存不顾一切地进行着斗争。但是有一件事情没有任何人知道，在这个七人小组里，有一个女人没有失明，她是一个眼科医生的妻子，她的丈夫和所有人一样都失明了，唯独她没有。当时我们曾经庄严宣誓，保证守口如瓶，不向任何人提及这件事情，因为她说她不想在所有人都恢复视力以后，自己被归为稀有人群，接受问询或者研究。因此，直到今天，我始终遵守当时的誓言，当作什么事情都没有发生，但事到如今，我不能再继续沉默了。当然，从另一个角度来说，那个时期其实还发生过一起谋杀案，罪犯正是我所提到的这个女人，我别无他求，只是乐于履行一个爱国者的义务。我发誓，对于上文提及的那个女人，我没有一点恶意，我只是希望通过对此人的审查，能够找出如今政治体制遭受无情攻击的原因，也就是这次新的白色失明症。对我来说，祖国高于一切，这就是我的信条。

总统手捏着信，一丝不易觉察的笑容浮上脸庞。

Day 5 《复明症漫记》

精神独立
是一个人的底气

> 不知从什么时候起,他也学会逢场作戏,学会了不讲真话

投空白票事件引起这么多事端,甚至都因此迁都了,总得向全国有所交代,匿名信上提到的女人,让总统的心轻松了许多。"作为一个政治家,我一生最大的失误就是让自己坐到了总统这把椅子上,我没有及时发现,椅子的两个扶手是一副手铐。"总统有一次对他的办公室主任说道。"是非总统负责制导致了这样的结果。"办公室主任显得很体谅。

"除了剪彩和亲吻儿童,留给我的事情不多。"

"现在,有了这封信在您手中,您就胜券在握了!"

"是啊,这封信如果被总理收到,胜券就落到了他

手里。"

总统叫人把总理请到总统府,并把信交给总理看。总理说写信的人是一个爱国者,也是一个无赖,那个女人在失明症那场灾难中,帮助了男人在内的六个人,没有女人他们就活不下来。总统说道理是这样,但写信人说她杀人了,他希望把女人送上法庭,为投空白票事件画上句号。总理不同意,说把一个女人送上法庭的做法既荒唐又愚蠢。

这时,内政部长给总统来电话了,说他也收到了一封同样内容的信,并且已经着手调查。总理非常了解内政部长,阻止他是不可能的。总理和总统的会晤不欢而散。两天后,总理办公室也有一封同样的信,这时,关于信的内容已经在广泛流传了。总理从椅子上站起来,从窗户向外望,一片低矮的屋顶清晰呈现在眼前。

对首都的怀念之情涌上心头,他想到在充满小资产阶级情调的总理官邸,想到和在国家议会度过的那些单调时光,想到一次次动荡不安、而有时又快活有趣的政治危机……不知从什么时候起,他也学会逢场作戏,学会了不讲真话,还学会了在有利可图的时候把真话说得与谎言不差分毫。在总统看着窗外思考的时候,内政部长已经派出的三个人——他们分别是警督、警司和警员,在有关部门的配合下,趁着夜色穿过封锁线,潜入指定地点。他们牢牢地记住了内政部长的命令,那就是只要结果,不问手段,在极端情况下,可以采取任何措施，一切后果由他负责。到达后第二天，他们懒洋洋地起床，十点的时候，他们开始行动。

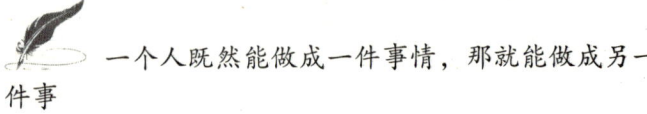

一个人既然能做成一件事情，那就能做成另一件事

很快，他们找到写匿名信的男人家。开门见山，男人说他是最早一批患有失明症的人，为了防止失明症传染给别人，他和妻子曾经一起被关进精神病院，度过检疫和隔离期。在那里，有一个失明者和同伙夺取了政权，对其他失明者进行恐怖统治，他们霸占着食物，失明者想要吃东西就必须付出代价。掠走了财物以后，他们开始要求失明者交出女人，于是那个女人就杀死了一个男人。警督让男人解释一下检举女人的原因。

男人说他没有检举她，只是为了别的目的才提到她，信里已经说得很明白，一个人既然能做成一件事情，那就能做成另一件事。警督问男人，他的妻子在哪里，也要对她问话。男人说他们三年前已经离婚，因为在精神病院的时候，他的妻子躺在有权男人们的身子下面，他忍受不了这种耻辱，回来后就离婚了。这个举报的男人，还向警督提供了更多的信息。那个七人小组的具体成员，除了他和妻子，没有失明的女人和做医生的丈夫，还有一个老人和一个妓女，不过这两个人在那场事故以后结婚了。最后，他还说出一个斜眼的小男孩儿。男人提供了这些人的住址和电话，还提供了一张七个人的合影。警督和警司以及警员分头行事，警员与写信人前妻联系，警司与戴黑眼罩的老人和妓女联系，警督和杀人的女人夫妇联系。至于那个斜眼小男孩儿，他当时还太小，不用把他列入考虑范围。

然而在审问过程中，那个没有失明的女人动摇了警督的决心。"夫人，你曾经杀死了一个人？"警督亮明身份后用不容置疑的口吻问话。他要查清这个女人除了杀人，是否参与了让法治国家遭受凌辱的投白票阴谋。女人倒是很镇定，她说自己杀的不是人，是一只臭虫，认为自己做了一件正确的事情。

女人的丈夫也认为妻子这样做很必要。说被杀的人是一个强奸者，他要求男人们用女人换取食物，而且当着所有人的面强奸女人，而且自己的妻子也遭到了强暴。这件事一定要有人做，而他的妻子是唯一能看见的人。警督问眼科医生，能不能解释他妻子没有失明的原因，医生说，从医学角度来说，他无法解释。

"我没有失明难道是罪过吗？"女人问，"警督先生，你们来到我家，提出各种问题，说我蓄意杀人，我承认我杀了人，但当时的情况混乱不堪，所有的法律都成了一张废纸。事后，国家也曾下令对四年前的事情不再重提，所以，警督先生，你就直接告诉我们，你来找我究竟是为了什么？"女人一针见血地质问，震惊到警督，他突然意识到，自己没有勇气面对这个女人。他要直接说自己到这里来，内政部长让他们调查这个没有失明的女人和空白选票之间的关系吗？怎么能说出口？

那个独眼戴黑眼罩的老人，用一个眼睛看着我，好像看透了我的五脏六腑

晚上，警司警员汇报调查任务的情况。警员说，他找到写信人的妻子，写信人的妻子对女人赞不绝口，说那是她一生遇到的最出色的女人，她救了他们所有的人，给他们找吃的，照顾他们，包括她的前夫，但关于前夫，她不愿意多谈。"从各方面看，医生的妻子都是一个女英雄，一个伟大的灵魂！"警员赞叹道。警察装作没有听见最后一句话。假装听不懂就不用申诉禁言了，因为这个被下属形容为女英雄和伟大人物的女人，被卷入了危害祖国的活动。警督突然感到很疲倦，他用低沉的声音，让警司报告妓女和戴黑眼罩老人的情况。警司说他对于妓女的身份感到怀疑。因为这个女人不像个妓女，没有妓女的语言和风格。

这两个人礼貌地接待了他，当警司说要调查四年前关于精神病院的谋杀事件时，妓女说她就是那个杀人的人，她说

他用剪刀扎进了那个混账男人的喉咙。妓女还向警司描述女人们是怎样在病房里遭受强暴的。"妓女讲述这些的时候,那个独眼戴黑眼罩的老人,用一个眼睛看着我,好像看透了我的五脏六腑,一只眼睛比两只眼睛看得更清楚!"警司感叹道。

"医生的妻子承认了自己是杀人犯,妓女不可能是。"警督说。

"我想妓女是想替女人服罪去死吧。"警司说。

突然,一阵电话铃声响起,是内务部长的电话。警督说今天就先谈到这,让两个下属去休息。

Day 6 《复明症漫记》

任何一个有道德的人，都会做出一样的事情

他必须阻止或拖延事态的发展，干扰内政部长的计划

"听说你们进展得挺快，快来讲讲你们的好消息！"内务部长在电话那头很高兴。警督平静地向内务部长陈述："部长先生，我觉得她是个正派的女人，正常又聪明，她是个超凡脱俗的人。""他超凡到用剪刀杀人？你不要被迷惑，为了某一天要受到审讯，他们已经串通好了说法，他们用四年的时间商量投白票的计划，这些人已经构成了组织的一部分。警督先生，如果你不改变想法，你就不可救药了。我给你五天时间，我想看到他们被难以回避和无法辩驳的大量罪证压垮！"警督依然平静地说，这桩所谓的谋杀案，他

们找不到证据,被确定的嫌疑犯实际上也不是嫌疑犯,通过问讯证明,恰恰相反,那个人很无辜。警督请求内政部长把他调离这项任务。

人们往往有这样的观念:一个人出于他从事的职业和信奉的原则,对于理论上已经证实的毫无争议的事情,一般是相当顺从,甚至屈从。然而,也可能出现这样的情况,在那些兢兢业业的公务人员当中,总有一些人有不同方向的选择,警督就是其中的一位。

夜里,警督躺在床上辗转反侧,上司只同意他做出女人有罪的判断,他们想找一个替罪羊。他必须阻止或拖延事态的发展,干扰内政部长的计划。凌晨三点,内政部长的电话又来了,告诉警督上午九点,有人会在北部边界第六号哨所等他,让警督把那七个人的照片和地址交给这个人。警督知道,内政部长已经不再信任他。夜里入睡时,警督梦见内政部长把一根针扎到了医生妻子的眼睛里,还说:"以前你没瞎,今天让你瞎,让你永远眼前发黑!"警督被吓醒了,极度悲伤,大汗淋漓,感到心脏剧烈地跳动,耳边还环绕着医生妻子凄厉的喊叫。他起床后,勉强吃了块点心,把内政部长交代的东西放进信封,嘱咐他的两个下属继续跟踪调查,然后开车去和前来的人会面。

那个人接过信封就走了。警督意识到自己的工作已经毫无用处,喝完咖啡付过钱,索性在街上步行。他穿过几个广场，走过几条街，不知不觉来到了医生和他妻子居住的街道，他看到楼门开了，医生的妻子带着狗走了出来。

> 白色失明症的日子里，在白色恐怖的日子里，每当她哭的时候，狗都会舔走她的眼泪

警督立刻跟上她，不远不近。女人来到一个街区荒废的花园，在一个有雕像的湖边坐下，打开书包，拿出一本书来读，狗乖乖地待在她身边。警督径直走过去，故意让脚底下的粗砂发出声音，医生的妻子仿佛舍不得停止阅读，慢慢抬起头。

"我想和你谈谈，夫人。"

"我觉得我们没什么可谈的。如果你只是换了个地方讯问，那么请便。"

警督说有一件要紧的事情要告诉女人。他把内政部长让他交出照片和他们几个人地址的事告诉了女人，提醒她小心，内政部长不会干什么好事。女人请警督坐下，狗对着警督大叫，女人拉了拉狗的项圈，狗就不叫了。女人说这条狗是一只舔眼泪的狗，在白色失明症的日子里，在白色恐怖的日子里，每当她哭的时候，狗都会舔走她的眼泪。

这时，狗走近了警督，静静地看着他，似乎在说，你不要害怕，那时我的女主人就没有害怕。警督真想大哭一场，

让泪水顺着脸颊流下来。警督回到保险公司的时候,已经是晚上七点多,两个下属正在等他,看得出,他们并没有什么收获。

全城一半的人都在读报纸,他或许可以利用报纸做点什么

第二天,内政部长打来电话,问警督愿不愿意肯定医生的妻子有罪。内政部长让警督掂量可能产生的结果,想好再回答。

警督回答说:"不愿意!"内政部长让警员和警司明天上午返回,警督就不用回来了,继续留在首都。作为职业警察,警督嗅到了更加危险的东西,他连忙给医生的妻子打电话,让他们隐藏起来。在夜里十一点半,警督又收到了内政部长的电话,说警督对明天的报纸一定会感兴趣。

第二天天还没亮,警督就冲向报亭买报纸。他从报纸上看到了七个人的照片。有一个箭头指向医生的妻子,旁边是一个圆圈,里面有她的放大头像。标题是:阴谋面目终于被曝光,这个女人四年前没有失明,空白选票之谜被揭开,警方调查初见成效。报纸更详细的内容,大致写的就是:祖国首都机体之内,出人意料地产生了一个毒瘤,它是以空白选票这种神秘而怪异的形式出现的。

这个女人在四年前，把我们的国家变成盲人国度，使国家陷入一场可怕的瘟疫，只有她得以逃脱。警方认为，她可能是造成这场新失明症的罪犯，好在新的瘟疫仅限于首都，但她已经把最为危险的堕落和腐败的病毒，带入了我们的政治生活和民主体制。

看完报纸，警督有一个决心冒出来，占据他整个大脑。他立刻坐到桌子前，把这近五天来发生的详尽报告，把所有发生的经过详细写了出来，放进信封。

第二天一早，警督出去了，他要把信送出去，虽然天气很好，但是他仍然穿上了雨衣，他先来到了医生和他妻子居住的那条街上，发现整条街已经被警察控制。他又去了一家报社，接待他的人说社长不在，下午三点，他再去的时候，终于见到了社长。当他把信交给社长时，社长认真看了一遍，说愿意试一试。但会把这些警督写的东西掺杂在某篇新闻的背后，以便审查的时候蒙混过关。他回到公司，等着第二天报纸，终于天亮，他跑去报亭买报，从报纸上看到了他要看的内容。可以想象，当内政部长得知这一消息，一定会气急败坏，而他比任何人都清楚，只有一个人能够做出这种泄密和背叛的行为。警督想看看报纸被卖出去了多少，等他再上街的时候，发现所有的报纸都被收走了。

他毫无胃口地吃着饭，下午看了两场电影消磨时光，当警督从电影院出来时，他发现这个城市出现了奇怪的现象，一些男男女女到处散发小纸片,纸片就是他写的内容,警督再也控制不住,就像个孩子似的站在那里,放声大哭。警督发现有人跟踪他。于是,他来到了医生妻子去过的那个荒凉的公园,在有雕像的湖边舒舒服服地坐下来。一个男人朝他脑袋开了一枪。当天上午十点,医生的妻子在家里也遭到枪击,那只狗死了。

Day 7 《复明症漫记》

这是一个警醒无数人的黑色寓言

 我活得很好,可是世界却不是很好

萨拉马戈用荒诞的风格设定情节,用无理取闹般的逻辑展开叙述。书中故事从投票选举开始,故事发生的城市没有名字,投票先是因为倾盆大雨没有一个人来。官员等着民众的捧场,以彰显国家的凝聚力,却不见一人。

委员会的人着急了,选举没有人来,简直就是天大的笑话,民众没有遵从国家的领导和意志。情急之下,每个官员都给家属打电话让他们作为选民来投票。——这样的情节安排,既出人意料,又讽刺了官员的丑恶的面目。事实上,第一次投票就出现了百分之七十的空白选票。由于空白选票太多,政府组织了第二次投票,结果更令人诧异,有百分之八十的空白选票。百分之七十、百分之八十,这种夸张的数字,暗含着作者对政府的讽刺与批判。当政府认为首都是个充满危险的城市时,官员们准备在人们熟睡的时候,悄悄撤离首都。为了不让民众发现,官员还将路灯照明调到最暗,可是,当他们的车辆行驶在街上时,临街的灯光忽然间全部亮起,黑暗的街道变成了泛滥的光亮之河,照亮着逃兵们的流窜道路。

警督原本是想执行内政部长的命令来抓捕、审讯医生的妻子——让医生的妻子充当这次事件的替罪羊。警督却良心发现,并将政府的计划告知了医生的妻子,还提醒她凡事小心。

他说:"出生的那一刻我们仿佛签署了契约,有一天我们会问自己,是谁为我们签署的。"警长的回答隐喻着世界的荒诞。

其实,萨拉马戈作品中的很多怪诞情节设定,是现实生活的一种夸张变形。他不仅是一个有立场的作家,更是一位愤怒的质疑者,就连死后的墓志铭也写道"这里安睡着一个愤怒的人"。

除了情节荒诞离奇,萨拉马戈还在小说中的"时间"也别有深意。在小说中,他写到无数个清晨。清晨,本来是迎接曙光的时间,可是萨马拉戈笔下的清晨却是混乱和愤懑的。比如政府撤离首都是在凌晨三点。临撤离前,他们还派大批探员到城市的各个广场和大街小巷，装作若无其事的样子，偷听民众的聊天，探寻他们隐秘的企图。

人类已经"复明"，重获理性

萨拉马戈还是给读者留下了丝丝希望和点点亮光。小说的叙述尽管显得沉闷压抑，但是后半部分，会让读者感到些许安慰。

首先是小说中的市政委员会主席的愤然辞职。在政府和大部分官员撤出首都后，作为留守的市政委员会主席，因为没能让清洁工继续罢工，招来内政部长的不满。

市政委员会主席不愿强制工人罢工，因为罢工会让首都局势紧张混乱。在拒绝内政部长的要求后，他嗅到一丝不安，感觉有不好的事情会发生。于是，他走上街头，亲自把这个消息传递给一个路人，希望这个路人能帮他传播到更多的人那里去。在他亲眼看见了政客们制造的爆炸恐怖事件后，毅然辞去职务，并且投入到示威游行的队伍中，让人看到一丝透亮的光。

第二位是执行政府意志的警督。他本来是一个虚荣的人，能够做到警督的位置，免不了沾染上官僚气。随着调查的深入，他逐渐钦佩起医生妻子的行为。为了拯救这个女人，警督反复奔走，凭借一己之力还原事件的真相。尽管内政部长百般威逼，觉醒的警督还是勇敢地选择了正义。他的死，一定会唤醒首都的民众，为争取自己的权利而无休止地斗争下去。真诚、正义、无畏和同情，永远会是一个人的坚守。

在《复明症漫记》中，空白选票象征着人类的又一次失明，但这次人们并没有丧失理性，而是在盲目与理性之间游走。故事的结局表明，人类已经"复明"，重获理性，警督和医生妻子虽然没有活下来，但他们的死会唤醒更多人与虚伪黑暗对抗。

《盖普眼中的世界》

温情处见人性深渊，让人笑中带泪

[美] 约翰·欧文

人活一世，总要经历很多事，有些事情像空气，随风飘散，不留痕迹；有些事情像水印子，留得了一时留不久；而有些事情则像木刻，刻上去了，无法消失。

斩获1980年美国国家图书奖

当代文坛小说宗师约翰·欧文代表作

蝉联《纽约时报》畅销榜25周

各国销量破1000万册

已译成35种语言风靡40多国

MAI JIA
READING
WITH YOU

Day 1 《盖普眼中的世界》

与母亲相依、与妻子相守、与孩子相伴、与朋友相知

他凭借作品中展现出的现实主义特征,被誉为"狄更斯再世"

"世上只有爱他的人和不认识他的人,男人女人都有。"这是约翰·欧文的小说《盖普眼中的世界》里,一位作家在主角盖普死后给出的评价,这句话全面概括了盖普短暂却精彩的一生。

约翰·欧文是当代美国小说家,奥斯卡最佳改编剧本奖得主,当代文坛著名的宗师。被美国文坛泰斗冯内古特誉为"美国最重要的幽默作家"。他的代表作有:《盖普眼中的世界》《新罕布什尔旅馆》《独居的一年》等,多部小说还被改编成了电影。

欧文生于美国,父母离异,他跟随继父长大,从未见过自己的亲生父亲,也没有尝试去寻找他。他只知道,二战时,他的生父曾经服役于美国陆航部队,在亚洲战场作战。欧文就读于菲利普斯埃克塞特学院,美国最好的贵族高中之一。他喜欢跑步和摔跤,这成为他一生的激情的主要来源之处,并在作品中反复出现。

欧文因阅读障碍而学业平平,但他立志要当作家。大学时他曾到维也纳去访学。根据这段时间的经历,他写出了他的硕士论文《放熊归山》,后来作为小说出版。从此,他笔耕不辍,留下了不少传世之作。

欧文不仅自己成果斐然,还启迪了另一位文坛巨匠:村上春树。和自己的偶像一样,村上春树也是一个狂热的跑步爱好者。1984年访问美国时,村上春树还是一个年轻的、默默无闻的翻译。他与欧文一起慢跑穿过中央公园,并对欧文进行了专访。两年后,他还将欧文的处女作《放熊归山》翻译成了日文。村上春树成名后,到美国参加活动,接待者特意为他选择了欧文小说《新罕布什尔旅馆》中故事发生地点的原型作为住所。有评论家指出:"村上先生的风格和想象力更接近于约翰·欧文等人。"

2012年,有国外研究者撰写题为《论约翰·欧文和村上春树小说中的动物》的论文,专门将两位大家放在一起比较。村上春树更是对偶像极尽夸奖,他曾这样评价欧文:

"读欧文的书会上瘾,他的读者都变成了瘾君子。"

善良无关性别

《盖普眼中的世界》写于1978年,恰逢美国第二次女权主义浪潮如火如荼之际,激进派女权和自由派女权都在大声疾呼。在书中,我们能找到这两派相互对立、攻击的影子。在这个大背景之下,女权成了贯穿本书的一条重要线索。

从盖普出生前,他母亲身上所展现出的精神状态,到盖普生命的最后一刻,均在不同程度上反映着女权主义从发轫到成熟的演进过程。虽然欧文借盖普之口,表达过作家的作品与自身经历并无关联的观点,但我们还是可以对照欧文的生平,在书中发现相对应的生活片段。

杨绛在《记钱锺书与〈围城〉》中写道:"创作的一个重要成分是想象,经验好比黑暗里点上的火,想象是这个火所发的光;没有火就没有光,但光照所及,远远超过火点儿的大小。"作为一个高明的作家,欧文对素材并不仅仅是形式上的使用,更是充分地运用了想象来进行加工,将黑暗里的星星之火照向四方。

《盖普眼中的世界》一经面世,就受到了如潮的好评。它以盖普的人生经历为线索,串起了跟他关系密切的亲人朋友和重要事件。

他眼中的世界,也是与她们相伴相扶的一辈子。盖普的妈妈珍妮,从少女时期开始就展现出了独特的个性:不想跟男人接触、只想要个孩子,最终以一种别出心裁的方式使自己怀孕生下了盖普。珍妮独自把盖普辛辛苦苦拉扯大,甚至连选修的课程、玩的体育运动都帮他选好。珍妮结合自己的经历,撰写了自传《珍妮·菲尔兹自传:性生活有问题的人》,这成为女权主义的圣经,她也成了女权运动的领袖。小说中设定的时间背景是20世纪中叶,那时正值第二次西方妇女解放运动兴起,可以说珍妮是无数争取权利的女性的典型代表。

盖普的妻子海伦,跟盖普青梅竹马。但盖普真正追求到她,还是靠着自己的处女作展现出来的才气。盖普婚后出过轨,海伦都没有深究,因为她觉得不算太严重。一次是盖普与他的一个崇拜者的短暂约会,另一次则是在海伦默许下去抚慰海伦同事的妻子。但海伦的出轨,却导致了一次大地震。种种偶然汇合在了一起,既有海伦的错误,也有盖普的问题。

盖普的朋友萝贝塔,本是球队的主力队员,变性为女人后,珍妮给了她鼓励和支持,于是她渐渐融入了盖普的家庭,几乎经历了盖普家发生的所有大事。她有男人般强壮的身体和女性独有的温柔细腻,在被男友抛弃时还会半夜给盖普打电话寻找慰藉。虽然在社会上她是少数群体,会遭受歧视和白眼,但她用实际行动证明了:善良无关性别。最后,她赢得了世人的尊重,她曾经服役的球队还专门降半旗以悼念她的死亡。

盖普年少时懵懂调皮,甚至还用戏剧化的方式来"教育"伙伴家的狗,最终为了喜欢的女孩走上了写作的道路。他对母亲领导的女权运动抱有复杂的态度。一方面,他同情她们;另一方面,他又与其中的极端分子斗争,一直到他生命的尽头……

Day 2 《盖普眼中的世界》

每个生命在人生之初，
都会不由自主地用眼睛感受世界

处于弱势的女性，遇到这种情况，要么忍气吞声，要么寻求帮助

一个护士在电影院被一个士兵缠上了，换了三次座位仍然不能摆脱。士兵碰了碰她的膝盖，她呵斥道："把你的脏手拿开。"当时正值二战，由于国家需要，士兵的社会地位高涨，没有人敢轻易招惹他们。而这位女孩的做法却与众不同：她用刀将士兵的胳膊——从肩膀到手腕，像软瓜一样剖开。一切行云流水，如她平时做护理工作一样自然。

令人气愤的是，面对这样一场纠纷，警察和她的家人第一反应是怀疑她与士兵有感情上的纠葛。这位女性，就是盖普的母亲：珍妮·菲尔兹。她出身于名门望族，浑身散发着

女人味,双颊总是红扑扑的,有一头光滑的深色头发,但感情上却是一张白纸。家人想让她就读贵族学校,以便找到门当户对的如意郎君。她却偏偏不感兴趣,不想与男人有任何瓜葛,反而转学去学习护理。

珍妮想要个孩子,矛盾的是,她反感与男人接触。她说:"我想要一份工作,我想一个人住,我想要一个孩子,但我不想为此和别人分享我的身体或人生。"于是,当护士的她放出口风来:她需要找个男人帮她怀孕。

众多应征者踊跃报名。他们用个性化的方式证明自己满足珍妮的条件,可没有一个是她瞧得上眼的。珍妮内心的想法是:"在这个思想污浊的世界上,你要么是哪个人的妻子或情人,要么就快要成为哪个人的妻子或情人。"

珍妮之所以选择在医院工作,除了是自己感兴趣的工作,更多是想安慰在战争中牺牲士兵的遗孀和孩子。可是她的思想在当时那个年代过于特立独行,为了不让她影响那些失去丈夫的女人,医院把她调到了重症监护室。

根据伤情的严重程度,她将接待的病人分成几类,其中比较严重的两类是:"不在场的人"(头部或脊柱受损)和"死定了的人"。其中一个"不在场的人",便是本书男主人公盖普的父亲——盖普上士。二战战场上,他在战斗中脑部受伤,智力退化到了牙牙学语的婴儿水平,珍妮把他归为"不在场的人",词汇量为"1",饿了就喊"盖普!",高兴了也喊

"盖普！"，不懂什么或对着陌生人就问："盖普？"

渐渐地，盖普的病情恶化了，从"盖普"，到"阿普"，最后只剩下"啊呀"了。他变成了"死定了的人"，而在珍妮眼里，他反而是"生孩子"最好的选择。于是，一个上士在生命最后时刻的种子，将小盖普带到了这个世界。

✎ 青春期孩子的做事动机，也许只是异性面前的表现欲，是荷尔蒙暗中支配着这一切

珍妮带着小盖普去了贵族学校当护士。由于盖普爸爸的缺席，珍妮承担起了教育小盖普的全部重任，既当妈又当爸。为了给盖普筛选长大后值得上的课，她旁听了学校的各个课程，还亲自跑到学校的摔跤室去体验身处其中的感觉，最终选定摔跤为盖普的体育活动，这也成了盖普一生的爱好。而摔跤教练的女儿海伦，则成了他生命中另一个重要的女人。

时间飞逝，小盖普很快长大了。盖普像是平衡感很好的动物，手脚特别协调，但有时也会因为调皮而发生意外。一天晚上，盖普逮鸽子而跑到楼顶。珍妮救盖普时，雨槽破裂了！母子俩从楼顶摔落在地，幸运的是，两个人都只受了些轻伤。然而，珍妮作为单身母亲遇到的麻烦还远没有结束。这天，盖普满脸是血，少了半只耳朵，被送到了她面前。原来，盖普在跟珀西家的孩子们玩耍时，被珀西家里外号叫

"癫子"的狗咬下了半只耳朵。珀西家是当地的上等家庭，其祖上正是珍妮所在的贵族学校的创办者。男主人悠闲地挥舞着球拍。他说："那么是盖普咯？"他把球拍放回衣柜，放了个屁。"这样的话，起码那狗品位不错，是吧？"女主人则发出轻得像吐痰一样的笑声。珍妮非常愤慨，她想弄死癫子，却没找到机会付诸行动。

处于青春期的盖普开始变得躁动，他深更半夜去找珀西家的女儿库西。癫子对半夜造访的盖普耀武扬威。利用在摔跤中练出的身手，盖普扑了上去，把重量都压在狗背上，扭打中，他咬下了癫子的耳朵，它发出了嚎叫。

当天晚上，教训完狗的盖普与库西在校医院里偷食禁果，在同一天晚上做了两件大事，咬掉癫子的耳朵意味着他已经具备了勇气和能力去保护自己和家人了，与库西的约会则显示了他生理上的成熟。这堪称盖普的成人礼。虽然他的第一次是库西给的，但后来，他却对摔跤教练的女儿海伦动了心。海伦在一次谈话中说到，自己不会嫁给一个摔跤手，除非这个摔跤手首先是个作家。从此，盖普暗下决心，决定成为一名作家。

盖普开始尝试写小说，海伦则直言不讳地说出自己的评价。看完盖普的一个故事后，她说："我觉得，你还主要是个摔跤手而不是个作家。情境设置得太刻意，结局很幼稚。"终于，盖普到了中学毕业的年级，在上不上大学的问题上，他犹豫不决。

Day 3 《盖普眼中的世界》

在情感上放纵自己，
终会变成欲望的囚徒

言语可以美化事实，欲望的心却依然躁动不安

盖普征求了家人朋友们的意见后，最终决定主攻写作，不上大学。他和妈妈珍妮决定去维也纳找找灵感。

珍妮对欲望全无概念，与盖普爸爸的结合完全是为了生孩子而走的程序。因此，在听了盖普对库西和海伦的欲望后，她非常不解。在维也纳夜晚的街头，母子俩遇到了一个妓女。

"我们来和她谈谈关于欲望的事。"珍妮说。她进行了有偿采访，想知道妓女做这份工作，是觉得自己被贬低了，还是男人被贬低了。这种灵魂拷问，让对方答不上来。受欲望驱使，盖普频频光顾一个年纪较大但风韵犹存的妓女。他

们一起购物，一起吃饭。好景不长，妓女身患绝症住院了。盖普去医院探视时被问及两人的关系，盖普说："她是我妈妈。"

在维也纳，盖普像是在搭积木，把自己生活体验的片段重新排列组合，完成了处女作：《格里尔帕策民宿》。

小说讲了这样一个故事：一位父亲在政府负责做给民宿评分的工作，他带着一家人到了格里尔帕策民宿微服私访，在茶室里遇到了号称能知晓他人梦境的男人（简称梦男）。梦男讲述了一个梦境：城堡里，一个女人和她丈夫半夜醒来，发现院里满是骑着马的士兵，那是查理大帝的部队……这家人中的外祖母听完大为震惊，气得掌掴梦男，因为那正是多年前她的梦境，她认为梦男偷窥了自己的梦。夜深人静，这家人又在民宿里发现了用手倒立走路的男人、在楼道骑独轮车的熊、熊的主人是一位上了年纪的漂亮女人等奇怪的人和事。第二天，爸爸询问民宿老板此中缘由。老板迫于无奈，说出了事情的真相。原来，熊和这些怪人都有"超能力"，他们原本属于一个马戏团，当初各凭本事，靠表演谋生。后来马戏团解散了，怪人们又对老板的姐姐——那个上了年纪的漂亮女人有救命之恩，便留在了民宿。多年后，这些人死的死，走的走，连熊也因为被剃毛羞愧死去……

在书中，盖普讲述了一个荒诞哀伤的故事，描绘了维也纳被纳粹和苏联占领后的残破感。

曲终人散尽，食尽鸟投林。种种怪异都归于死亡，归于沉寂，这就是他对这个城市的印象。刚刚成人的他，对人生和死亡这种宏大命题有了思考，他的作品即是对眼中世界的认识。

 第一本真正的女权主义者自传

珍妮在维也纳也开始了写作，写出了《珍妮·菲尔兹自传：性生活有问题的人》。这本书引起了极大的轰动，被读者称为"第一本真正的女权主义者自传"。随着自传的爆红，珍妮开始充当女性们的顾问，成了女权运动的领袖。她的追随者中有一些沉默的人，交流全靠写纸条。原来，她们曾主动割掉了自己的舌头，就是为了抗议一起强奸案。

强奸案的受害者是一个女孩，名叫艾伦·詹姆斯。抗议者自称"艾伦·詹姆斯主义者"，属于女权运动中的激进派。此外，还有一个怪人——萝贝塔，他曾是著名的橄榄球队主力，做了变性手术后投身于珍妮麾下，珍妮帮她抵挡来自社会的舆论压力。后来，她甚至渐渐成了盖普家庭中的一员。在珍妮的自传中，她将儿子盖普的青春期欲望作为一个案例来讨论。事实上，她认识到的只是盖普内心的冰山一角。

在跟妓女厮混的同时，盖普与海伦的通信并未间断。他在信中写道:"我决定娶你,因为性是必要的,但如果一个人要不断计划如何得到性就太费时间了。"海伦则怒斥了这种说法。最终,盖普凭借着《格里尔帕策民宿》中所展示出来的才气得到了海伦的芳心。然而结婚没多久,盖普便出轨了。

他第一次出轨时间很短,对象是一个比他小很多的女孩。他在公园跑步时发现了这个刚刚被人猥亵的女孩。她年龄很小,身体稚嫩。盖普迈开步子,追踪猥亵犯。靠着敏锐的判断力,虽然嫌犯改变了样子,但盖普还是准确识别到了他。

此事登上了报纸头条,题目是《不成作家成英雄!著名女权主义者之子救助女孩儿有一套》。几年后,女孩长大了,他们又相遇了。女孩非常崇拜盖普,想献身于他,在极力克制无效后,盖普掠夺了女孩年轻的身体。从此一切就如同打开了潘多拉魔盒那样,一发不可收拾。他有时主动,有时被动,有时极力控制自己,但均以失败告终。他内心复杂矛盾,初见女孩时还见义勇为,但欲望升腾起来,他抵抗无效,变成了奴隶,可盖普又能及时收手不影响婚姻。

海伦毕业后做了大学的副教授,她的男同事哈里森经常带着作家妻子爱丽丝来跟海伦一家聚会。由于都是作家的原因,盖普和爱丽丝很有共同语言。但两家人晴朗的天空中却出现了乌云,而且越来越大。

先是哈里森跟她的女学生出轨，后来伤心的爱丽丝又爱上了盖普，作为补偿，哈里森不反对爱丽丝这样做。海伦说："可恶的欲望，可恶的男人。"为了拯救哈里森一家，教育这个花心的男人，海伦决定带领盖普采取行动。"我来告诉你什么是混账。"海伦说。她献出了自己，与哈里森发生了关系，让哈里森忘记了女学生。于是呈现出了一种荒诞且奇怪的关系：除了海伦只想跟哈里森当普通朋友外，其他几位都互相喜欢。这段不伦的感情，最终也不可避免地走向了结束。

不知道是不是巧合，盖普又写了一本小说，讲两对夫妻的感情故事。他矢口否认这与他们夫妻的真实经历有关系，但海伦并不相信。

Day 4 《盖普眼中的世界》

手里的风筝线攥得太紧，迟早会断

讲故事给孩子听的要义，就是说一个有明显结局与启迪意义的故事

虽然没有灵感去写下一部作品，但盖普没有停止尝试。他常常翻着电话簿陷入沉思，面对上面眼花缭乱的职业和岗位，浮想联翩。在不知道给作品中人物起什么名字的时候，他会从电话簿里寻找灵感。正当他翻看电话簿时，大儿子邓肯向父亲请求能否在同学拉尔夫家过夜。盖普用各种借口来搪塞他，试图阻止他这样做。

盖普与儿子斗智斗勇，寻找各种不让邓肯夜不归宿的理由，均被一一反驳。出于父亲对孩子的责任和担心，盖普想保护他爱的人，这过程中，他的心理活动极为丰富，他甚至

脑补出了儿子被害的画面：车轧断了脊梁骨，头骨摔到人行道上，尸体在臭水沟被发现。

拗不过儿子，盖普只得淡淡说了句："去吧，就是要当心！"

大儿子不在，好在小儿子沃特还可以让盖普传递出自己的父爱。虽然写小说受阻，但编故事对盖普来说还是绰绰有余的。他会在沃特睡觉前给他讲故事，哄他睡觉。

"从前有条狗……"盖普开始了他的讲述。这条狗被拴在一辆卡车上，一只猫总是在旁边捉弄狗，猫知道绳子的半径，所以它总在半径之外挑衅。"我恨这猫。"沃特说。盖普知道，讲故事给孩子听的要义，就是说一个有明显结局与启迪意义的故事。经过长期努力，狗终于把卡车移动了一丁点儿，它又一次冲向了猫，他的嘴巴已经咬到了猫头，但锁链让它无法合嘴。猫还是跑掉了。狗丧失了最后一次机会。"啪！"盖普忽然两手一拍，孩子吓得跳了起来。猫迅速跑到了街上，由于惊慌过度，没看路，被车压扁了！

盖普讲得绘声绘色，连隔壁的海伦也时常屏息聆听。故事讲完了，盖普高明地给沃特植入了一个平常到不能更平常的观念：过马路时要看路！

凌晨一点，盖普醒了，心里还是放心不下大儿子邓肯。他穿过静谧的街区，到了拉尔夫家，看到两个孩子在一楼客厅躺着，他感觉孩子在沙发上像被谋杀了一样——其实他们睡得很香。

　　盖普与拉尔夫太太之前就见过，离婚的她似乎对盖普充满了好感，一直有意无意地进行暗示。今天的她，更是风情万种。这对盖普来说是个考验，他曾经拜倒在多人的石榴裙下，但这次他成功克制住了自我，他终于成了欲望的主人。

　　为了等待天亮，度过难挨的时间，凌晨三点半，盖普跑到厨房去打扫卫生。他早在维也纳时就发现自己喜爱煮饭。结婚后，他主内，妻子主外，做饭、带孩子、做家务，都是盖普的每日功课。

　　盖普想尽一切办法保护孩子，家附近超速的车成了他的眼中钉。盖普热衷于追车，即使那些车开得再快，他也能追上，对超速的司机进行"教育"。"你没看见我的孩子在那里吗？"盖普嗓门又大，又紧张地问。"我有两个岁数很小的孩子。"盖普的声音微微颤抖，好像在忍着泪。"拜托了，为了孩子安全，别在这里超速了。"话语中，客气里带着恳求。跌宕起伏的对话中饱含着各种情感，先是疑问，再是愤怒，最后乞求，软硬兼施，成功达到教育司机的目的。

夫妻相处看的就是对方的最低处，能忍受最低处，婚姻自然长远，否则，更离散伙不远

　　这天，尖锐的铃声划破了午夜的宁静。海伦紧紧抓住

盖普，他们脑海中闪出各种担心的事情。打电话的是萝贝塔，盖普母亲珍妮的追随者，变性的球队前锋。她被男友抛弃了。

听完她的哭诉，盖普开导并鼓励她，安慰说她很有女人味。这对一个变性人来说是最在意的事情，她格外需要心灵上的肯定与慰藉。但被吵醒的海伦没有了睡意，离开了卧室。凌晨两点，盖普打完电话，发现海伦在看一个叫迈克的学生的作业，他注意到海伦脸上有一丝异常的表情。

海伦保养有道，气质优雅，在学校是众人瞩目的焦点。其他人只敢偷偷看她，唯独迈克敢投来真诚的目光。海伦在自己开设的课程上发放问卷，问学生们为什么对这门课感兴趣，有一张问卷的理由与众不同，上面写道："因为我第一次看见你，就想做你的情人。"这张问卷是迈克写的，他几乎在所有方面都是盖普的反面。只有一个共同点——他们都极为自信。

多年前，海伦就是因为盖普的自信而喜欢上了他，现在，海伦对迈克印象不错，甚至潜意识里希望事情再往前发展一步。因为盖普的很多怪癖已让她感到厌烦。例如，盖普在停车时总喜欢让车在黑暗中高速空挡滑行，虽然凭借他对地形的熟悉，从未出过闪失。但这在海伦看来，盖普就像个小孩子一样幼稚。可他依旧我行我素，两人间的新鲜感已经渐渐消失。好在海伦对出轨这种事较为保守。

但压倒骆驼的最后一根稻草还是来了。盖普以自己追车和与"超速犯"斗智斗勇为主题写了一篇小说,自我感觉非常好,不断追问海伦对它的评价。"狗屁故事。"被逼无奈的海伦只好说出了实话。两人为此闹得很不愉快。就这样,盖普的固执把海伦推向了情敌迈克,失望的海伦不再怀有羞愧感与耻辱感,踏上了出轨之路。

Day 5 《盖普眼中的世界》

光鲜亮丽的面纱下，
悲剧无所遁形

盖普终于明白，海伦在半夜看迈克的纸条时，脸上表情的含义了

海伦努力控制感情发展的节奏，主导着这个看似桀骜不驯的男孩。她毫不留情地把迈克之前跟几个女孩在一起的底细说了出来，借以打压对方的掌控感。"我爱我丈夫。"她要求迈克严守秘密，两人幽会时务必低调。

迈克的前女友退了海伦的课，海伦和迈克都没有找出其退课的原因，而迈克坚称前女友对此事并不知情。可他的前女友不仅已经知道这件事，还打算去向盖普揭发。迈克前女友跑到盖普家外面，偷偷观察情况。在她看来，盖普真是个窝囊的丈夫——做饭、做家务、没有职业，是个落寞的失败

者。她偷偷给盖普留了字条。

海伦下班回到家，感到了氛围的异常：平时准时做好饭的盖普今天没有做饭，竟然在浴室跟沃特洗了好几个小时的澡！海伦吓怕了，哭着跑进浴室，看到盖普在若无其事地擦身子，原来，这只是他跟孩子们惩罚海伦的恶作剧。海伦不得不把刚刚的悲痛咽回去，假装没事，她不想让孩子们知道。

盖普说："你来得太晚了，我已经死了。不过看到你关心我的死活，还是挺感人的，还有点儿意外。"海伦必须要做个抉择了，她毫不犹豫地选择回归家庭，因为迈克完全无法与丈夫和孩子相比！盖普的眼里噙满了泪水，他转过身去，不想让孩子们看到自己哭，等只剩他和海伦在屋里时，才哭出来。

他想到了他曾经对海伦的不忠，复杂的情感交织在了一起。闹腾了一场，一家人才想起吃晚饭。盖普嫌沃特吃饭没吃完，警告他如果这样，长大就会变成窝囊废。"我不会长大的。"沃特说。这话竟一语成谶。

盖普发出最后通牒：他带孩子们去看电影，海伦则要打电话给那个"人渣"说再见，只打电话就够了，不要心存幻想再见最后一面。接到海伦电话后，迈克不顾一切地开车赶过来，海伦心一软，只好同意见面。

车停在车库前。外面下着冰冷的雨，雨一落下就变成了冰珠，海伦不想上车谈，隔着车窗只想让迈克快走。但在迈克坚决的要求下，海伦又让步了，跟着迈克上了车。迈克涕泪横流，哭诉不能失去她。在迈克的温言细语下，两人温存起来。

雨夹雪仿佛把世界隔绝了，他们全然没有听到家里焦急响起的电话铃声。在电影院的盖普哪有心思看下去？他内心五味杂陈，矛盾不已，处于恨她和深爱她之间。他往家里打电话，想告诉海伦，如果没有联系上那个"渣男"，就不用再打了，他原谅她了，毕竟自己也曾出过轨。

遗憾的是，电话没联系上车里的男女。盖普刚刚压抑下去的怒火重新升腾了起来。他提前结束了电影，拉着两个不情愿的孩子，开始往家赶。

由于天气恶劣，他只好摇下车窗来查看路况，但沃特一边咳嗽一边说："冷，关窗。"

快到家了，童心未泯的盖普再次施展出他的溜车神技：空挡、关灯、熄火，让车在黑暗中高速滑行，孩子们兴奋地尖叫，好像飞机起飞的时刻。"就好像在水底一样。"沃特说。这句话成了他的遗言。

黑暗中，盖普这辆车结结实实地撞上了海伦所在的那辆车。两辆车撞击的瞬间，孩子们像鸡蛋一样散落。沃特永远停留在了五岁，家人再也听不到他咳嗽的声音了。

善良会被辜负，爱情会有背叛，光鲜亮丽的面纱下，悲剧无所遁形

历尽劫波后，一家人来到了盖普妈妈珍妮的住处养伤，这是珍妮祖传的大宅子。劫后余生让盖普变得格外温柔，他成了温柔的源泉。有一整年，他都对妻子儿子温柔地说话；有一整年，他一次都没有对他们感到不耐烦。

为了排遣丧子之苦，盖普将满心的悲痛化为力量，写出了他的新作品《本森哈沃眼中的世界》，将压抑已久的情感尽情倾诉：奥伦悄悄潜入荷普家，先持刀威胁了孩子，又打算在卧室强奸荷普。幸好，邻居过来串门，打断了这件事。荷普大声向邻居示警，请邻居带走她的孩子。奥伦知道此地不宜久留，挟持荷普逃走了。

他开着车行驶在乡间的小路上，漫无目的，他打算找个合适的地方，将荷普先奸后杀。荷普拼命反抗，猛地把奥伦的手腕拉到嘴边，对着血管咬了下去。但奥伦实在太强壮了，一把将她的后脖子撞向方向盘，喇叭响了起来，荷普头破血流，动弹不得。在奥伦施暴的时候，荷普竭力保持着冷静，求生的欲望让她尽一切可能去寻找生机。终于，她的手在奥伦的衣服里摸到了刀。她反复比画下刀的位置，务求一击必杀。

奥伦发现他的刀不见了，荷普见状，不再犹豫，先割开了奥伦的咽喉，又从腰部插入向上划，直到碰到肋骨。这时，本森哈沃警长出现了，他接到报警后，快速定位到了这里。警长同情荷普，安慰她，支持她。因为他想起了自己的妻子，多年前被三个浑小子轮奸致死，最后罪犯却仅仅被认定为意外致死而逍遥法外。荷普得救了，没有承担杀人的罪责，荷普的丈夫则把退休后的本森哈沃警长聘为了家庭保镖。但敏感多疑的丈夫因怀疑荷普出轨，跟踪荷普时被本森哈沃误杀，这位老糊涂的警长则被送进了养老院。

这个故事，再次向我们揭露了盖普眼中的世界的变化——这世界不只有美好，也有丑陋的一面。善良会被辜负，爱情会有背叛，光鲜亮丽的面纱下，悲剧无所遁形。

Day 6 《盖普眼中的世界》

原生家庭给了他一切的自由，他却始终没有过好这一生

> "我恨艾伦·詹姆斯主义者，我永远不会这样作践自己的。"

出版商背着盖普，偷偷利用盖普身上的标签，诸如"女权主义领导者之子""丧子"等来为书做宣传，使这本《本森哈沃眼中的世界》一度成了畅销书。有趣的是，之所以会出版这本书，并不是因为编辑觉得这本书很好，而是因为一个小小的测试——编辑找了一个打扫卫生的大妈来试读。"这本书太有毛病了，一看就知道下面肯定有事发生，但是又想不出下面会发生什么。"大妈说。对盖普的书籍进行测试，唐朝诗人白居易念诗给老妪听如出一辙。

祖孙三代人在大宅子里过着幸福的生活。可惜天不遂人

愿，平地又起波澜。在一次公众集会时，珍妮作为女权运动领袖受邀讲话。"你们大多数人都知道我是谁。"现场发出了欢呼声。随即，一声清脆的枪响，珍妮白色的护士服被鲜血染红了。女权主义者们准备为她举办葬礼，这将是一场全部由女人参加的集会，盖普纵然是珍妮的独生子，也被禁止参加这场集会，只好在萝贝塔的帮助下男扮女装，穿上青绿色的连体衣，脖子上系着一条美丽的绿丝巾，脸上扑了粉，嘴唇涂成了樱桃红。集会现场啜泣声一片，女人们纷纷用自己的方式纪念着珍妮，主动割掉自己舌头的艾伦·詹姆斯主义者们上台则只是沉默。

正在这时，一个年轻女人认出了盖普，她是珀西家族的老幺——"噗"。"噗"是盖普小时候给她起的外号，她的姐姐库西给了盖普"性"的启蒙。"噗"对全场高呼："这里有个男人！"激动的女人们把盖普团团围住，萝贝塔带他落荒而逃。盖普在逃跑的出租车上，以女人的口吻与司机对骂。

"男人，你要是不开慢点儿，我就报警说你想强奸我。"盖普努力掩饰自己低沉的嗓音。

"女人，你真是个怪胎。"司机无奈地说。

前一刻还在被女权主义者围攻的盖普，后一刻却用女权主义者身份与男人对喷。这反映了盖普对女权态度的摇摆不定。在回家的路上，盖普遇到了一位大名鼎鼎的人物——艾伦·詹姆斯。

她是艾伦·詹姆斯主义者之所以会出现的根源所在,这个女权运动中的极端派别正是效仿她曾受到的伤害作为准入门槛。虽然这个派别因她而起,但她并不认同极端的思想和行为:"我恨艾伦·詹姆斯主义者,我永远不会这样作践自己的。"作为一个曾经受到过类似伤害的人,她认为《本森哈沃眼中的世界》是一部以深刻写作意图去描写强奸的小说,她反复读了八遍。盖普决定继承母亲的遗愿,领养这个可怜的女孩,让她成了小儿子邓肯的姐姐。

珍妮祖传的大宅子成了追求庇护的女性们的聚集地,像萝贝塔和艾伦,她们已经成为盖普家庭的成员。盖普接手了母亲的事业,用珍妮的遗产成立了基金会,用来帮助那些困境中的女性,盖普任总负责人,萝贝塔从旁指导。

很快,基金会遇到了一个难题——谋杀珍妮的凶手的遗孀也提出了基金申请。给还是不给?基金会内部无法形成统一意见,决定去现场调查一下再定夺。盖普以顾客的身份到了对方开的理发店。

这女人不是妓女,盖普一眼就看得出。她说:"我做头,只做头而已,可不做别的。"女人的哥哥回来了,对来路不明的盖普充满敌意。盖普走时,告诉了男人他此行的真实目的,男人也告诉他:在妹夫刺杀完珍妮后,是他把妹夫射杀了。

灵魂被人遗忘,是比肉身死亡更为可怕的终极死亡

盖普仍然坚持着他多年以来的运动习惯——跑步和摔跤。一次在他跑步时,一辆车追上了他,减速看了看他,又加速开走了。又一次跑步时,他又遇到了上次那辆车,作家的警觉性提醒他情况不妙,他迅速找到了可以躲避的路边石墙。果然,车瞄准他冲了过来,幸好躲得及时,车撞在了墙上,司机死了。盖普掰开司机的嘴,发现她是艾伦·詹姆斯主义者,口袋里还留着撞到盖普后准备展示的纸条:"你咎由自取。"

二月的一天,盖普跟往常一样吃饭、写作、摔跤。他沿着的通向摔跤室的路,正是珍妮当年走过的这条路。海伦过来陪他,在摔跤室看起了书。一个护士悄悄进来了。她冲盖普笑着,慢慢走近,盖普认出了这个人:珀西家最小的女儿"噗",那个在珍妮葬礼现场当众揭发他的人。她举起了枪,盖普躲闪不及,第一枪穿过了他的肚子命中了脊柱,第二枪又打中了胸部。摔跤手过来按住了凶手,盖普看到她嘴里密集的黑色缝线,好像蚂蚁一样布满了舌头的根部。她已经成了艾伦·詹姆斯主义者。弥留之际,盖普的大脑仍在运转:他庆幸儿子邓肯不喜欢摔跤,否则他会看到这一切。他为海伦感到难过,因为她在现场,但能死在爱人的陪伴下,这也让他感到幸福。

他对大家微笑着。他才三十三岁。

盖普的遇害，让艾伦·詹姆斯主义者自知理亏，这个组织随后也渐渐消亡了，多年后没人记得他们。很多人都在等着海伦死去，因为他们试图获得撰写盖普回忆录的权利，但没有人得逞。邓肯成了一名画家，他为父亲的小说画插图并出版。

正如盖普在写《格里尔帕策民宿》时所思考的："只有鲜活的记忆能让死者永生。"盖普永远活在了大家的记忆里。当他走过幽冥中五彩斑斓的花瓣桥时，桥的对岸一定等着某位盼着他的人。

Day 7 《盖普眼中的世界》

我不知道人生究竟是什么，但我就是想要更好的人生！

于温情款款处看见人性的深渊，更显某些痛苦回忆之绵长

本书的最高潮之处发生在海伦出轨、发生车祸的部分。而在此之前，作者欧文已然在相关情节处埋下了伏笔。车的变速杆把手脱落了，盖普和海伦互相推诿，都不愿意去修。在车祸时，正是这个变速杆捅瞎了邓肯的眼睛。盖普停车时喜欢高速滑行，也正是这个被海伦嫌弃的幼稚习惯，导致了车祸悲剧的发生。平时，两个孩子在坐车时喜欢争抢站在前排座位之间的缝里，车祸发生时也不例外。在可见度极差的情况下，盖普想开窗看路，但又怕冻到感冒的沃特，只好又把窗户关上了。

所有的线索如同一条条蜿蜒的小溪,在两车相撞时汇合成一出悲剧看似闲笔,却在悄悄暗示悲剧的到来,迸发出惊人的戏剧张力。车祸前的行文如同过山车爬坡,文笔收敛,而小说真正到达顶点时,欧文却锋一转,外放铺张,画面一下子切换到了珍妮祖传的宅子。让亲人们在平淡的岁月里,在沉痛的回忆中,把惨烈的现场像拼图一样重新拼凑出来。

本书看似是一部小说,实则是多篇小说的"打包"合集。因为主人公盖普是个作家,所以欧文借盖普之笔,又创作了多篇短篇小说,嵌入到故事情节中,使之符合盖普的年龄、心智和人生经历。这些"套娃"的故事有:《格里尔帕策民宿》,讲述了在民宿中出现的古怪人物和发生的离奇事件,最终人物以不同的方式走向沉寂或死亡;《本森哈沃眼中的世界》,描写了一个女性在被强奸时反杀凶手,本森哈沃警长坚定地支持她,警长退休后成为她家的家庭保镖,但因误杀她的丈夫,最终被送进养老院;回读者的一封信,诉说了印度婚礼上发生的一场惨剧,来向读者说明这个世界是悲喜交织的;沃特的睡前故事,盖普用作家的感染力讲述了狗和猫的斗争,且由此告诉儿子沃特一个道理:过马路时要小心。

值得一提的是,写完本书几年后,欧文将《格里尔帕策民宿》扩写为《新罕布什尔旅馆》,该书出版后连续七周在"纽约时报"畅销榜上排名第一。

这种幽默不是肤浅的玩笑,而是对事物的深刻描摹

欧文对文字的运用已臻化境,显示了高深的功力。书中人物的语言或行为,不时透露着一种滑稽感,书中很多外号例如"炖肥肉""噗""癫子"等,都是在把握人物特征的基础上概括出来的。盖普参加母亲葬礼明明是件严肃的事情,但迫不得已身着女装的样子却充满了喜感,这似乎也在侧面证明"严肃"和"好笑"并非对立,呼应了《回读者的一封信》中的观点。还有一些隐藏的幽默,需要品味原文中的细节才能感受出来。

《永久的丈夫》堪称盖普表演的个人专场。盖普本是为了买木材去查电话簿的,但"木材场"旁边的"婚姻服务"引起了他的深思,他又继续翻看,大脑中不断评判着每一个扫过的职业,任由思维天马行空。接着欧文又描写了盖普做饭。把原料和工艺详加叙述,还安排海伦在电话中询问盖普"木材场"电话找到没有。盖普喋喋不休,絮絮叨叨,从日常琐事延展到他对一些宏大命题的思考,在一地鸡毛中畅想诗和远方。

本书虽然是现实主义风格,但有时会流露出一丝荒诞不经,并掺杂了少量的幻想。例如,盖普深夜去接夜不归宿的邓肯回来时,看到了诡异的场面:"他们看起来就像被电视

谋杀了似的，在病态的电视光里，他们的脸毫无血色。"这就是盖普眼中的世界，如是而已。

欧文还在此书中探讨了一些社会问题，其中最典型的就是女权。珍妮是女权主义运动的领袖。从电影院教训骚扰她的士兵开始到她丧生于枪下，她活出了自己想要的样子，而非作为依附于男人的存在。她对于男女情欲完全没有概念，对青春期盖普的躁动很不理解，还有偿与妓女讨论关于欲望的问题。

珍妮把自己的经历写成自传，树起了女性争取权利的大旗。在她的麾下，既有艾伦·詹姆斯主义者这样的极端分子，又有艾伦·詹姆斯本人这样的温和派，还有萝贝塔这样的"性少数"群体。总之，珍妮的一生，是战斗的一生，与骚扰她的士兵战斗，与咬掉盖普耳朵的"癫子"战斗，与女性遭遇的种种不公战斗。"你们大多数人都知道我是谁。"她用这句话来结束生命，也用言行赢得了世人的尊敬。

西方国家的一些神话与哲学体系中，有一条不断吞噬自己尾巴的巨蛇 奥罗波若蛇，寓意在自我毁灭的过程中重生。盖普的人生也有一种类似的宿命感。他的父亲——盖普上士的人生，从住院到死亡的那段日子里，走的即是人生的逆过程，他的生命体征不断向婴儿状态倒退，最终只剩下留给珍妮的种子。虽不是本书的主要人物，但珀西家的成员对盖普有着非凡的意义。珀西·库西引导盖普成为一名真正的男人，她的妹妹——"噗"，又送盖普离开了这个世界。摔跤，本是珍妮偶然为盖普选定的运动，但摔跤见证了盖普的多个重大时刻：珍妮首次遇到盖普的妻子海伦是在摔跤馆，盖普与海伦的大儿子邓肯在摔跤馆诞生，最终盖普的生命也在此戛然而止。

正如盖普喜欢的一个作家所说，"命运之谜不可解，属于灵魂的只是一个梦幻"。梦幻与现实的纠葛，就在这光怪陆离、荒诞不经中，组成了盖普眼中的世界。那便如欧文所说的：我不知道人生究竟是什么，但我就是想要更好的人生！

《道林·格雷的画像》
最美的不是青春，而是骨子里的善良

[英]奥斯卡·王尔德

我觉得作家不能跟现实保持过于甜蜜的关系，就是你要在生活面前保持自己一定的清高、独立，这是建立自己的世界的一个很需要的磁场。

诺奖得主叶芝怒赞

无数美少年认为道林·格雷就是自己

从来没有人像王尔德这样

将人性的暗黑面写得如此光彩夺目

美国大学理事会推荐好书

英国亚马逊一生要读的100本书

扫码收听本书音频

MAI JIA
READING
WITH YOU

Day 1 《道林·格雷的画像》

欲望
是看不见底的深渊

愿出卖灵魂，使自己青春永驻，一切的沧桑和罪恶都由画像承担

"当你拥有青春的时候，就要感受它。不要虚掷你的黄金时代，不要去倾听枯燥乏味的东西，不要设法挽留无望的失败，不要把你的生命献给无知、平庸和低俗。活着！把你宝贵的内在生命活出来。什么都别错过。"小说《道林·格雷的画像》中，亨利勋爵初见道林·格雷时这番冠冕堂皇的言辞，打开了道林心中的"潘多拉魔盒"，使这个容貌绝美的少年一步步坠入欲望的深渊。

作者王尔德说："外表出众的人往往在劫难逃。"

道林·格雷是一名长在伦敦的贵族少年，极其俊美，且心地善良，纯洁如一张白纸。一日，道林看到了画家霍华德为他所作的一幅画像。在画家朋友亨利勋爵的蛊惑下，他发现了自己惊人的美，并向画像许下心愿：愿出卖灵魂，使自己青春永驻，一切的沧桑和罪恶都由画像承担——设定如此"魔幻"，大师出手的确非同凡响。

后来，道林辜负了一位年仅十七岁女演员的感情，致使她为情所困，走上了一条不归路。道林回家后，惊讶地发现自己的画像发生了变化，嘴角出现了残忍的表情。道林良心不安，陷入了挣扎，但在亨利勋爵一番"开导"下，邪恶战胜了良知，开始向着深渊走去，画像变得越来越丑陋，而道林却十几年来青春依旧，永远一副单纯少年的模样。终于有一天，道林再也无法忍受画像中丑恶的嘴脸了，举起刀想要把它毁掉……

 这世界上好看的脸蛋太多，有趣的灵魂太少

《道林·格雷的画像》是英国文学巨匠奥斯卡·王尔德创作的唯一一部长篇小说，是19世纪末唯美主义的代表作，更堪称"为艺术而艺术"思潮在戏剧小说领域的杰出成果。

《道林·格雷的画像》在创作前有这样一个小故事：有一天，王尔德去拜访了一位老画家，刚巧撞见了老画家年轻漂亮的男模特。王尔德忍不住感叹："可惜了，这样美丽的生物，还是有衰老的一天。"画家答："是啊，如果能让画中的他代替他老去就好了。"听罢，王尔德灵感突发，在此基础上创作了《道林·格雷的画像》。小说一出版，王尔德被骂惨了。直到几百年过去，人们才渐渐承认了这部不可多得的佳作。

故事之外，王尔德的人生经历也堪称传奇。他出生于爱尔兰——一个很小清新的国家。家境不错，父亲是外科医生，母亲是作家。王尔德成绩优异，上皇家学校，拿高额奖学金。一个暑假，他到意大利旅游，因为意大利太美而舍不得走，干脆逃了学，被学校罚款四十五英镑。可他学习好，第二年就靠奖学金把四十五英镑挣了回来。王尔德是靠"毒舌"出名的。那句"年轻时我觉得钱是最重要的，到老，才发现，的确如此"和"这世界上好看的脸蛋太多，有趣的灵魂太少"都是出自他之口。王尔德读过很多书，除了长篇小说，他还擅长写童话，他写的童话很美。他尤其偏爱描写悲伤，有一个童话叫《夜莺与玫瑰》：从前，有一个男孩爱上了富家小姐，要送一枝红玫瑰才能与她共舞。那是冬天，男孩找不到红玫瑰，哭得很伤心。夜莺听说了这件事，在玫瑰树下唱了一夜歌，才用鲜血和生命灌溉出了唯一的红玫瑰。可富家小姐却说玫瑰不如珠宝值钱，配不上她的衣服。男孩气急了，把红玫瑰扔到地上，眼看一辆马车从它身上碾了过去……细腻的笔触，伤感的情节，在《道林·格雷的画像》中同样有所体现。

Day 2 《道林·格雷的画像》

人性的深处藏着不堪入目的欲望

他对人人都喜欢,这也意味着,他对人人都漠然

"浓郁的玫瑰香漫溢画室,夏日的微风轻拂花园里的树木,穿过敞开的门,传来阵阵紫丁香的馥郁,或是绽放着粉色花的荆棘的幽然清香。"

亨利·沃顿勋爵来到画家巴兹尔·霍华德家做客,鉴赏着他的得意之作:"这是你最好的作品,巴兹尔,明年你一定要把它送到格罗夫纳画廊去。"画家却说:"我可不想把画送去什么地方,哪儿也不送。"这幅作品是一幅人像,上面容颜俊美的模特,便是小说的主人公——道林·格雷。

亨利勋爵待了片刻,准备离开,走之前,他问画家:"你究竟为何拒绝展出道林·格雷的画像?我想知道真正的

原因。"画家表示："因为画里倾注了太多的自我。每一幅画家用感情所作的肖像都是艺术家本人,而不是坐在那里的模特,模特只提供了一种偶然或诱因。我不想展出这幅画的原因在于,我恐怕在画中表露了自己内心深处的秘密。"

霍华德继续讲述,两个月前,他第一次见到道林·格雷,四目相对时,感觉自己顿时苍白失色,被一种难以理解的恐惧笼罩了。他意识到,自己面对的是一个"纯粹的、人格魅力如此令人迷醉的人"。

听罢,亨利勋爵倍感神奇,表示想要见到道林·格雷。画家拒绝了,在他看来,亨利勋爵是一个并不理解"什么是友谊"的人,他对人人都喜欢,这也意味着,他对人人都漠然。

这时,管家来到花园禀告："道林·格雷先生在您的画室了。"亨利勋爵大笑着表示："这下,你必须介绍我们认识了。"画家看着亨利,意味深长地说："道林·格雷是我最亲爱的朋友,他性情单纯美好,别毁了他,别试图去影响他,你的影响会是坏影响。""你真是废话连篇!"亨利勋爵笑道,拉着霍华德的胳膊,几乎是将他拉进了房间。

道林·格雷背对着坐在钢琴边,翻览着舒曼的《森林情景》乐谱,喊道："你要把这个借给我,巴兹尔,我要学,它们迷人极了。"画家："这得看你今天坐姿如何了,道林。"道林："我都坐腻了,而且我也不要与我真人一样大小的画像。"说着,道林任性地在琴凳上转了一圈,回过头来。看见亨利勋爵后,一丝红晕爬上脸颊,他猛地跳起来:"请原谅,巴兹尔,我不知道你有朋友在。"相互介绍后,亨利勋爵发现,道林的确很美——风流倜傥,嘴唇绯红,线条匀称,蓝眼睛清澈透明,金发柔卷。

就这样,画家两耳不闻窗外事,专心作画,道林则和亨利勋爵聊起天来。交谈中,亨利告诉道林:"摆脱诱惑的唯一方法就是屈服于诱惑。若抵制它,你的灵魂会渴望那些被禁止的东西,是会得病的……"越交谈,道林便越被蛊惑。他坐不住了,提出去花园走一走。

"我们到树阴下坐坐吧,你可别被这阳光晒坏了。"亨利表示。"那有什么关系?"道林笑道。

亨利却说:"这至关重要,因为你拥有最美妙的青春,而青春是一件值得拥有的东西……不要虚掷你的黄金时代,不要去倾听枯燥乏味的东西,不要设法挽留无望的失败,不要把你的生命献给无知、平庸和低俗。"一番冠冕堂皇的言辞。

人性的深处藏着一些不堪入目的东西,一旦有了合适的土壤,就容易野蛮生长

画家突然出现,打断了两人的交谈,他打手势让他们进去看画,已经画好了!二人起身,一起沿小路向画室走去。两只绿白相间的蝴蝶从他们身旁飞过,花园一角的梨树上,一只画眉开始鸣叫。看到画时,道林连退几步,双颊因愉悦瞬间溢出红晕,双眼透出一丝喜悦,像是第一次认识了自己。道林看呆了!他听不到别人同他讲话,只是盯着画像,恍然意识到了自己的美,他以前从未有过这种感觉。

霍华德的赞美对他而言,只是出于友情的溢美之词,他听过,笑过,就忘了。而刚才亨利勋爵那一番赞美青春的言论,却大大影响了他的思绪,令他无比心动。

他盯着自己的画像,喃喃道:"我会变老,变得可厌可怕,但这幅画将永远年轻……如果能反过来就好了!如果永远年轻的是我,变老的是画,那该多好啊!为了这个,我愿献出一切!我愿以我的灵魂交换!"说着说着,道林甚至抽泣起来,霍华德十分诧异。而当道林挣脱他的手,表示要跟亨利勋爵去剧院的时候,画家终于醒悟,毫不留情地说道:"这都是你干的,亨利。"亨利勋爵耸耸肩:"这才是真正的道林·格雷——仅此而已。"说罢,两人相偕离去,门关上后,画家一下子坐在沙发上,露出痛苦的神情。

经过一番打探,亨利勋爵了解了道林·格雷的身世:他是克尔索勋爵的最后一位外孙,母亲玛格丽特是贵族小姐,美艳绝伦,却冒天下之大不韪,跟一个身无分文的年轻人私奔。仅过了几周神魂颠倒的幸福时光,丈夫便被父亲克尔索雇来的亡命之徒杀死了。玛格丽特生下一个男婴后死去,把男孩留给了一位孤苦而又专横无情的老人。这个男婴就是道林·格雷,他继承了雄厚的家世和母亲的美貌,而这样悲剧的身世,则衬托着使他更完美。就像每一件精美之物的背后,总是存在着某种悲剧性的东西。亨利勋爵心下大喜,觉得道林这个人有趣极了。更重要的是,他足够单纯,容易走上自己所引导的道路。而正是结交了亨利这样的朋友之后,道林才一步一步走向了毁灭。画家那句"别毁了他,别试图去影响他,亨利,你的影响会是坏影响"言犹在耳,谁知后来,竟一语成谶!

人性的深处藏着一些不堪入目的东西,一旦有了合适的土壤,就容易野蛮生长。道林的欲望正是如此。

Day 3 《道林·格雷的画像》

好的爱情，
是能够做自己

有两种想法非常危险：一是认为自己无可替代，一是认为他人对待自己与众不同

道林·格雷来到亨利勋爵家做客，带来了一个令人震惊的消息——他已深陷爱河！在亨利看来，一生只爱一次的人是真正的浅薄之人。他们自认为忠实、忠贞，实际却是习惯常态化的身份，或缺乏想象罢了。他问那个女孩是谁，道林满脸通红，回答道："一个女演员。"

道林是在一个破旧的剧院里认识女演员西比尔的，那天，西比尔扮演的是《罗密欧与朱丽叶》里的朱丽叶。在这样一个龌龊不堪的小地方看莎士比亚的剧，让道林感到恼火，乐队很差劲，指挥弹着一架声音刺耳的钢琴，演罗密欧

的是一位胖老男人，整个人像只啤酒桶。但朱丽叶的登场却吸引了他的目光——

一个不满十七岁的姑娘，长着鲜花一样的小脸，小巧的脑袋上盘着一圈圈深棕色的发辫，眼睛像紫罗兰色的井水，嘴唇则像玫瑰花瓣。她是道林见过最可爱的女子，美得令他热泪盈眶，她的声音如同夜莺的歌声，有种让人战栗的狂喜。道林几乎是瞬间爱上了西比尔，一连几夜去看她的戏。西比尔今天扮演莎士比亚著名戏剧《皆大欢喜》里的罗瑟琳，明天又扮演《辛白林》里的伊摩琴……道林沦陷了，看到这样的道林，亨利产生了极大的兴趣。在他看来，实验是能对情欲进行科学分析的唯一方法，而道林·格雷显然是送上门来的研究对象。

一日，亨利参加晚宴回来，看见大厅桌子上有一封道林·格雷发来的电报。电报里说，他和西比尔·文恩已经订婚。

姑娘把情窦初开的邂逅讲给了妈妈听，她家境贫寒，欠了不少钱，但现在，迷人王子来照顾她们的生活了！尽管二人已互许终身，但她甚至不知道道林·格雷的真名字。

"傻丫头！"文恩太太回应道。西比尔双颊泛起了红晕，"我爱他。"她只说了这一句。

弟弟则担心姐姐被骗。因为他们的母亲曾经就是一位美丽的演员，却被贵族欺骗了感情，他不希望姐姐重蹈覆辙。

毕竟在这世界上，有两种想法是非常危险的：一种是认为自己对他人而言无可替代；另一种是认为他人对待自己是与众不同。劝说无用，詹姆斯只好恶狠狠地表示："西比尔，你爱他爱疯了。他要是让你受了什么委屈，我就杀了他。"这吓坏了西比尔，她连连发誓："我会永远爱他！"詹姆斯："那么他呢？"西比尔："也会永远爱我！"詹姆斯："他最好如此。"

"我从莎士比亚的戏剧中找到妻子，我已将罗瑟琳搂入怀中，亲吻过朱丽叶。"道林对西比尔的爱建立在对角色的想象之上，当她落入凡尘，爱也便戛然而止了。他爱她时那样热烈："只有没心没肺的畜生，才会对不起她。"

见到西比尔第一眼，亨利便认为"她是他迄今见过的最可爱的姑娘之一，她羞涩、优雅、惊愕的眼神，犹如一头小鹿。迷人！真迷人！"巴兹尔·霍华德也跳起来，开始鼓掌。但除了美丽迷人，西比尔的演技却做作得让人难以忍受。

道林的脸色苍白起来，他困惑又焦急，木然地说："非常抱歉，让你们浪费了一个晚上。"霍华德打断他："可能是文恩小姐病了，我们改天再来吧。"道林回答："我希望她是病了，她完全变了。昨晚她是个伟大的艺术家，今晚她只是个普通平庸的女演员。"厌恶破烂的剧场、蹩脚的演员，却忘记了西比尔跟他所鄙夷的一切，本来就是一体的。

当你不再爱一个人,就会觉得她的感情里总有几分可笑

戏一演完,道林就冲进后台对西比尔说:"今晚的表演简直糟糕透顶,你病了吗?"姑娘却幸福地笑了:"我今晚演得糟糕,以后也不会演好了,因为我认识了你呀!认识你之前,表演是我生活中唯一的真实,我将每个角色都当成真的。而你教我知道了什么是现实,什么是真正的爱。我的爱人!迷人王子!带我走吧,我讨厌舞台,表演爱情是对爱情的亵渎啊!"

道林却喃喃低语:"但你已经扼杀了我的爱。我爱你,是因为你赋予艺术的影子以外形和内在。而你把这一切都丢了,你既浅薄又愚蠢。天啊!我竟会爱上你,真是疯了!我永远不要再见到你!"西比尔扑到道林脚下哭泣起来,像一朵被践踏过的花。道林看着她,嘴唇极其轻蔑地撇了撇。

道林回到家,偶然间发现画像变了——表情不一样了,嘴角露出了一丝残忍,这令他吓了一大跳!确认多次后,道林发现这不是幻觉。他猛然想起了那个疯狂的愿望……愿望成真了!道林感到愧疚与悔恨,他拉过一块大屏风,挡在画像前,但依旧还是感到不寒而栗。他一遍遍重复着西比尔的名字,写信请求她的宽恕。

这时，亨利勋爵来找他，道林试图阻止他的"催眠"。他说："我知道了什么是良知，它是我们身上最神圣的东西。我要做一个好人。一想到自己的灵魂是丑恶的，我就受不了。"亨利却告诉他一个坏消息：西比尔·文恩自杀了，不过没人知道她的死与道林·格雷有关。亨利劝他："如果你真跟这个姑娘结了婚，就会陷入悲惨的境地。你会友善待她，人们总会善待自己毫不在乎的人。陈年旧事已成旧事，但女人们从不知道大幕已经落下，总幻想有下一幕。"西比尔演完了自己的最后一个角色，以死之凄美，成就爱之神圣，这难道不唯美吗？一番"催眠"过后，道林被说动了："非常感谢你对我说的所有话。你显然是我最好的朋友，从没有人像你这样了解我。"

Day 4 《道林·格雷的画像》

打破底线，
只有零次和无数次

> 我们对一件事有执念，在意的其实不是那件事本身，而是拼命追逐的过程

　　画家霍华德得知了西比尔的死讯，怕道林自责，前来安慰。却发现道林早已哄好了自己，还极力撇清自己的关系。霍华德很诧异。道林大喊："你根本不像一个有同情心的人，发现我已获得安慰，就勃然大怒！如果你真是来安慰我的，不如教教我如何忘掉已经发生的事儿。"

　　道林给霍华德讲述了一个慈善家的故事，慈善家一生中花了二十年时间试图申冤，或改变某条不公平的法律，最后大功告成，却大失所望。因为他完全无所事事了，几乎死于厌倦，变成了一个不折不扣的厌世者。霍华德奇怪地被感动

了,他太珍爱道林了,依然相信道林本性纯良。霍华德邀请道林继续当他的模特,道林却后退一步,大叫道:"我没法再做你的模特了,巴兹尔。这不可能!"画家不解,提出想要看一看他之前为道林画的那幅画像,甚至想把它展出。道林却吓坏了,猛地冲到画家和屏风之间,他面色惨白地说:"你绝对不能看,我也不希望你看。"

道林问画家:"你当时拒绝把我的画像送展的理由是什么?人人都有秘密。你说出你的秘密,我就告诉你我的秘密。"画家忍不住打了个寒战,表示拒绝。对画家来说,道林的友谊比自己的名气或声誉更珍贵。"巴兹尔,你一定得告诉我,我想我有权知道。"道林对画像会被曝光的恐惧已经消失,取而代之的是好奇心,他决心要挖出巴兹尔·霍华德的秘密。

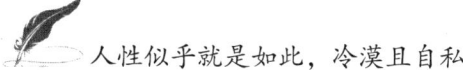人性似乎就是如此,冷漠且自私

当身陷深渊的时候,有的人不是想着怎么努力爬上去,而是对上面的人喊着:"下来吧,下来吧,跟我一样到这地狱里来吧。"画家无奈,只得掏出满腹心事,他竟向道林·格雷表白了!他担心画像被展出后,他和道林都会受到太多品评,毕竟嘴长在别人身上,他们无法控制。但正如那句话所说:"你们对我的百般注解,并不构成万分之一的

我，却是一览无遗的你们自己。"听罢霍华德表白，道林叹气道："巴兹尔，我一定不会再做你的模特了。画像里有种要命的东西，它有自己的生命。但我会来和你一起喝茶，那也会很愉快。"

道林用一块巨大的床罩把画像罩上，找来几位搬运工，让他们帮忙把画像搬到废弃的顶楼房间里。他打开房间的门锁，钥匙在他手里，别人都进不来。画像的脸可能会变得凶残、麻木、肮脏，但这又有什么关系？没人能看到，他自己也不会看。他青春永驻——那就够了。他不敢看画像，恰恰说明他已无法正视自己，只能自欺欺人。这时，他收到了亨利送来的一张报纸和一本书。

报纸上刊登着《女演员验尸调查结束》，显示西比尔·文恩的尸体经过验尸后，结论为意外死亡。道林皱起眉头，把报纸撕成了两半，心里有点生气。亨利让人送来这张报纸安的什么心？这时的道林，已经完全择干净了自己的关系，毫无羞愧之心了。他翻起亨利勋爵送来的黄皮书，没几分钟就被吸引了。这是他读过的最奇怪的书。仿佛看到世上的罪恶披着精美的外衣，伴着轻柔的笛声，从他面前演着哑剧依次走过。

这是一部没有情节、只有一个主人公的小说，是对一个巴黎青年的心理研究，是一个现代罪人的病态坦白，描写着一切你能想到的和想不到的罪恶。这本"罪恶之书"在过去极大影响了亨利，如今像传递交接棒一样传给了道林·格雷。这是亨利送给道林最大的"礼物",让他在结束种种罪行后,总能找到"美丽"的借口与说辞。后来的道林·格雷,常常动不动就消失,或去某个神秘的地方,时间长得超出人们的预期。流言四起,议论纷纷,道林却不在乎。回家后,他总要偷偷溜到楼上锁着的房间,用从不离身的钥匙打开门,手拿镜子站在画像前,欣赏画像的丑陋与镜子里年轻的面容。

鲜明的对比增加了他的快感,让他越来越迷恋自己的美,对灵魂的堕落也越发感兴趣。就像饿疯了的人,喂得越多,就越饿。对生活对丑恶了解得越多,他就越想了解。但他还是怕。他不敢长时间出门,生怕画像被发现,怕别人知道他的秘密。

一天,画家霍华德来找道林,对听到的风言风语提出疑问:"为什么你与年轻人做朋友会对他们那么致命呢?"据霍华德所说:有个在皇家卫队服役的男孩自杀了,而道林是他的知己;一位爵士声名狼藉地离开了英国,而道林曾与他形影不离;一位勋爵的独生子及其职业生涯被毁,一位贵族太太因跟道林走得近被冠上耻辱之名,一位年轻的公爵,如今已经没有任何一位绅士愿意同他扯上关系了……而这一切,都源于道林·格雷的蛊惑。过去,亨利勋爵传递给他的交接棒,如今,被他传递给了更多的年轻人。面对画家的质问,道林毫无惭愧之心,他将画家带到了房顶那个只有自己能进的房间,让画家去观赏那一幅出自他手、被他视为杰作的画像……

Day 5 《道林·格雷的画像》

复杂的世界里，
努力做简单的自己

罪恶这种东西是写在脸上的，掩盖不住

道林后来常常想起三十八岁生日的前夜。那天晚上，十一点左右，他在亨利勋爵家吃过晚饭，往家走的时候遇见了画家霍华德。如今的道林，已经不敢面对这位过去的好友了，他装作没有看见，朝家快步走去。霍华德却追了上来："道林！我真是运气太好了！"

霍华德表示："道林，伦敦正流传着关于你的最可怕的谣言，我认为该和你谈谈。"道林却不想听："我什么都不想知道。我喜欢别人的丑闻，但对自己的丑闻一点也不感兴趣。"

霍华德表示相信道林，谣言一定是假的。道林面容纯洁、明朗、天真,怎么会是谣言中的不堪之人呢?霍华德说:"有人看见你天蒙蒙亮时从那些污秽的住处里溜出来,又乔装偷偷钻进伦敦最肮脏的风月场所。我第一次听到这些传言时哈哈大笑。"道林讨厌霍华德的说教,想打发他赶紧走,霍华德却依旧苦口婆心:"我要你过一种受世人尊敬的生活,我要你名声清白,我要你摆脱那些可怕的朋友……"

霍华德一再追问,道林烦了,既然你那么想看我的灵魂,好啊,我给你看。他直勾勾地盯着霍华德严厉的双眼,嘴角露出一丝轻蔑:"上楼吧,巴兹尔,你是这世上唯一有资格了解我全部的人。"每当他有一瞬间想到"道德"二字的时候,就会本能地把罪名加到霍华德和那幅画像上。道林一把掀开盖着画像的帘子,霍华德发出一声惊叫。在昏暗的灯光下,他看到画布上一张可怕的脸正朝他狞笑。

画像虽和原来没太大区别,却透出一丝恐怖。头发泛着金色的光泽,却已变得稀疏;嘴唇依然性感、红润,却露出一丝残忍……霍华德举着蜡烛凑近画像,左下角正是他的签名!

道林解释道:"你还记得那一天,我许了一个愿……"

"不,这不可能。"霍华德难以置信。

道林:"这是我的灵魂之脸。……我们每个人身上都既有天堂又有地狱,巴兹尔。"

霍华德转过身,盯着画像喊起来:"如果这是真的,那你一定比那些指责你的人想得还要坏!"霍华德的手抖起来,蜡烛掉到了地板上,他一屁股坐在桌旁那把快散架的椅子上,把脸埋在手里。他劝道林反省、祈祷,请求上帝的宽恕。道林却吞吞吐吐地说:"太晚了。"霍华德不肯放弃:"永远都不晚,道林。我们跪下吧,不是有这样一句诗吗,'虽然你的罪恶鲜红,但我将把它变成雪白'?"

道林·格雷瞥了一眼画像,内心突然升起一股难以控制的对霍华德的厌烦与仇恨。画布上的形象一直在提醒他这种恨。道林眼睛扫到了箱子上的一把刀,那是他前几天拿上来割绳子用的。他慢慢朝刀子移动,来到霍华德身后,一刀插进了霍华德耳后的大动脉。霍华德死了。一切快得好像一场梦。

道林扭曲的灵魂在地狱与人间来回踱步,笑得肆意,享受着鲜血的腥甜

杀人后,道林坐下来,思考着如何脱身。霍华德要去巴黎,走之前来找过他,但没等到他便离开了。他们是在路上偶遇的,除了自己,已没人知道这场偶遇。

道林·格雷突然有了一个主意。他拉开门闩溜出家门,然后按响了门铃。五分钟后,他的贴身仆人出现在门口,给他开门。

道林:"我忘带前门钥匙了。几点啦?"

仆人:"两点十分,先生。"

道林:"今晚有客人来过吗?"

仆人:"霍华德先生来过,他在这儿待到了十一点,才离开去赶火车。"

道林:"我很遗憾没见到他。他有没有留下口信?"

仆人:"没有,先生。他说会从巴黎给你写信。"

道林有了完美的不在场证明,接下来就是处理尸体了。道林想到了朋友艾伦·坎贝尔。五年前,他们曾是密友,后来闹翻了。艾伦极其聪明,是个科学家,致力于化学研究,还有自己的实验室。道林提出请求后,艾伦当即拒绝:"谋杀!天哪!道林,你已经走到这一步了吗?法网恢恢,疏而不漏。没有人犯罪不留下破绽。我不会与这件事扯上半点关系。"

道林先是痛哭流涕地请求,见艾伦毫不松口,伸手拿出一张纸,在上面写了些什么,递给艾伦。艾伦将字条打开,脸色顿时变得煞白,瘫倒在椅子上,被迫成了道林的帮凶。他果然是最适合的人选,仅五个小时,尸体就消失了。

道林假惺惺地感叹了一句:"可怜的巴兹尔!死得太惨了!"他已经堕落至此,完全置身事外了。他像个旁观者,站在上帝视角,发表着不痛不痒的感慨。

画像又变了,一只手上出现了恶心的红色露滴,画布像渗出了血一般恐怖。而道林只是再次用帘子把它盖上了。一段时间后，大家讨论起霍华德失踪之事。伦敦警察说他去了巴黎，巴黎警察却说他没有来过，他的下落，除了道林·格雷，再也不会有人知道了。至于帮凶艾伦，因为承受不住内心的负罪感，自杀了。他到底，是比道林更有良知的人啊。地狱空荡荡，恶魔在人间。道林扭曲的灵魂在地狱与人间来回踱步，笑得肆意，享受着鲜血的腥甜。但总有一天，他也会走向毁灭。

Day 6 《道林·格雷的画像》

当人心长满了欲望，
灵魂也终将枯老

眼前这个人葆有少年的俊美容颜和青年一尘不染的纯真，似乎二十岁刚出头

杀了霍华德之后，道林需要排遣一下内心的情绪。他掏出一只黑漆金粉的小盒，里面是绿色的膏体，有蜡般的光泽和浓烈持久的奇香。他的脸上浮现出古怪呆板的笑容，身子忍不住哆嗦起来。午夜的钟声敲响时，道林·格雷穿着便衣，悄悄溜出了家门。

记得第一次跟亨利勋爵见面时，亨利就告诉他："靠感官拯救灵魂，靠灵魂拯救感官。"道林找到了这个秘诀——在鸦片窝点，可以买到遗忘；在恐怖之巢，可以用新罪孽的疯狂来毁掉旧罪孽的记忆。

离开时,门口拿钱的女人调笑道:"走了,魔鬼的交易!"道林回应道:"滚蛋,不许这么叫我。"女人打了个响指,冲着道林的背影大叫:"你喜欢人家叫你'迷人王子',对不对?"

说罢,旁边一个原本在打盹的水手突然跳起来冲了出去。道林被水手从背后抓住了,一只蛮横的手就已卡住他的喉咙,把他推到了墙上。"咔嚓"一声,一把锃亮的左轮手枪,直指他的脑袋。

"你毁了西比尔·文恩,她是我姐姐。她是自杀的,都是你害的!"詹姆斯·文恩得知姐姐的死讯后,一直在找道林·格雷,发誓要杀了他。他找了很多年,苦于没有线索,除了"迷人王子"这个称呼外,他一无所知。

道林·格雷几乎吓昏,磕磕巴巴地说:"你疯了,我不认识她。"突然,他脑海里闪过一丝疯狂的希望:"住手,告诉我,你姐姐死了多久了?"詹姆斯:"十八年,你问这干什么?"道林大笑起来,声音透出一丝胜利的喜悦:"十八年!你把我弄到灯光下面,看看我的脸!"詹姆斯发现自己犯了个可怕的错误——眼前这个人葆有少年的俊美容颜和青年一尘不染的纯真,似乎二十岁刚出头,不可能是毁掉姐姐生命的人。"天哪!我差点把你杀了!"就这样,詹姆斯放走了道林。这时,一起追出来的女人却凑到他跟前,恶狠狠地问:"你为什么不杀了他?"詹姆斯回答:"他不是我要找的人，那人应该快四十岁了，而这个人显然比孩子没大多少。"女人苦笑一声，发誓道："'迷人王子'将我弄成了现在这副样子，也快十八年了吧。来这儿的人里，他最坏。他们说他把自己的灵魂卖给了魔鬼，换取漂亮的脸。"詹姆斯·文恩咒骂了一声，冲向街角，但道林·格雷早已不见了踪影。

要么成就自己，要么毁了自己

自从遇见詹姆斯·文恩后，道林·格雷便陷入了长久的不安。他发现詹姆斯在跟踪他，当他偶然往窗外看时，会看到对方的脸。道林开始足不出户，待在房间里，他对别人的生命漠然视之，却如此珍爱自己的性命。

一天，亨利约道林去打猎，猎手在打兔子时误杀了一位猎场的工作人员。道林很不安，觉得这是不祥之兆。得知被误杀的不是猎场工作人员，而是一位水手后，道林心底迸发出了巨大的惊喜，当即表示要去看一眼尸体。在推门进去之前，道林停了一下，他觉得这件事会把自己推到一个边缘：要么成就自己，要么毁了自己。

道林·格雷离良心彻底丧失只隔了一道门，门这边是人间，门那边是地狱。见到尸体后，道林嘴里迸出一声喜悦的叫喊。被打死的那个男人，正是詹姆斯·文恩。道林在尸体旁站了好几分钟。策马回家的途中，他双眼满含泪水，他知道，自己安全了。他那被死亡临近而短暂萌生的道德意识，就这样，再次被打回了原形。但詹姆斯的死的确对道林产生了影响，他试图去做"好事"，同一个爱上了自己的乡下姑娘说分手，理由是不想毁掉对方。亨利打破了道林的自我感动："你以为这位姑娘还会满足于一个与她同阶层的男人吗？我估计，将来某一天，她会嫁给一个粗鲁的车把式，或只会傻笑的农夫。她认识了你，并爱上你，这件事教她鄙视自己的丈夫，这就足以毁了她。"

他说："老年人的悲剧不在于人老了，而在于还想年轻。"道林想起，他常对受自己诱惑、爱上自己的姑娘说，他很穷，姑娘信了。他说自己恶贯满盈，姑娘就笑他，说恶贯满盈之徒总是很老很丑的。她笑得多开心啊！就像欢唱的画眉。道林·格雷纵使青春永驻，却像《哈姆莱特》里有句话写的那样："就像悲伤的画像，有脸，无心。"

回家后，道林在画像上看到了伪善、狡诈之色。他愤恨地叫起来，本以为自己做了好事，画像就会变好。实际上，他所谓的做好事，不过是鳄鱼的眼泪。道林突然觉得特别没意思。

他问自己："为什么要做青春的奴仆呢？青春已经把他毁了。"他愤怒地摔碎了亨利送他的镜子，决定毁了画像。道林环顾四周，看到了那把刺死巴兹尔·霍华德的刀。这把刀他已经洗过很多次,一点血迹都没有了,明晃晃、亮闪闪的。它曾杀死过画家,也应毁掉画家的作品,以及它所隐含的一切。它会杀死过去,过去一旦死了,他就自由了。

道林抓起刀,刺向画像……当警察和仆人进来查看的时候,发现了那幅主人光彩夺目的画像,青春、耀眼。地板上躺着一具尸体,心脏部位插着一把刀。他形容枯槁,满脸皱纹,面目可憎。直到看了死者手上的戒指,他们才认出是谁。

Day 7 《道林·格雷的画像》

这本曾一直被误解的书，说透了人性的欲望

 人性是需要道德底线来规范的

画像是道林的良心，而他为了容颜永驻，扔掉了自己的良心。人性经不起考验，当欲望像雪球般越滚越大，终会变成一只巨兽，反过来吞噬自身。所以到最后，道林已经可以站在旁观者的视角上去看待那些被他杀死或因他而死的人们的命运，不痛不痒地感慨一句："哦，他们真可怜。"冷血至此。

《道林·格雷的画像》是一部令人读来欲罢不能的书。除了富有画面感的场景描写、跌宕起伏的故事情节，里面的很多言论、金句，都令人不得不叹服于王尔德的惊人才华。

关于美貌和青春，他说：当你拥有青春的时候，就要感

受它,不要虚掷你的黄金时代。

关于欲望,他说:摆脱诱惑的唯一方法就是屈服于诱惑。若抵制它,你的灵魂会渴望那些被禁止的东西,是会得病的。

关于两性关系,他说:人们总会善待自己毫不在乎的人。陈年旧事已成旧事,但女人们从不知道大幕已经落下,总幻想有下一幕。或是:女人们总是喜欢"一直"这个词,她们为了使浪漫永存而将浪漫破坏殆尽。

关于婚姻,他说:男人结婚是因为厌倦,女人结婚是因为好奇。结果双方都感到失望。

关于标签,他说:定义一样东西,就意味着限制了它。

关于成败,他说:如果对成功一无所知,也就不知道失败的痛苦。

关于平庸,他说:平庸的人不会毁灭别人,也不会被人毁灭。

关于文明,他说:文明绝非易得。人要有文明,只有两种办法,一是受文化熏陶,二是被堕落腐化。

王尔德毒舌、思想前卫,他的很多言论,纵使经历岁月的洗礼,依然不会过时。无怪乎有人说:他该晚出生一百年的!

《道林·格雷的画像》一书中,除了主角道林·格雷,王尔德还用细腻的笔触刻画了诸多经典的配角形象。自私狡诈的亨利勋爵，他把道林当作实验的"小白鼠"，眼看他一步步落入自己挖下的大坑却成就感满满，将自己的快乐建立在他人的痛苦之上。

正直善良的画家霍华德，除了对道林疯狂的爱让他难以启齿外，别的事丝毫无法威胁到他，他胸怀坦荡，是值得深交的知己。这两人的强烈对比，令人感慨：交友一定要擦亮眼睛。真心朋友劝你正直善良、受人尊敬；酒肉朋友却劝你纵情声色，无限享乐。

美丽单纯的女演员西比尔·文恩有着大好的年华，却遇人不淑，她的死太令人惋惜。还记得她那番热烈的表白："认识你之前，表演是我生活中唯一的真实。是你教我知道了什么是真正的爱。我的爱人！迷人王子！带我走吧，我讨厌舞台，表演爱情是对爱情的亵渎啊！"只可惜，红颜枯骨，痴心错付。

同样不涉世事的乡村姑娘，有着最单纯的幸福和快乐。道林骗她说自己很穷，她信了；骗她说自己恶贯满盈，她笑了，说恶贯满盈之徒总是很老很丑的。她就像欢唱的画眉，懵懂无知，却拥有道林所失去的一切。

擅长化学实验的天才科学家被道林威胁着处理掉了霍华德的尸体，但他终究没逃过良心的不安，自杀谢罪。

这几个人，都是跟道林·格雷与亨利勋爵截然相反的人。他们或许无法青春永驻，无法飞黄腾达，但他们的灵魂是高尚的,这是道林和亨利永远也无法拥有的珍贵品质。

 你怎么看待世界,世界就怎么向你反馈

如果将灵魂出卖给魔鬼,可以换取青春永驻,你会不会去尝试?这诱惑实在太大,每个人都有自己不同的选择。道林用他的经历为读者敲响了警钟,让人守住良心和道德底线,不要重蹈他的覆辙。道林对于容貌和青春的挣扎,映射到当今社会,也正反映了"外貌焦虑"与"年龄焦虑"两个普遍的问题。

但比起改变容貌、故作年轻、自暴自弃,那份由内而外散发出的魅力与吸引力,才更珍贵。正如有句话所说:外表决定了我想不想了解你的内在,内在决定了我会不会一票否决你的外表。外表或许是"敲门砖",但绝不会是你在某个关键节点,掌控全局的那颗"螺丝钉"。毕竟所谓的"美与丑",终究是相对的。最美的也从来不是青春、皮相,而是骨子里那份别人抢不走的优秀与善良。

《玫瑰的名字》

构思了二十余年的"最高级的惊险小说"

〔意〕翁贝托·埃科

在这个时代面前,我们要对自己的生活,尤其要对我们的欲望做减法,同时要让自己做一个有思想的人。

20世纪后半期最耀眼的意大利作家
"百科全书式人物"代表作
曾获意大利最高文学奖和法国梅迪西奖
全球销量1600万册

MAI JIA
READING
WITH YOU

Day 1 《玫瑰的名字》

一个虚构与真实交织的世界

在他的身上,既有年轻人的朝气,又有老者的智慧

1327年11月末,见习僧阿德索作为书记员和门徒,跟随博学且开明的威廉修士前往意大利北部的一座以藏书馆闻名于世的修道院寻访。阿德索是梅尔克修道院的一名天主教见习僧,父亲希望阿德索日后能成为一名合格的修士,便将他托付给了威廉修士管教。威廉修士是位学识渊博的"方济会"修士,"方济会"效忠教宗,反对异教,常年游历四方传扬福音。威廉修士思维敏锐、谈吐不凡、目光犀利。纵然年过半百,依旧精力充沛、不知疲倦。在他的身上,既有年轻人的朝气,又有老者的智慧。

阿德索找到他时,威廉正要启程去探访几个名城最古老的修道院。此行的目的，不光是为了传扬福音，还为了选定皇帝使团与教皇特使会晤的场所。威廉特意挑选了一个在两派间保持中立的修道院，却未曾料到这座修道院表面平静，却暗藏"凶机"。一连七天，每天都有人死去，死状奇特，令人生畏。

翁贝托·埃科的头衔有很多，人们称他是哲学家、符号学家、历史学家、文学批评家和小说家。他博学多才，是"百科全书式"的人物，亦是人们心中的"当代达·芬奇"。1980年，《玫瑰的名字》一经发表，迅速赢得各界好评，获得了意大利两项文学奖和法国梅迪西奖。1986年，这部被誉为"最高级的惊险小说"被改编成电影，并荣获1987年法国恺撒奖最佳外语片。《玫瑰的名字》虽然是一部侦探小说，但却与传统侦探小说不同，作者在小说中加入了许多中世纪文化和历史的元素，并以多重叙事视角建构了一个虚构与真实交织的世界。

埃科时而博学、时而洒脱，既在通俗文学上保留了知识分子的睿智，也在枯燥的历史学上染上了世俗的活泼。埃科曾说："玫瑰，由于其复杂的对称性，其柔美，其绚丽的色彩，以及在春天开花的这个事实，几乎在所有的神秘传统中，它都作为新鲜、年轻、女性温柔以及一般意义上的美的符号、隐喻、象征而出现。"所以，想要读懂《玫瑰的名字》，首先要明白"玫瑰"的含义。

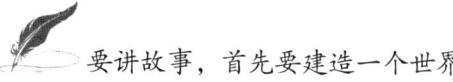要讲故事，首先要建造一个世界

《玫瑰的名字》蜚声海内外后，很多人觉得翁贝托·埃科很幸运，因为他的成功来得过于"容易"。其实恰恰相反，埃科的成功并非偶然。世人只知道，翁贝托·埃科四十六岁时动笔写第一部小说《玫瑰的名字》，却不知他从二十岁时就已经在构思；世人只惊叹《玫瑰的名字》全球销量一千六百万册，却不知在这部小说中藏着埃科对中世纪文化、历史、神学等二十多年的研究成果。翁贝托·埃科一直是"知识和教养"的象征性人物，他读过很多书，也做过很多研究。

当他发现光靠理论说不清楚、大众也接受不了时，便想到借助小说来传达他多年来复杂而有趣的研究经验。埃科说，"要讲故事，首先要建造一个世界，这个世界要尽可能地填充起来，直至细枝末节。"所以，他用了一年时间来建造属于这部小说的世界。为了准确画出修道院的设计图，埃科翻遍了建筑百科全书；为了建立与真实世界的联系，埃科反复阅读中世纪编年史作品。

对翁贝托·埃科来说，《玫瑰的名字》不光是一部小说，更是"符号学"与"诠释学"的冒险，特别是围绕"玫瑰"的诠释更是成为理解小说主题的关键，甚至成了研究界的焦点。

"玫瑰"本就神秘又虚无，也许它根本就没有固定的含义

埃科说："《玫瑰的名字》的想法差不多是偶然来到的。"他很喜欢这个名字，因为玫瑰意义丰富，却又毫无意义。神秘莫测，却又虚无缥缈。更重要的是，"玫瑰"因其象征的多义性和丰富性，可以为读者留下无尽的诠释空间。

20世纪在诠释学领域中，最大的变化就是"读者优先"。即根据读者的生活经验和文学积累，在小说中留下能够令读者进行自我诠释的空间地带。起初，埃科确实想为读者多开拓一些诠释的空间。因为在他看来，"没有什么比发现自己没有想到而由读者提出的解读，更让一部小说的作者感到安慰的了"。所以，在这部名为《玫瑰的名字》的小说中，只安排了两处地方与"玫瑰"相关。其一是阿德索对修道院女孩产生了世俗的感情时，那位不知姓名的"女孩"就暗喻着"玫瑰"，象征着男女之爱；其二出现在小说的结尾："我留下这份手稿，不知道为谁而写，也不知主题是什么。昔日玫瑰以其名流芳，今人所持唯玫瑰之名。"在这里，只提到了"玫瑰之名"，并没有明确说出玫瑰要揭示什么。所以，读者便可由此提出自己的诠释。只是，令埃科始料未及的是，随着"读者优先"的极端化，读者对"玫瑰"的诠释变得越来越天马行空，甚至产生了过度诠释。1984

年,埃科在《关于<玫瑰的名字>的思考》一文中写道:"玫瑰就是玫瑰就是玫瑰就是玫瑰……"至此,读者对"玫瑰"的诠释,才终于画上了休止符。其实,读者之所以会对"玫瑰"产生过度诠释,主要还是因为作品本身给了读者太多开放性思考的空间。

埃科将"玫瑰"般神秘莫测的事件一一呈现在读者面前,却并没有以文字的形式给出"玫瑰"的确切答案。所以,读者才会想要通过解读"玫瑰"来发现"作者的意图"。只是,他们并不知道,"玫瑰"本就神秘又虚无,也许它根本就没有固定的含义。与其将注意力放在"玫瑰"本身上,不如试着解开"迷宫般"藏书馆的秘密。

Day 2 《玫瑰的名字》

电影改编屡获高分，但原著始终无法被超越

这里本该是自由获取知识和智慧的"海洋"，却成了知识和智慧的"桎梏"

"家丑不可外扬"，修道院发生命案后，院长阿博内原本想秘而不宣。无论是谋杀还是自杀，对修道院来说都是一桩丑闻。但是，考虑到此事蹊跷，恐怕日后还有更可怕的事情发生，阿博内决定拜托威廉查一查。威廉修士曾在英国和意大利作为宗教裁判所的裁判官，出庭审讯过好几桩案子。他睿智善辩、公正无私，具有"人道主义"精神。"耳听为虚，眼见为实"，阿博内原本还对威廉的能力心存怀疑，直到见到他仅凭几个脚印就帮修道院找回遗失的马匹后，才放下顾虑。

阿德索与威廉刚用完餐,院长阿博内就来了。他眉头深锁,说话拐弯抹角。威廉不想浪费时间在绕弯子上,便直接问道:"我关心其他一些棘手的问题,要是您愿意告诉我,我想问一下您担忧的事。"于是,阿博内讲起了几天前发生在修道院的"命案":几天前,修道院一位名叫阿德尔摩的年轻画师突然死了。在楼堡东角楼的斜坡脚下发现尸体时,阿德尔摩的尸体已皮开肉绽。据推测,阿德尔摩的尸体应该是从东角楼三楼的某扇窗户掉下来后撞击岩石而死。但奇怪的是,楼堡东角楼的所有窗户都是关着的,窗台下也没有留下任何雪水的痕迹。所以,具体是从什么地方跌下山崖的,阿博内也不知道。威廉点点头,随口询问案发地点的东角楼三楼是什么地方,没想到阿博内却紧张起来。楼堡由东南西北四个角楼组合而成,共有三层,分别是厨房、缮写室、藏书馆。根据修道院的规定,晚餐过后不准任何人进入楼堡。特别是藏书馆,更是设有自我保护系统,除了馆长以外,不允许任何人进入。这座修道院的藏书馆,是基督教世界所有修道院都赞扬过的藏书馆。这里本该是自由获取知识和智慧的"海洋",却成了知识和智慧的"桎梏"。

阿德索吓得抖了个激灵,同时也瞬间打起了精神

藏书馆既是知识与真理的象征,也是矛盾与冲突的爆发

地。所以，为了调查出阿德尔摩的死因，也为了找出藏书馆里隐藏的秘密，威廉开始计划夜闯藏书馆。半夜，威廉和阿德索被摇铃声吵醒。每天凌晨两点半到三点，僧侣们都会在唱诗堂吟诵赞美诗。阿德索迷迷糊糊地跟在威廉后面，来到唱诗堂祈祷。

还未正式开始，几个仆人就一脸惊恐地跑到了修道院院长的身边，尖叫道："是个人，一个死人。"阿德索吓得抖了个激灵，同时也瞬间打起了精神。阿德索跟在院长和威廉的身后来到案发现场，赫然发现韦南齐奥血淋淋的躯体正倒栽在盛猪血的大缸里。阿德索惊魂未定，却听威廉自言自语道："阿德尔摩也许是自杀，但韦南齐奥肯定不是，不能设想他是不慎掉进猪血缸里而倒栽在里面的。"威廉深吸一口气，靠近韦南齐奥的尸体仔细检查。手指指肚上的黑色印迹引起了他的注意。韦南齐奥是藏书馆的一名翻译，白天会在缮写室翻阅、抄写典籍。整个过程似乎没有沾到黑色印迹的机会。威廉正想着，阿德索突然有了新的发现。他发现在猪血缸和楼堡之间的地面上有异样的脚印。在这些脚印中间，还夹杂着一溜印痕，好像是拖拽过什么东西。

据此，威廉推断猪血缸不是第一死亡现场。既然拖拽的痕迹是从楼堡开始的，那就说明第一死亡现场很可能是发生在楼堡。楼堡共有三层，难道韦南齐奥的死也和藏书馆有关？

一群"与书共存"的人竟然会为了"笑"是否得体,而争论不休

命案引起的混乱中断了祈祷。真相未明之前,这里每个人都有嫌疑。本诺是修辞学的学者,韦南齐奥临死前,本诺曾和他在缮写室讨论过阿德尔摩的插图。人群中,本诺躲躲闪闪,似乎在躲避一件可怕的事。威廉认定本诺一定知道些秘密。于是在晨祷结束后和阿德索一起追上本诺。"那天,你、贝伦加、韦南齐奥、马拉希亚以及豪尔赫,你们在讨论阿德尔摩的插图时都说了什么?"威廉开门见山地问。"这您昨天都听到了。"本诺耸耸肩,努力让周身紧绷的神经放松下来。诚如本诺所说,威廉昨天在缮写室确实听到了他们争论的部分内容。

只是,令威廉意外的是,一群"与书共存"的人竟然会为了"笑"是否得体,而争论不休。豪尔赫是修道院的老人,他认为,在包含真理的书籍上不该出现滑稽可笑的插图,因为"笑"是愚人之举。韦南齐奥则不那么认为。他觉得"笑"能够成为真理的载体,况且在亚里士多德的《诗学》第二卷上也特别谈到了"笑",所以"笑"一定是十分重要的事情。

但是,将"笑"是否得体与书籍建立联系,甚至因为憎恶"笑"而去杀人,就有些难以置信了。况且,豪尔赫又是

位年迈的盲人,威廉也不认为他能有力气把韦南齐奥搬到猪血缸。既然不是与韦南齐奥发生过口角的豪尔赫,凶手又会是谁呢?

为了调查清楚这件事,威廉决定去缮写室搜查韦南齐奥的桌子。然而此时,本诺却出现了。威廉从本诺那里得知,阿德尔摩是自杀的。事情是这样的:阿德尔摩为了得到知识上的奥秘,曾在临死前与贝伦加(藏书馆馆长助理)做过污秽丑恶的事。事后,阿德尔摩愧疚不已,找到豪尔赫告解。可豪尔赫却并没有赦免他的罪,于是阿德尔摩跟韦南齐奥说了什么后,就选择了死亡。威廉心存疑惑地来到韦南齐奥的桌子前,还未开始搜查,藏书馆馆长马拉希亚就出现了。他以院长不同意为由拒绝了威廉的搜查。

Day 3 《玫瑰的名字》

藏书馆就是一座迷宫，随时会发生可怕的事

越是不让靠近，就越想要知道里面究竟藏了什么

修道院的藏书馆，对具有探索精神的威廉来说就是一座充满神秘的"大山"。越是不让靠近，就越想要知道里面究竟藏了什么。尤其是前两宗命案，又与藏书馆有着千丝万缕的联系。第二天晚祷结束后，阿德索和威廉没有回房间，而是直接走进第三个祈祷室。修道院的一位老者告诉他们，从这里穿过圣骨堂可以直达缮写室。沿着缮写室拾级而上，就可以到达藏书馆。威廉和阿德索从南角楼抵达缮写室，在韦南齐奥的书桌前停下了脚步。威廉俯身查看，然后扫兴地说："今天我在这里见到过两本书，一本是希腊语的，这本书不见了。有人拿走了，取得很匆忙，有一页羊皮纸手稿掉

在这儿地上了。"威廉边说着，边戴上眼镜，辨认着手稿上的希腊文字。在火苗的加热下，威廉发现韦南齐奥用特殊墨水留下的神秘符号便显现了出来。这些符号，究竟是什么意思？

正想着，身后猛然发出的一个响声，转移了威廉和阿德索的注意力。这里，竟然还有第三个人？威廉放下眼镜，朝声音发出的方向冲了过去，却扑了个空。警觉的威廉马上意识到，这是"调虎离山"的招数。于是，威廉迅速跑回韦南齐奥的桌前。

然而，他终究还是晚了一步。第三人虽然没有夺走威廉手里的手稿，却抢走了威廉的眼镜。因为第三人知道，没有眼镜的威廉根本破解不了手稿上的神秘符号。

人对未知的事，总是既害怕又好奇

短暂整理后，威廉和阿德索走上了顶层的藏书馆。人对未知的事，总是既害怕又好奇。威廉和阿德索屏住呼吸，拾级而上，进入了位于角楼顶层中央的七边形过厅。过厅有七面墙壁，却只有四面墙壁设有门洞，每一扇门洞上方的墙面上，都写着同样的文字——耶稣基督的《启示录》。

不光如此，相邻两个房间的门洞上方也留有《启示录》的文句。藏书馆的房间很容易让人迷失。这里大大小小的房间实在太多了,威廉和阿德索毫无目的地转了一个多小时也没有找到出入口。正当他们累得虚脱决定要放弃时,出入口却奇迹般地出现了。

离开藏书馆的威廉和阿德索,一路小跑穿过庭院。刚走到住所门口,就遇到了院长阿博内。阿博内不安地告诉威廉,贝伦加晚祷时既没有在唱诗堂,也没有回房间。僧侣在搜查贝伦加的房间时,发现了一块血迹斑斑的白布。"他失踪了,是不是也……"阿博内脸色苍白,没有继续说下去。

比起阿博内的担心,威廉则有些喜形于色。因为贝伦加的失踪正好可以说明他就是躲在缮写室的第三人。他到底去哪?又为何会出现在缮写室?威廉盯着韦南齐奥留下的手稿想了一会,便起身去玻璃工匠尼科拉那里做新的眼镜。威廉离开后,阿德索回忆着藏书馆的构造,简单画了个平面草图。

可是,这些房间究竟有什么规律?又藏着什么秘密呢?阿德索决定一个人前往"迷宫"探秘,尽管他也很害怕。但是,"战胜恐惧最好的办法,就是面对恐惧。"

然而这一次,阿德索还是失败了。在迷宫里,阿德索再次被药草迷惑,产生了幻觉。这一次,阿德索在幻觉中看到了体态丰腴的女人。他在惊恐中吓出一身冷汗,疯了一样地冲下楼,气喘吁吁地跑进了厨房。

人类是充满欲望，并受欲望驱使的动物

阿德索作为见习僧，对女人产生妄念似乎是虚荣且邪恶的。站在厨房的阴影处，阿德索久久不能平静。他不知道幻觉中为何会出现女人，也不知该如何控制内心的躁动。阿德索惊魂未定地躲在阴影处，月光倒映在地板上的两个黑影，吓得他冒了一身冷汗。深夜时分，究竟是谁在厨房？阿德索抱着疑问，仔细听厨房里的声响，却听到了一个女人在低语。之后，一个体形矮壮的身影窜出了门。女人的啜泣声越来越清晰，阿德索鼓起勇气走出了黑暗。精神分析学派创始人弗洛伊德说："人类是充满欲望，并受欲望驱使的动物。"在本能欲望的驱使下，阿德索失去了警觉。

当下，阿德索遵从了内心，不顾一切地与厨房里的陌生女人抱在了一起。即便阿德索的理智试图让自己停止这种行为，他也无法抗拒陌生女人的柔情。然而，人总会回归理智。被情欲冲昏头脑的阿德索清醒后愧疚不已。于是，他将一切毫无保留地告诉了威廉。威廉包容地接受了阿德索的过错，并劝说阿德索："不必过分自责。"他只是觉得很奇怪，这个陌生的女人为何会在那里？阿德索口中那个矮壮的黑影又是谁？

事情变得越来越扑朔迷离，威廉对修道院的秘密愈发感兴趣。天亮后，威廉和阿德索来到教堂的中殿，他们遇到了正在为贝伦加祈祷的老人。老人向威廉提起了《启示录》的七声号角,威廉豁然开朗,并由此找到了贝伦加的尸体。"第一声号响,下冰雹"。下雪那天,阿德尔摩自杀了。"第二声号响,大海的三分之一变成了血"。韦南齐奥在猪血缸里,被染成了红色。"第三声号响,一颗炽热的星辰,将落在江河的三分之一和众水的泉源上。"威廉心头一紧,带着阿德索冲向了浴室。果然,在唯一一个盛满水的浴缸里,他们发现了贝伦加的尸体。由于周围没有打斗的痕迹,所以不能排除贝伦加是自杀。贝伦加有惊厥症,心神不宁时常常会用温水沐浴以求镇定心绪。从缮写室逃出来的那个晚上,贝伦加一定害怕极了。所以,他有可能是在泡澡的过程中惊厥症发作,才溺死在浴缸里的。然而,威廉仔细检查了贝伦加的衣物后,却并没有发现他从韦南齐奥桌子上偷走的书。难道,贝伦加在来浴室之前还去过别的地方?还是有人把他杀了之后,藏起了那本书?威廉一边想着,一边仔细地检查贝伦加的尸体。突然,威廉眼前一亮,发现了一个奇怪的现象。

Day 4 《玫瑰的名字》

他有最缜密的逻辑推理能力，却陷入了知识的迷宫

> 当我们在一个问题上想不通时，不妨跳出这个问题，大胆提出假设

威廉检查韦南齐奥的尸体时，就注意到他右手的两个手指肚儿发黑，像是沾染了黑色物质似的，根本擦不掉。检查贝伦加的食指、大拇指以及中指时，同样有擦不掉的黑色印迹。威廉把鼻子凑近贝伦加的手指，并没有闻到特殊的气味。

这个黑色物质究竟是什么呢？当我们在一个问题上想不通时，不妨跳出这个问题，大胆提出假设。根据威廉的观察，韦南齐奥和贝伦加的手指都有相同的黑色印迹。所以，威廉假设他们在生前触碰过相同的物质，由于这个物质有

毒,所以他们毒发身亡。如果想要使得这个假设成立,就要先找到这样的有毒物质。一般来说,有毒物质只有在吞食的情况下才会要人性命。为了验证这个想法,威廉请药剂师塞韦里诺检查贝伦加的舌头。如果他的舌头是黑的,那就肯定是中毒了。

塞韦里诺拿出检查舌头的工具,掰开贝伦加的嘴,放了进去,果然,"舌头是黑的"!所以,这个黑色印迹就是毒药留下的。贝伦加和韦南齐奥碰了毒药,又不小心吞食了毒药,然后毒发身亡。只是,这是谁下的毒呢?又是什么样的毒药呢?正当威廉百思不得其解时,塞韦里诺说出了一件很久之前的怪事。

当你越想让自己忘记一件事时,反而会记得越清晰

"等一下",塞韦里诺打断了威廉。然后,他将回忆拉到了很久以前。塞韦里诺曾经从一位远方游历归来的修士兄弟那里得到过一瓶特殊的毒药。这瓶毒药又黏又黄,嘴唇只要一碰到它,就会顷刻送命。长久以来,塞韦里诺虽然没确认过它的毒性,却一直妥善保管。突然有一天,狂风呼啸而至。实验室因没锁好门,被大风弄得乱七八糟,然后那瓶毒药就不翼而飞了。"我发现缺了那瓶毒药时,起初很担心,后来我深信那瓶药已经被打碎,跟别的渣滓混在一起给清除

掉了。"塞韦里诺回忆道,"现在回想起来,很可能是在暴风雪之前就有人把它偷走了。"如果真的是这样,那塞韦里诺一定和这个人聊过这瓶毒药的药性。

塞韦里诺努力搜寻着记忆,却始终回忆不全都告诉过谁。只记得和贝伦加以及马拉希亚聊过。威廉盖上贝伦加的尸体,正准备离开时,遇到了前来寻找塞韦里诺的马拉希亚。威廉带着阿德索很识趣地离开,接二连三的离奇事件让威廉有些摸不着头脑。路过厨房时,他们又聊起了昨晚那个陌生的女人。

阿德索一提到那个陌生女人就像考试作弊被抓的孩子,满心的愧疚与自责。心理学的"白熊效应"告诉我们:当你越想让自己忘记一件事时,反而会记得越清晰。所以,无论阿德索怎样努力,都始终摆脱不了与陌生女人的回忆。在"自然的欲望"与"理性的意志"之间,阿德索不知该如何选择。迷茫中,他想要威廉开解自己,可威廉却没有那个时间,因为两派会晤迫在眉睫。

 既然是读书笔记,那这本书一定不是普通的书

已知陌生女人出现的地方是厨房,韦南齐奥的尸体也是在厨房附近发现的。那么,管理厨房的食品总管雷米乔和他的帮手萨尔瓦多雷应该会知道些什么。第四天晨祷过后,威

廉找到萨尔瓦多雷和雷米乔,并逼他们说出了隐瞒的勾当:原来萨尔瓦多雷为了讨好雷米乔,经常从村子里物色姑娘,然后在深夜带进修道院,与雷米乔发生不正当关系。这些姑娘都是穷人家的孩子,她们愿意满足雷米乔只是为了从他那里得到一些食物。如此一来,便可解释陌生女人为什么会不求任何报酬愿意献身给阿德索。因为她从未遇到过爱情,为了生存,一直都在委屈自己。由此,威廉可以肯定,那天晚上的黑影就是雷米乔。萨尔瓦多雷发现了躲在黑暗中的阿德索,为了避免事情暴露,雷米乔得知实情后便离开了厨房。陌生女人的事虽然解释清楚了,但韦南齐奥为什么会死在猪血缸里却并没有解释。威廉单刀直入地问:"你白天黑夜在修道院里转,有些事情不可能不知道,谁杀死了韦南齐奥?"雷米乔本不想说,可他担心威廉会将他与女人私通的事昭告天下,才勉强说出了实情:

那天晚上,雷米乔走进厨房,发现了咽气的韦南齐奥后非常惊慌。当时,他也来不及确认打碎在尸体旁边的印迹是什么,就慌忙跑出了厨房。为了不让其他人发现自己与女人私通,雷米乔决定什么也不做,等到第二天早晨自然会有人发现尸体并通报。第二天早晨,看到韦南齐奥在猪血缸里时,雷米乔自己也吓了一跳。他并不知道,韦南齐奥的尸体为什么会出现在猪血缸里。

威廉正与雷米乔说话时,塞韦里诺为他送来了丢失的眼镜。威廉很高兴,因为有了眼镜,他终于可以破解韦南齐奥留下的手稿了。手稿是从韦南齐奥偷走的书中掉出来的,他本身是希腊语的翻译。手稿又是希腊语写成的秘文,所以,威廉猜想手稿的内容可能就是读书笔记。既然是读书笔记,那这本书一定不是普通的书。威廉深知,只有确认了书的特征,才能推测出凶手的特征。经过一番讨论,威廉决定在第四天晚祷之后再次进入藏书馆探秘。他们这次显然自如了许多。虽然漫无目的地转了好几个小时,但终于发现了"迷宫"结构的秘密:藏书馆是按照地球的水陆区域分布而建造。每个房间代表一个字母,这些字母构成了不同的词。没有什么规律可言,藏书馆馆长想要寻找一本书,完全靠记忆。为了不被人发现他们偷闯"禁地",威廉和阿德索不得不离开藏书馆。只是,他们人还未到膳厅,就听到了一阵喧闹声。慌乱中,阿德索听到了陌生女人的啜泣声。阿德索的心一下子就揪到了嗓子眼。与她对视的一瞬间,阿德索认出了女人的身份。萨尔瓦多雷被弓箭手牢牢抓着,女人跪在他旁边楚楚动人。阿德索差一点就冲上前去解救陌生女人了,可是威廉却拉住了他。

Day 5 《玫瑰的名字》

越担心什么，
就越会发生什么

他的这份不甘心，不光害了自己，也害了那个可怜的女人

早在阿德索和威廉第二次潜入藏书馆之前，阿德索就警告过萨尔瓦多雷，"最好去睡觉，不要再把那晚的女人带到修道院来"。因为使团已经到了，弓箭手晚上会在院子里巡夜。可是萨尔瓦多雷却没当回事。萨尔瓦多雷不甘心雷米乔和阿德索都得到过女人的爱情，他嫉妒得发狂。所以，他铤而走险，打算用黑猫的巫术迷惑女人，从而得到她的爱。只是，萨尔瓦多雷自己也没想到，他的这份不甘心，不光害了自己，也害了那个可怜的女人。

萨尔瓦多雷刚把女人带进厨房，弓箭手就破门而入了。

随后,他们发现了萨尔瓦多雷胸襟中的包袱。里面有一把小刀,一只黑猫,以及两个鸡蛋。使团干事贝尔纳看到包袱里的黑猫后惊叫了起来,并咬定女人是女巫。因为黑猫是魔鬼,而女巫是黑猫的同伙,所以她必须要接受火刑。女人百口莫辩,却没人关心她说了什么。那一刻,阿德索意识到,女人已然是一块烧焦的"肉"了。

第五天早晨,阿德索醒来后,跟随威廉来到老教堂,两个使团的成员已经面对面坐好了。阿德索作为书记员,坐在威廉身边记录。辩论进行到一半时,塞韦里诺穿过混乱的会场找到了威廉。为了不让别人听到,塞韦里诺压低声音对威廉说:"贝伦加到浴室去之前肯定去过实验室了。""你是怎么知道的?"塞韦里诺说,他在实验室里找到了一本奇怪的书。"奇怪的书?"威廉略显兴奋。他猜想,塞韦里诺口中"奇怪的书"应该就是那本贝伦加偷走的书。但他们的对话就打断了,先是豪尔赫突然插了进来,而后是使团的人催促威廉回去继续参加辩论。分身乏术的威廉只得回去完成辩论。他担心豪尔赫听到了什么,便叮嘱阿德索跟踪豪尔赫别让他去找塞韦里诺。

这绝不是普通的谋杀,而是一项有预谋的谋杀

阿德索看着塞韦里诺进了实验室,并把自己反锁在屋里

后，就安心地回到了威廉身边。辩论还未结束，弓箭手头领便神色慌张地跑到了贝尔纳身边耳语了几句。随后，贝尔纳猛地站起身疾步穿过大厅向门外走去。威廉见状，神色凝重，他不安地对阿德索说："我担心塞韦里诺出事了。"大家跟在贝尔纳身后，进到了塞韦里诺的实验室。映入眼帘的是塞韦里诺脑袋开花地横躺在血泊之中，尸体旁边是一架比人头大两倍的浑天仪。这一刻，威廉又想到了《启示录》的警示："第四声号是星球，太阳的三分之一，月亮的三分之一，星辰的三分之一。"既然凶手一直都在按照《启示录》的号角杀人，那这就绝不是普通的谋杀，而是一项有预谋的谋杀。

屋子的另一头，两个弓箭手紧紧抓着雷米乔。据弓箭手说，塞韦里诺倒在血泊中时，身边只有雷米乔一个人。当时，雷米乔正在书架上疯狂地翻寻。弓箭手认定雷米乔是杀人凶手，可他却矢口否认。甚至在被粗暴地带走前冲到马拉希亚身边大叫："你发誓，我也发誓！"事情变得越来越复杂，威廉也不确定，那本塞韦里诺口中的"怪书"是否还在实验室。虽然马拉希亚和雷米乔都是空手出来的，但也不能排除有人在他们之前就拿走了那本书。参事厅里，贝尔纳开始审判雷米乔。威廉旁听后大失所望，原来雷米乔要找的并不是一本书，而是一些有关"异教"的手稿。雷米乔年轻时，曾和萨尔瓦多雷一起加入过异教组织。后由于种种原因，他带着一些异教的资料和萨尔瓦多雷离开了组织，并一起来到了修道院。在修道院，雷米乔一直负责管理厨房事务，也因此结识了藏书馆馆长马拉希亚。雷米乔觉得马拉希亚是可以信任的人，于是拜托他将异教的资料收藏在藏书馆里。虽然马拉希亚知道，擅自收藏异教资料是犯罪，但他还是帮了雷米乔。萨尔瓦多雷被抓后，雷米乔担心萨尔瓦多雷会说出他过去的经历，所以一直很害怕。听到威廉嘱托塞韦里诺"保管好文稿"时，雷米乔彻底慌了。他认定是马拉希亚为了推卸责任，将手稿的事情告诉塞韦里诺。塞韦里诺知道后，又告诉了威廉。所以，雷米乔一路尾随塞韦里诺，打算将文稿烧掉。只是，他刚进实验室就发现，塞韦里诺已经死了。而雷米乔还没找到文稿，弓箭手就冲了进来。

 真正的爱，往往是为其所爱的对象着想

比起威廉对真凶的好奇，贝尔纳并不关心谁是凶手，他热衷于惩治"异教犯人"，只想假借"正义"之手对雷米乔施以火刑。威廉听完雷米乔的口供后，料定那本书肯定还在塞韦里诺的实验室。

"塞韦里诺是怎么和你说的？"阿德索问。"我发现了一本奇怪的书。"威廉努力回想着塞韦里诺说的话。"奇怪"？什么样的书会让他觉得奇怪？当然是他看不懂的书。

威廉眼前一亮，想起了被他们弃之一边的阿拉伯语书。塞韦里诺不懂阿拉伯语，他怎么会收藏一本看不懂的书呢？因为看不懂，所以才会觉得"奇怪"。

威廉一拍脑门，拉着阿德索回到了塞韦里诺的实验室。然而，他们还是晚了一步。因为本诺已经把那本书拿走了。原本威廉还不明白本诺为什么要这么做，直到院长任命本诺顶替贝伦加成为藏书馆馆长助理，威廉才豁然开朗。马拉希亚利用了人性的"贪欲"，既藏起了那本书，又堵住了本诺的嘴。

"真正的爱，往往是为其所爱的对象着想。"本诺有强烈的求知欲，他的好奇心驱使他听从马拉希亚的安排。对本诺来说，藏起这本书其实是为了这本书着想。因为此书珍贵，不容任何人亵渎观赏。威廉回想起马拉希亚的种种行为，料定他一定知道那本书的秘密。否则，他不会阻止威廉搜查韦南齐奥的桌子。也不会在本诺偷走这本书后任命他为馆长助理。只是，威廉发觉得太晚了，马拉希亚失踪了。第八天凌晨两点半到三点，威廉和阿德索下楼参加申正经祈祷。这过程中，威廉发现马拉希亚并没有到场。

Day 6 《玫瑰的名字》

猜到了开头却猜不到结局的谋杀案

《启示录》第五声号角的警示恰好就是用蝎子那样的毒刺来蜇人

整个申正经祈祷的过程中,院长阿博内和豪尔赫的面容都没有舒展过。直到申正经结束,马拉希亚也没有出现。唱诗班吟唱《拯救我吧》时,巡查的僧侣发现了马拉希亚的身影。他站在人群中,奇怪地晃动着身体,像坠入了梦魇一般。巡查员轻轻地碰了碰他,还未来得及做反应,马拉希亚就已经沉重地倒在了地上。威廉见状后,立即赶到了他身边。此时,马拉希亚还气息尚存。他抓住威廉的胸襟,断断续续地说:"他对我这样说过的……真的是这样……它有着千条蝎子的毒性。"然后,马拉希亚就死了。

《启示录》第五声号角的警示恰好就是用蝎子那样的毒刺来蜇人,这和马拉希亚的解释如出一辙。威廉努力让自己镇定,他在仔细检查了马拉希亚的尸体后发现:马拉希亚与贝伦加、韦南齐奥一样,舌头发黑、手指肚呈黑色。为了阻止悲剧,威廉不光要找到那本书,还必须在凶手行动之前找出幕后真凶。然而,正在这关键的时刻,院长却对威廉下了逐客令:"您可以跟您的见习僧回去了,让他给您准备行李。自然,您不必再继续您的调查了。"

 长久以来,豪尔赫才是修道院真正的主宰者

院长的傲慢激起了威廉的胜负欲,此刻的威廉觉得很恼火。"他不是要我明天早晨就走吗?明天早晨之前,我必须得查清楚。"时间紧迫,威廉决定晚上再去一次藏书馆。第六天晚祷过后,威廉和阿德索等在圣骨堂附近伺机而动。阿博内院长进入楼堡锁门后,过了一个多小时也没出来。威廉觉得有些不安,于是掌灯前行,穿过地下通道,再次潜入了藏书馆。仅一门之隔,他们到达缮写室,威廉听到木门附近的墙壁里发出了几声沉闷的响声。阿德索有些害怕,他跟着威廉战战兢兢地进入缮写室。

根据铭文的提示,一个叫"非洲之终端"的地方藏着一个秘密。威廉料想这个秘密应该就是那本书。通过观察与推理，威廉终于找到了"非洲之终端"的入口，这是一个没有窗户的七边形房间。房间里，豪尔赫一言不发地坐在桌后。"晚上好，尊敬的豪尔赫先生，你一直在等我们吗？"见到豪尔赫时，威廉已经猜到，被关在暗道的那个人是院长阿博内。威廉想要去救他，却被豪尔赫阻止了。"你为什么要杀他？"威廉问。豪尔赫说："因为他从来没有真正懂得藏书馆的珍宝和宗旨。"

原来事情是这样的：豪尔赫原本是藏书馆馆长，四十年前，豪尔赫的眼睛瞎了。他意识到再也无法掌控藏书馆了。于是，他先后选择了罗伯特和马拉希亚接他的班。因为他们都对豪尔赫的话言听计从。所以，长久以来，豪尔赫才是修道院真正的主宰者。几十年来，豪尔赫一直守护着亚里士多德的《诗学》第二卷，并把它藏在"非洲之终端"。

为了以备不时之需，豪尔赫设计并偷走了塞韦里诺实验室里的毒药。几天前，豪尔赫感到了些许危机。先是韦南齐奥在谈论"笑"是否妥当时提到了《诗学》第二卷。后又发现贝伦加为了打动阿德尔摩，以这本书的秘密作为筹码，与阿德尔摩发生了不正当的关系。

豪尔赫担心会守不住《诗学》第二卷，于是便拿出了这瓶毒药并策划了谋杀：他将毒药涂在《诗学》上，只要翻阅过《诗学》第二卷的人就会中毒身亡。

亚里士多德把"笑"视为一种积极的力量

在这本书中,亚里士多德把"笑"视为一种积极的力量。可豪尔赫却认为:一方面,"笑是堕落和愚钝之举,是乡下人的消遣,是醉汉的放纵。"所以,豪尔赫才会为了不被颠覆,誓死保护这本书。豪尔赫扮演着耶和华的角色,将偷看"禁书"的僧侣逐出伊甸园送进地狱。他害怕亚里士多德在《诗学》第二卷中提到的"笑"会改变真理的面目,使人们不再是真理的"奴隶",甚至摆脱掉对真理的狂热。

另一方面,在豪尔赫看来,窥探知识的僧侣实则是在玷污神圣信仰的光辉。为了保证信仰的纯粹性,保持对真理的狂热及严肃,豪尔赫将藏书馆设计成"迷宫",并将偷看《诗学》的人送去地狱。事实上,豪尔赫的做法看似是在守护信仰的纯粹性,实则却证明了过度信仰的"恶"。因为它扼杀了人的思想和智慧。无论是之前还是现在,豪尔赫对信仰的过度守护已经让他迷失了自我。在推搡中,豪尔赫从阿德索的手中夺走了油灯,一把扔到了前方,灯油四溅把层层叠叠的书点燃了。威廉顿感情况危急放开了豪尔赫,豪尔赫仿佛获得了自由般抱着《诗学》第二卷葬身火海。

手足无措的威廉和阿德索见所有的挽救都是徒劳后,绝望地跑向了出口。修道院已无力回天,大火连续烧了三天三夜。"宇宙本无序",运用知识与想象对历史的真相进行推断，也许只是碰巧接近了真相，因为真相本身并无必然秩序。但是，对于坚信"宇宙有序"的威廉来说，他始终相信，一切看似不相关的事情都有规律。一切无序的状态都会由于盘根错节的联系而走向有序。所以，在破解修道院凶杀案时，威廉才会通过观察表象推理隐藏在表象下的真相，才会误信《启示录》的引导。

豪尔赫不是唯一的凶手，《启示录》的警示也只是巧合。贝伦加发现韦南齐奥死在厨房后，担心他人会展开调查。才因此把韦南齐奥拖到了猪血缸做出淹死的假象。马拉希亚一直爱慕着贝伦加，当他发现贝伦加与塞韦里诺关系暧昧时，杀死了塞韦里诺，当时他手头只能找到浑天仪。豪尔赫警告过马拉希亚，不要打开这本书，它有毒，可是，马拉希亚却并没有听。不同于传统的侦探小说的逻辑性，这一切并非一人所为，一切都是相互矛盾和制约后的因果效应。

Day 7 《玫瑰的名字》

从历史手稿开始，藏着一个时代的艺术和哲学

> 我们面对一本书，不应该琢磨它说了什么，而应该琢磨它想说什么

这部小说围绕修道院的藏书馆展开，由于僧侣们异化的求知欲，藏书馆不再是知识与真理的聚集地，而是矛盾与冲突的焦点。在这种情况下，人成了书的奴隶。在《玫瑰的名字》中，无论是豪尔赫，还是其他因为《诗学》而送命的僧侣，本质上都成了书本的"奴隶"。

豪尔赫认为，上帝即为知识所在，不容被怀疑，要严肃且保持绝对的尊重。但是，亚里士多德在《诗学》第二卷中却颠覆了基督教几个世纪以来积累的部分智慧。所以，为了不被颠覆，守护不容置疑的"基督教智慧"，豪尔赫将藏书

馆设计成了一座"迷宫",让所有偷看《诗学》第二卷的人毒发身亡。而对于修道院的僧侣们来说,他们渴望获得知识,修道院的藏书馆藏书数以万计,来到这里的人无不被藏书馆里的图书吸引。但是,他们却只能看手头的书,并没有寻找书籍的权力。

在这样的情况下,神秘的"非洲之终端"里收藏的书就成了他们趋之若鹜的珍宝。为了窥见这本书里的知识,他们甚至赌上了性命。书籍作为知识的载体,本该是完善人类的工具,可狂热迷信书本的人却错误地将书籍变成了束缚人类思想的"枷锁"。正如信息全球化的当下一样,每天都充斥着各式各样的知识。当我们狂热地沉浸其中,自以为这就是世界应有的样子,不再去追问,也不再去怀疑时,慢慢就会失去思考能力。正如埃科通过《玫瑰的名字》告诉我们的那样:"书本不是用来让人盲从的,而是用来引导人们去探索的。我们面对一本书,不应该琢磨它说了什么,而应该琢磨它想说什么。"

只有学会控制欲望,才能与欲望和平共处

在小说中,每个人都有欲望:威廉有对未知事件探索的欲望,僧侣们有对知识的欲望,阿德索有对生命与爱情的欲望,豪尔赫有对权力和信仰的欲望,贝尔纳有想要主持正义的欲望，雷米乔有对女人的欲望。欲望是生命的驱动力，但凡事皆要有度，放纵欲望只会为自己或他人带来灾难。

雷米乔为了满足对女人的欲望，诱惑年轻女子与他进行丑恶的交易，其实是在以强凌弱，剥夺别人选择的权利；贝尔纳为了满足主持正义的欲望，假借"公正"之手，以"异教犯"开罪别人，其实是在肆意牺牲无辜人的性命；豪尔赫为了满足对信仰的欲望，看似是守住《诗学》第二卷的秘密，实则是剥夺了别人获得知识的权利。

每个人都有自己的欲望，但欲望应与我们的实际相结合。只有学会控制欲望，才能与欲望和平共处。阿德索被爱欲拉扯时，没有像贝伦加那样，因为禁欲转而去诱惑僧侣兄弟，也没有像雷米乔那样与年轻的姑娘做交易。他选择与威廉告解，渴望得到救赎。最终他也终于明白："过度的爱会使恋人受到伤害"。其实，过度的爱，就是一种欲望不受控的表现。只是这些人只在意自己的感受，不自知罢了。

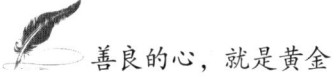善良的心，就是黄金

小说中的威廉一直都是真理的信奉者，面对复杂的案情，他总是不断寻求事件的规律，试图找出其中的逻辑所在。因为在他看来，宇宙是有序的，任何事物也都是有规律的。然而，了解了案件的来龙去脉后威廉才发现，原来"宇

宙本无序"。所谓连环谋杀案也并非是一场精心的预谋，而是欲望和权力对抗后的偶然事件。按照罪犯的心理去推测出的所谓真理，才使威廉受到错误的引导，甚至让他破案失败。

事实上，"真理"并非绝对正确的存在，有时也可能是一个谬论。尽管如此，威廉却始终以善待人。但同样是真理信奉者的豪尔赫，却选择了恶。因为豪尔赫对真理的信奉过于狂热，在他看来，"自然遵循其不可更改的规律，主宰着我们每天的生活，从摇篮到坟墓"。为了守护所谓的真理不被颠覆，豪尔赫变得极其偏激与残忍。他不但故意引导僧侣犯罪，还用毒药送走了"玷污"真理的僧侣兄弟。这种以鲜血为代价，守护真理的行为，实则是一种"恶"的体现。

人性本善，任何人都不是一出生就带有恶意的。善与恶的选择，其实是一种认知上的偏差，这份偏差通常和人生经历与出生背景有关。豪尔赫一直是藏书馆的主宰者，尽心竭力地守护藏书。在他看来，"要保持知识完好无损，只有阻止任何人进入"。但好景不长，四十年前，豪尔赫发现自己失明了。那一刻，他觉得很失控，便设计了"迷宫"，并安排了对他言听计从的新馆长。原本他偷走塞韦里诺的毒药只是为了以备不时之需，没打算真的杀人。可是，当他发现韦南齐奥提到《诗学》第二卷时，以及其发现贝伦加为了私欲泄露《诗学》的秘密时，狂热的真理守护者便生了恶念。

为了一本书杀人，听上去虽然匪夷所思，但这背后反映的却是善与恶的抉择。因为在意识形态上存在限制，所以只能偏执地看待事物，也只会以"恶"待人。豪尔赫的偏执就在于对"反颠覆"的守护。因此，他才会偏激地认为，窥探知识就是玷污信仰。甚至觉得僧侣们阅读《诗学》第二卷就是在傲慢地试探自己与基督的边界。只是他并不知道，这样偏执地守护信仰的纯粹性只会让心灵愈加邪恶。"善良的心，就是黄金"。一个内心充满善良的人，精神层次也一定会更高。其实，信仰也好、真理也罢，都不能成为善良的阻碍，而应成为与人为善的助力。所以，做任何事之前都应保持善念。正如高尔基所说："人所固有的善良，这些东西唤起我们一种难以摧毁的希望，希望光明的、人道的生活终将苏生。"

《汤姆·索亚历险记》

献给童年的不朽之书

[美] 马克·吐温

如果谁能给我一个幸福的童年,我宁愿不要今天的成功。

顽皮是因为心怀纯真
叛逆是因为渴望自由
历险是因为勇敢的心不想停歇
全世界受欢迎的儿童冒险小说之一
海明威赞誉其为"现代美国文学的源头"

Day 1 《汤姆·索亚历险记》

如彗星一般的人生

他用大量的方言，将夸张的比喻和辛辣的讽刺展现得淋漓尽致，读后叫人笑出眼泪

马克·吐温走上文学创作道路并非偶然。或许你很难想象，只有小学学历的他，愣是靠着一腔热情，点燃了创作的希望。十几岁的他，只能靠打零工贴补家用，从学校步入社会本就是不小的挑战，坚持阅读和写作就显得更不容易。但内心深处的热爱，让马克·吐温不甘心就此庸碌一生。于是，在工作之余，他常常给哥哥所在的杂志社投稿。后来，还去了加利福尼亚的一家报馆工作，正式开启了执笔从文之路。

1865年，马克·吐温凭借《卡拉维拉斯县那只出名的跳

蛙》一举成名,一时间他的幽默故事变得炙手可热。此后,他趁热打铁,先后出版了《傻子出国记》《镀金时代》《汤姆·索亚历险记》《流浪汉在国外》《王子与贫儿》《密西西比河上》《哈克贝里·芬历险记》等作品,晚年依旧笔耕不辍,有《傻瓜威尔逊的悲剧》《赤道旅游记》等作品问世。回顾马克·吐温四十余年的创作生涯,曾经饱受争议,他一度被剔除在美国传统的写作圈子之外。但其幽默的文风、大量口语及俗话的运用,看似不讲究的文体,却在华丽的辞藻、精雕细琢的文学结构之外开出了一条新路。这条受美国传统文学鄙视的道路被称作"泥石流"。不过评论界却评价他的首部作品《卡拉维拉斯县那只出名的跳蛙》"引得整个纽约大笑"。另外两部作品《傻子出国记》《苦行记》同样以幽默和讽刺见长,人们称赞它们是:坦率、直白,带着人的热气,根植于美国西部民间幽默的传统但又不完全相同。他用大量的方言,将夸张的比喻和辛辣的讽刺展现得淋漓尽致,读后叫人笑出眼泪,其粗俗的用词和随性的叙事结构又让传统文学的卫道者气得跳脚。

坚持创作的马克·吐温没能大富大贵,但他的精神世界却无比丰盈

正是看似离经叛道的文学特色让马克·吐温成了美国

现实主义文学的奠基者,并被誉为"第一位真正的美国作家",后人亲切地称他为"美国文学中的林肯"。事实证明,马克·吐温的作品经受住了时间的考验,他一生留下了大量脍炙人口的著作,由于数量庞大,直到今天研究者依然很难完整地编写他的作品年表。

不过,高产并不意味着高枕无忧。坚持创作的马克·吐温没能大富大贵,但他的精神世界却无比丰盈。根据自身经历改编,结合丰富的想象力,他创作了儿童小说双璧《汤姆·索亚历险记》和《哈克贝里·芬历险记》,为孩子们打开了一个神奇的世界。特别是《汤姆·索亚历险记》如今已成为马克·吐温最畅销、最受人喜爱、知名度最高的作品。一百多年间,它不断重版,被翻译成各种语言,成为世界各国孩子们的必读书目,被改编成电视剧、动画片、电影、游戏、芭蕾舞剧……经久不衰。小说讲述了淘气的小男孩汤姆经历重重冒险的故事。幼年丧母的他被姨妈收养。和所有顽皮的小男孩一样,他经常逃学、搞恶作剧,不服管教,在家里和学校都是个"老大难"。其实,汤姆也有善良和美好的一面,他渴望荣誉、渴望爱情、在目睹凶杀案之后的勇敢无畏以及在离家出走返回家中时,突然变得温柔体贴。总之,尽管汤姆不算个乖孩子,却也并不让人讨厌。

就像美国儿童文学作家理查德·佩克在为企鹅出版社出版的《汤姆·索亚历险记》所撰写的导读里所说:"汤姆似

乎是可以处于任何年龄、任何阶段的男孩。……他是所有的男孩，是永远的男孩。"

书中的小男孩几乎背叛了所有的道德规范，干出的荒唐事令大人们大惊失色

这个男孩身上也一定有马克·吐温的影子。在创作前，他想起在汉尼拔度过的童年，于是以故乡作舞台，以自己的经历为蓝本，写成了这本《汤姆·索亚历险记》，展现了一个小男孩的冒险历程。按照当下的眼光，这本该是个人见人爱的题材。可在当时，作品上市后的口碑和销量都不理想，面世第一年只卖出去两万多本，这对于当时出版作品平均销量近十万本的马克·吐温来说无疑是个低谷。一直到他去世之前，这本书的销量仍然没有突破三万册，被视作是商业上的失败。

主流的声音曾这样评价这本书：书中的小男孩几乎背叛了所有的道德规范，干出的荒唐事令大人们大惊失色，完全和当时流行的说教式儿童文学背道而驰。从出版的第一天开始，这两个顽皮男孩的冒险故事就不断地被各种教育机构封禁。1905年，布鲁克林公立图书馆将它们从儿童书架上撤了下来，理由是"对青少年行为造成不良的影响"。不过，马克·吐温并未因此产生挫败感，反而觉得这个题材没写

过瘾，意犹未尽。于是，他又以书中汤姆的铁哥们哈克贝里·芬为主人公，创作了《哈克贝里·芬历险记》，也是一样的幽默风趣。那之后，马克·吐温的创作欲望依然旺盛，但每况愈下的身体为他敲响了警钟。他患上了心脏病，虽然没有放下笔，但心里一直有一个特别的愿望，希望再见一次哈雷彗星。这一想法在他离世前被表达出来。

1909年，马克·吐温写道："我是在1835年和哈雷彗星一起来的。明年它还会再来，我希望能和它一起离去。如果不能与哈雷彗星一同离去，将是我人生最大的遗憾。"天遂人愿，1910年4月21日，当哈雷彗星再次路过地球时，马克·吐温在家中心脏病发作，与世长辞。巨星陨落，从此不再闪耀。从人这一维度而言，马克·吐温离开时没了遗憾，但从作家这一维度看，《汤姆·索亚历险记》不能被更多的人看见，意味着他无法达到给人们带去无尽乐趣的目的，更无法让孩子们高兴，让大人们愉快地回想起自己曾经的模样，沉浸在曾经沉迷的简单的快乐中。不过，现在一切都不一样了。《汤姆·索亚历险记》和马克·吐温一样成了传奇。

Day 2 《汤姆·索亚历险记》

这个小男孩逗笑了全世界，却值得每个大人反思

就像我们一有新目标，就会把过去的倒霉事抛在脑后一样

汤姆是个可怜的孩子，自幼丧母。好在母亲的姐姐波丽姨妈收养了他，从此，弟弟希德成了他的室友，虽然两人性格不合，但多数情况下也算相安无事。汤姆爱逃学，不上学的时候常常能干出一些让波丽姨妈头大的事。在波丽姨妈家，常常会上演猫捉老鼠的游戏。猫自然是波丽姨妈，但汤姆这个老鼠可是滑头得很，不仅能藏得不露痕迹，还能趁人不注意的时候逃得无影无踪。即使被发现，他也从不慌乱，毕竟他总有办法引开波丽姨妈的视线，或者编造不同的理由欺骗姨妈。

这天，波丽姨妈好不容易在储藏室抓到了汤姆，并且还发现，她说过四十多遍不能碰果酱的禁忌再次被打破。顿时，小竹鞭被拿起，危险迫在眉睫。这时，汤姆提醒姨妈让她看身后。随后他，翻过栅栏，再次开溜。波丽姨妈一面懊恼自己不长记性，一面又抱怨汤姆的鬼点子从来不重样。

在这一大一小的较量中，姨妈也不是每次都没有胜算，她总觉得自己也能通过智慧搞定汤姆。比如：她会设下陷阱，让汤姆自投罗网。不过，这些都不足以让汤姆烦恼。几分钟之后，这些事就会被他抛在脑后。就像我们一有新目标，就会把过去的倒霉事抛在脑后一样，汤姆也是个喜欢新鲜的孩子，他会为刚刚学会婉转的口哨而骄傲很久。那种快乐如同刚刚发现新星的天文学家，甚至可以说就此快乐的程度，小男孩可比天文学家更胜一筹。

要想让一个大人或者小孩儿对某件事情产生渴望，只要把那件事变得来之不易就成

某个周末，当汤姆出现在人行横道，一面拎着白漆，一面刷栅栏时，突然感到空虚，想让佣人吉姆帮忙，却惨遭拒绝。但是为了自由，他是不会放弃的。这时，罗杰斯朝他走来，一边吃苹果，一边拖长声音扮演蒸汽轮船。汤姆明明嘴里在流口水，却假装没看到他，然后像个艺术家似地全神贯

注刷栅栏，模样陶醉极了。罗杰斯叫他，他也假装没听见，隔了好久才有回应：哦，是你啊，我都没注意。不仅如此，当罗杰斯一面鄙视他正在干活，一面说自己要去游泳时，汤姆立刻反驳："你管这叫干活吗？也许是，也许不是，我只知道汤姆·索亚很适合干这个活儿。"这引起了罗杰斯的好奇，他并不知道，狡猾的汤姆已经开始推进他的计划。"有什么道理不喜欢呢？难道刷栅栏的机会每天都有吗？"这话的确引起了罗杰斯的好奇。为这，他已经不啃苹果了，开始仔细观察汤姆。就这样，罗杰斯在跟汤姆的一番周旋之下上了钩。汤姆假装不情愿地将刷栅栏的工作让给了他。并且还一边吃苹果，一边盯着罗杰斯刷栅栏，俨然一个小小监工。那个下午，很多孩子都被这样的方式套路，替汤姆刷了栅栏。汤姆不仅发了笔小财，还领悟到了一件事：要想让一个大人或者小孩儿对某件事情产生渴望，只要把那件事变得来之不易就成了。这一次，他不仅被波丽姨妈大大赞赏了一番，还提前完工得以出去玩耍。

汤姆的剧本里，快乐是什么都不能阻止的

汤姆的剧本里，快乐是什么都不能阻止的，而且他总有办法让坏事变好事，让好事好上加好。平时不爱读书的汤姆有一天突然对背诵《圣经》有了兴趣。不为别的，只因那奖励是无比荣耀的一个颁奖仪式，实在诱人，这能让他在众人面前风光一把。虽然汤姆开始勤奋起来，但是想通过集够彩色的票获得一本《圣经》还真不容易。不过这难不倒他。手中的财产帮了大忙，他又故技重施，开始了交易。用不同的东西换不同数量的彩色票。很快，汤姆集齐了九张黄票、九张红票和十张蓝票，这下《圣经》非他莫属了。

在此之前，谁都没有想到这次的颁奖仪式提升了规格。不是主教先生颁奖，而是法官大人。给人一种一步登天的感觉，别说是汤姆，其他人也感觉到了这荣耀的分量。然而，一切都晚了。尽管他们嫉妒，尽管主教大人不相信汤姆能背下两千段《圣经》，但汤姆确实站在了台前。而且，堂堂正正地说出了他自己很少提到的大名：汤玛士·索亚。剧情也不全都是乐观。法官考他的问题没有答上来，汤姆当众出了丑。不过这不愉快并没有维持多久，汤姆可是个生性乐观的孩子。

没有波澜的人生是不完美的。汤姆比谁都懂得这个道理，他不会眼睁睁地看着自己的人生平静下去。为了逃学，他想出了更坏的主意：假装生病。甚至为此暗示自己要找到生病的感觉。半夜里的叫喊声反反复复，终于吵醒了旁边的希德。希德等不及他说完，便叫来了波丽姨妈。令人没有想到的是，汤姆这次一反既往，一定要去上学。波丽姨妈起初也觉得又是个把戏，后来却渐渐相信了，谁让汤姆真的牙疼呢，而且他又是个演戏高手。老太太这一次用的方式是快刀斩乱麻，用一根线解决了汤姆口腔上排松动的牙齿，也让汤姆成了人人艳羡的吐痰新法发明者。

不过这件事跟后面的比起来，似乎就不算什么了。这段时间最让他骄傲的，其实有两件事：一是认识了村里的不良少年哈克贝里·芬，二就是认识了他生命中最重要的女孩子贝琪·撒切尔。哈克的自由自在本来就让他羡慕，后来又教了他很多新奇的玩法，和贝琪的相遇是在课堂上，汤姆在石板上画画，写字，他喜欢贝琪，甚至跟她单独在一起时，还会讨论订婚的话题。两人很快互相表达了爱意，拥抱，亲吻，并且承诺永远忠于对方，不跟其他人在一起。汤姆的小聪明也有被识破的时候。汤姆在不经意间说漏了嘴，贝琪发现跟他订过婚的，可不止自己一个。于是她扔掉了汤姆送给自己的定情信物——黄铜把手，跑开了。无论汤姆怎么哀求，怎么承诺只爱她一个，都不愿回头。当贝琪想明白时，再去寻汤姆，已不见踪影。

Day 3 《汤姆·索亚历险记》

踏上冒险之路，
开启海盗生涯

想去当一名海盗，想开启自己扬名四海的精彩人生

和贝琪发生的不愉快的确让汤姆郁郁寡欢。他进入密林，前往自己的秘密基地。周围的一切孤独而阴郁，有一瞬间，他陷入沉思，甚至想到了死亡。不过汤姆终究不甘心就这样离开。他想让贝琪后悔，想去当一名海盗，想开启自己扬名四海的精彩人生。他甚至开始畅想自己在狂暴的大海上乘风破浪的情景。那样子气派极了，人们出神地瞧着他，低声惊呼："是海盗汤姆·索亚——西班牙血海上的黑色复仇者！"

就这样，他越想越激动，想要打点行装，离家出走。甚至开始念起咒语：还没来的赶紧来，已经来的莫离开。在念

咒语的同时,汤姆找到了一个小宝箱,是他以前跟小伙伴一起埋的,但宝箱里的弹珠让他发觉,之前的法术失败了。丢失的许多颗弹珠没有像他们当初希望的一样自己回来,他只得想尽办法安慰自己。最后把失败归结为巫婆的破坏,甚至因为当天尝试召唤小虫失败,汤姆确信就是巫婆所为。

那一晚,汤姆睡不着,他期待着和哈克一起约定的冒险,想亲眼见证野猫是如何治疗疣子的。于是,天不亮两人就拎着死猫去了墓园。那里气氛阴郁,不时有阴风吹过,这可把两个孩子吓坏了。他们一言不发,甚至不敢大声喘气。但是一向活泼的汤姆怎么能忍受长久的沉默,他决定说点儿什么。讲了半天,问出口的竟然是:"哈克,你说死人会不会不喜欢我们待在这里?""要是我知道就好了,这儿真是静得可怕,是不是?"

波特醒来后,乔告诉他,杀害医生的凶手正是波特,并编造了一系列谎言

他们聊到死去的威廉姆斯先生,哈克还提醒汤姆要对死人保持尊重,不要开口就叫人家霍斯老头。孩子们把头一缩,屏住呼吸,对抗恐惧。这时,墓园另一头飘来几句模模糊糊的说话声。汤姆指着远处问哈克:"那是什么?""是鬼火,啊,汤姆,真是糟透了。"

夜色中浮现出几个模糊的人影，一盏老式的铁皮灯笼晃晃悠悠，地上洒满了斑驳的光影。哈克哆哆嗦嗦地低声说："真的是鬼火。三个鬼火！天啊，汤姆，我们死定啦！你知道怎么祷告吗？""我试试吧，不过你不用怕。他们不会伤害我们的。现在我躺下睡觉，我——"还没等汤姆开始祷告，哈克就发现那鬼火可能是人，起码有一个是人，是老穆夫·波特，他听到了老穆夫的声音。声音越来越近，这下汤姆也听到了，汤姆听出里面还有印第安人乔。

三人离坟地越来越近，距离汤姆和哈克只有几英尺远了。借着灯笼的光亮，他们又看见了年轻的罗宾逊医生的脸。后来三人发生了冲突——起因是印第安人乔五年前被罗宾逊医生的父亲以无赖罪关进了大牢，他要报仇。最先打起来的是波特和医生罗宾逊，两人难解难分。印第安乔趁势捡起波特的刀，围着两人打转，寻找下手机会。

谁知医生也没有坐以待毙。他从扭打中脱出身来，拿起威廉姆斯坟上的墓碑，把波特打倒在地。印第安乔则瞅准时机，把刀子捅进了医生的胸膛，一直插到只剩刀柄。医生倒在波特身上浑身是血。

两个孩子吓坏了，还好云层遮住了可怕的一幕，两个魂飞魄散的小家伙趁黑慌忙逃走了。波特醒来后，乔告诉他，杀害医生的凶手正是波特，并编造了一系列谎言。

瞬间，他们觉得自己成了英雄，无比自豪

回去的路上，两个孩子商议要对这件事保密，他们很清楚，如果印第安人乔没能被绞死，他们两个将性命堪忧。到家后，汤姆假装什么都没有发生。可希德却早就告了密，吃完早饭，姨妈对他说以后再也不打算对他负责任了。和往常不同，汤姆这一次以哭泣求得原谅。不过，他总觉得好话说尽，波丽姨妈也不能原谅自己，他垂头丧气地走出了家门。

到学校后，还有更令人心焦的事在等他。沉思中的汤姆胳膊压到了一个硬硬的纸包。原来，是他送贝琪的黄铜把手。最后一根稻草终于把他这只骆驼给压垮了。还未从伤心事中缓过神，穆夫·波特就被通缉，成了人人痛恨的"杀人犯"。波特听信了印第安人乔在墓地的话，还任由这个家伙把他的罪行描述了一通。所有人都唾弃波特，只有汤姆和哈克觉得不安，为缓解内心的不安，每隔两三天，汤姆就会去看望波特。

至于他的爱情，似乎是更沉重的烦恼。贝琪很久没有上学了，这让汤姆魂不守舍，他情绪低落，甚至差点放弃当海盗的念头。不明就里的波丽姨妈看着突然不活泼的汤姆，误以为他生了病，想尽各种法子医治他。经历了种种的汤姆，一下子有些心灰意冷。他走出家门，遇到了结拜兄弟乔·哈珀，这家伙因为被冤枉偷吃奶油挨了妈妈的打。两人同病相怜，决定离家出走，闯荡世界。后来，哈克也加入了他们的"出走团"。

说干就干，他们带着食物，架着木筏出发了。目标当然是去某个岛上当海盗。起初，一切都是新鲜的，野生动物、植物让他们觉得兴奋。饿了，就燃起篝火加热食物，渴了，就喝泉水。有兴致的时候，还会抓几条鱼来吃。每天下午，他们都要去游泳，也会在树阴下聊天，好不快活。很快，食物吃完了。想说的话也差不多说尽。孤独感不时袭来，想家的念头蠢蠢欲动。后来，他们还发现水面上有人划着船在找些什么。汤姆反应迅速，是家乡的人误以为他们淹死了，大家在哀悼。一瞬间，他们觉得自己成了英雄，无比自豪。但渐渐地，自豪感消失了，他们还是想家。入夜，两个伙伴睡着了。汤姆小心翼翼地起身，用力在树皮上写了些什么，然后留下一些他认为的无价之宝——一截粉笔头，一只橡皮小球，三枚鱼钩，还有一个公认的水晶弹珠，便轻手轻脚离开海岛基地，向岸边奔去。

Day 4 《汤姆·索亚历险记》

谎言带来的
只会是内心的煎熬

> 现在我再也看不到他了,永远、永远、永远看不到了

汤姆顺着河水逆流而上。费了好大的劲才上了岸。接近夜里十点,他来到一片空地,对面就是他们所在的镇子,他看见渡轮停泊在高高的堤岸和树的阴影里,汤姆警惕张望,他滑向水里,小心翼翼地爬进一艘被当作拖带艇的小船。后来,他跟着小船到达目的地。为防止被发现,他往下游游了一会,上岸后又走了少有人走的一条路,一路奔回姨妈家后院。趁家里人都在谈话,汤姆轻轻打开门闩,爬了进去,又迅速躲进了床底。躺平,调整呼吸,来到波丽姨妈脚边。波丽姨妈开口了,她显然动了情:"算起来,他不是个

坏孩子——只是有点淘气。只是不太懂事，粗心大意，你知道的，他只不过是一个小毛头。他其实是个心肠最好的孩子。"说着，她哭了起来。

"我的乔也是，虽然他一肚子坏点子，老是恶作剧，可他真是非常大方，非常善良。上帝饶恕我吧，我竟然为一碗奶油打了他，却根本没想起来其实是奶油变质了我自己给倒掉的。现在我再也看不到他了，永远、永远、永远看不到了！真是委屈了我那可怜的孩子啊！"哈珀太太哭得肝肠寸断。"希望汤姆在那个世界过得好吧，"希德说，"但要是他乖一点的话——"

"希德！"即使看不见，汤姆也能感觉到老太太的怒视："汤姆已经不在了，不许说他的坏话！上帝会照看他的，轮不到你操心！唉，哈珀太太，我放不下他，真的放不下啊！虽然平时他老是折腾我这把老身子骨，可他是我的安慰。"

两个女人越说越激动，不知不觉说了大半夜。其间，姨妈的哭泣弄得汤姆非常难过，他特别想从床底下跑出来给姨妈一个惊喜。但终究没有。直到姨妈睡着，汤姆才悄悄爬起来，吻了吻那苍白的嘴唇，然后立即退了出去。至于那树皮，他犹豫了一下，还是没有拿出来。不过，在众人的谈话中，他听到了一个重要信息：周日如果再找不到孩子们的尸体，人们就会为他们举行葬礼。

没有什么能阻止一个人想家,尤其不能阻止一个孩子

一个绝妙的主意在汤姆心里慢慢成形。回到海盗基地后,他一边吃早餐,一边绘声绘色地讲述自己一路的冒险经历,以及三人真的成了大家眼中的英雄。接下来的几天,孩子们的精神越来越萎靡,虽然还在重复着各种娱乐活动,但显然乏味感更加明显。没有什么能阻止一个人想家,尤其不能阻止一个孩子。乔和哈克相继想要离开,汤姆用愤怒也不能挽回,只好和盘托出藏在心里的秘密,借此留住伙伴。他早就想好了,他们要回去参加自己的葬礼。一听这话伙伴们又来了精神,不时议论着这伟大的计划。后来,吃喝玩闹再度回归,玩累了就美美睡上一觉,毕竟这三个孩子离期待的日子越来越近。

当晚,岛上下起了大暴雨,他们折腾了一夜,浑身湿透。雨停后,三人守着篝火,烤着衣服,吃着食物,继续吹牛。太阳升起后,又是一天,时间来到周六,海盗的快乐生活还在继续。同天,小镇却笼罩着阴郁。汤姆一家和乔一家都难过至极,就连在学校上课的贝琪也没了精神。亲近的人都在后悔,而孩子们则争抢着回忆谁是最后一个接触"英雄们"的人。第二天,主日活动结束后,教堂敲起了丧钟。祷

告活动如期举行,牧师追忆了孩子们生前的动人事迹,说他们的本性是多么讨人喜欢和慷慨大方。最后所有人都崩溃了,同死者家属一起放声大哭,就连牧师也控制不住自己,站在讲台上流下了眼泪。正当这时,三个孩子出现了,葬礼成了簇拥下的欢迎仪式,几个孩子的虚荣心得到了极大的满足。回家后,波丽姨妈给了汤姆前所未有的关爱。她甚至为了汤姆说到曾经回来看过她,并给她一个吻而激动不已。回到学校,孩子们也把汤姆和乔捧上了天。

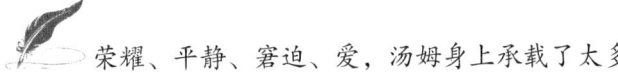
荣耀、平静、窘迫、爱,汤姆身上承载了太多

这样的辉煌让人眩晕,以至于汤姆一度觉得,就算没有贝琪,自己也能活得很好。贝琪想要引起汤姆的注意,汤姆却假装看不到,理都不理。这一切荒唐的举动结束于贝琪不小心弄坏了老师的书。关键时刻,汤姆来了一出英雄救美,扛下了罪责。小女孩当然为此感动,作为回应,她把之前邓波弄脏汤姆课本的事原原本本告诉了他,并且还附带了一句:"汤姆,你真是太了不起了!"自此,两人关系重修旧好。

接下来的期末考试和暑假是相对平静的时光。不过,也有插曲,汤姆背诵《不自由,毋宁死》时卡了壳,虽然有人同情,却无人鼓掌。女孩子们重复着抄写刻板文章的悲剧,还要加上又臭又长的"裹脚布"式议论作为结尾,俨然就是一副不容置疑的八股文架势。而且越是平时为人不怎么地道的孩子,就越爱写长长的、空洞的大道理。朴实的真理反正是不吃香的。这场闹剧的结尾源自地理考试。那场考试,老师黑板上的地图没画好,引来一阵嘲笑。而位于教室上方阁楼上的猫,却在不自觉地下落时俘获了老师的假发。

瞬间,光头闪瞎双眼,教室乱作一团,孩子们一哄而散。面对平日里人缘并不好的老师,这些孩子突然间有了大仇得报的快感,暑假生活有了一个令人愉悦的开始。荣耀、平静、窘迫、爱,汤姆身上承载了太多,可在某个看不见的地方总有一些东西在撞击他的心。没错,是自责,仿佛有某种使命变幻出了一股力量,让他想要挣脱困住自己的桎梏,摆脱煎熬,重获新生。

Day 5 《汤姆·索亚历险记》

真正的成长，
需要直面内心的恐惧

> 他发现宣誓不做某件事会立即让那件事变得更加想做，而且非做不可

汤姆的好奇心具有非凡的感染力，这一次，他的目标是少年克己，不为别的，只因他们给成员颁发的绶带实在太漂亮了。于是，汤姆宣誓不再抽烟、嚼烟或是说脏话。不过，他发现宣誓不做某件事会立即让那件事变得更加想做，而且非做不可，想象佩戴绶带的情形让他清醒，让他保持克制。不过这克制没有维持很久，他还是选择了退会。奇怪的是，那些所谓想做的事却因为可以做而变得一点意思都没有了。

期待已久的暑假突然间变得无聊，别样的活动也不能缓解日子的难熬，贝琪去了康士丁堡，汤姆的日子更加不好打

发了。百无聊赖中,那个关于墓地杀人的秘密折磨着汤姆。后来汤姆又患上了麻疹,在床上整整躺了两个星期,与外界隔绝。病好后,气氛变了,就连乔都开始学习《圣经》,这让汤姆抑郁极了,他持续遭受内心的谴责,听到有人引用《圣经》就越发不安。这样的心情让他在一个暴风雨到来的夜晚再一次病倒,这一次,他在床上足足躺了三个星期。

各种煎熬之后,谋杀案终于要开庭了。原本喜欢热闹的汤姆,变得不敢离人群太近。只要听到有人讨论案情,他就偷偷溜开,某些时刻,汤姆甚至觉得那些话是故意说给他听的。很多时候,他甚至会不自觉地冒冷汗。终于,他找到了哈克,两个知情人互诉心事,分担压力。他们同情波特,却又不知道如何反驳镇上的人,毕竟民众愤怒的情绪已经到达了顶峰。不知不觉,他们走到了波特的牢房附近,像往常一样给这个公众认定的杀人犯送烟草、送火柴。

波特动情地倾诉着感激,两个孩子的友好让他温暖,在镇上所有人都远离他、唾弃他的时候显得尤其可贵。他奉劝孩子们不要喝醉,否则会跟自己一样犯下滔天罪行,不可饶恕。

这一切都让汤姆和哈克越发不安,汤姆又开始做噩梦,他想去法院把知道的一切说出来,哈克也是。可直到裁决结束,他们还是没能迈进法院的大门。审判当天,波特的律师甚至没有对那些证人进行质询。不过,汤姆看到面色苍白、憔悴绝望的波特终于还是下定了决心。当律师对书记员说出传唤汤姆时,包括波特在内的所有人都吃了一惊。尽管害怕,尽管声音不大,他还是一五一十地说出了实情。法庭上,大家从惊讶到屏住呼吸,再到被汤姆的叙述深深吸引,没有任何人愿意打断这一切,只盯着汤姆希望他继续说下去。等汤姆说出下面这些话时,大家紧张的心情达到了最高峰:"……这时,医生拿起了木板,穆夫·波特倒在了地上,印第安人乔拿着刀子跳了起来,然后……"哗啦!印第安人乔像闪电一样跳出窗子,冲出人群,跑得无影无踪!

暂时忘却烦恼的汤姆,开始燃起寻宝的冲动

就这样,汤姆再次成了闪闪发光的英雄,长辈眼中的宠儿,同龄人嫉妒的对象。甚至有人说,只要汤姆走上正道,没准能当总统。世事无常,从来不讲道理。它现在重新把穆夫·波特抱进怀中,拿出当初骂他时同样的热情来爱他。不过汤姆的世界现在出现了新的恐惧,一方面,印第安人乔跑掉了,他会不会回来复仇?这恐惧折磨着汤姆,以致他白天得意扬扬,夜里却恐惧万分。另一方面,哈克也在不安着,法庭上虽然汤姆没说出同伴的名字,但他还是担心得要命,毕竟当初汤姆也发了誓,到头来还不是打破了?警察局一直在悬赏缉拿印第安人乔,除了一名煞有介事的侦探声称找到了线索,但依旧没有任何进展。日子一天天过去,烦恼也随时间流逝逐渐变淡。

暂时忘却烦恼的汤姆,开始燃起寻宝的冲动,并很快邀请到哈克入伙。不过,去哪挖成了孩子们要解决的首要难题。后来他们定在了酿酒厂对面小山包的一棵枯树附近。两人徒步三英里到了那儿,他们谈论着宝藏到手后的规划。哈克比较实际,只想吃喝玩乐,汤姆则想到了未来,想到了结婚。后来,他们开始挖,地方换了一个又一个,就是什么都没找到,于是约定晚上再来,还是一无所获。汤姆提议去鬼屋附近找找,哈克起初害怕,经过一番挣扎,他们决定第二天再来,地点就选在鬼屋。

第二天中午,小伙伴来是来了,可是突然想到那天是周五,如果去鬼屋就会搞得很惨,只得暂时放弃。两人在山上玩了一下午罗宾汉的游戏,一面玩,一面张望鬼屋,恋恋不舍。周六中午,他们的寻宝计划出现了插曲。在鬼屋,意外发现了印第安人乔,在偷听他与一个西班牙人的对话时,汤姆和哈克清醒地意识到此前没有挖宝是多么明智。印第安人乔忌惮他们在山上玩,害怕踪迹暴露不敢轻举妄动。两人暗中观察着乔的一举一动,想找机会逃跑,也想知道他究竟在打什么主意。果然,印第安人乔手里确实有金币、银币,谈话中还提到了二号房、复仇什么的,他们甚至发现了孩子们带来的工具。不过,随着乔和西班牙人上楼导致木板塌陷,事情发生了变化。乔和西班牙人离开了这里,并且带走了金币。汤姆和哈克一面悔恨不该把工具留在这,一面庆幸自己暂时逃过一劫。

当晚,汤姆又开始做噩梦,他太想得到那笔财富了,可梦醒后却空空如也。他找到哈克,两人商议一定要尽快找到"二号房"。一个不太高级的旅馆二号房因房门紧闭、夜里有人外出,引起了汤姆的注意。那一晚,他们再次做好了冒险的准备。可月色清朗,不易隐蔽,只好作罢。一连几天都不顺利,直到周四晚上,两个人才拿着放在桶里的灯笼,用毛巾盖好灯光,走进了旅馆。哈克负责放风,汤姆负责寻觅,两人都提心吊胆。汤姆在一番尝试后没能打开门,意外发现门并未上锁,他打开门,发现了一个箱子,还差点踩到乔的手,那时,这家伙正躺在地上睡觉。汤姆吓得不轻,想都没想叫上哈克就跑。后来,他们冷静下来,决定等乔离开再伺机而动。监视的任务落在了哈克身上,两人确定了"猫叫"的暗号,就暂时分开了。

Day 6 《汤姆·索亚历险记》

童心可以直抵人性本质，成人反而离人的本质需求越来越远

他真希望能尽快找到那些宝贝，明天好给贝琪一个大大的惊喜

周五一早，贝琪一家回来了，印第安人乔和宝藏立即变得次要。他们和同学一起玩，后来贝琪还缠着妈妈，要求第二天办那场早早承诺却一直没办的野餐会。贝琪妈妈的准许让孩子们高兴得发疯，汤姆甚至在晚上期盼哈克的猫叫。他真希望能尽快找到那些宝贝，明天好给贝琪一个大大的惊喜，同时还能获得孩子们羡慕的目光。

那晚，暗号没有来。第二天上午，孩子们在贝琪家集合，一起登上了老蒸汽渡轮。大人们按照惯例没有参加，陪同孩子们的只有几个青年教师。临行前，贝琪的妈妈撒切尔

夫人还嘱咐她,如果回来太晚,可以在附近的女同学家过夜。贝琪想了想,告诉妈妈会住在哈珀太太家。谁知,大人们离开后,汤姆怂恿贝琪当晚住在山上的寡妇道格拉斯家。犹豫再三,贝琪还是答应了。后来孩子们开始活动。野餐时,有人提议去山洞探险。那山洞名叫麦克道格洞穴,是一个巨大的迷宫,没人能掌握"洞穴"的全貌,虽然都进了山洞,但谁也不敢轻易深入。大家沿着主通道走了大约四分之三英里时,开始有人脱离队伍,三五成群或是两两成双地溜进支路。孩子们沿着洞道飞奔,不时有人在支洞相接处吓其他人一跳,在打打闹闹间谁都没有走出安全区域。等到玩累了,孩子们就陆续回到洞穴入口。这时,天快黑了,集合铃已响了近半个小时,是时候回去了。

 小镇的人担惊受怕,度日如年,人们陷入绝望

另一边,躲起来监视的哈克发现了重要线索。他跟踪了印第安人乔,鬼屋里的那个陌生男子也跟他在一起。他们谈论到复仇的事,原来道格拉斯寡妇的丈夫当年是治安官,他抓过乔,乔就是来报仇的,他要让这个女人破相。哈克念寡妇待自己不错,却也知道势单力薄,只好去搬救兵。他一路跑到山下的威尔士人家,老人和他的儿子们听闻这一恶行,立刻持枪赶往山上。

第二天，天还没亮，哈克就去威尔士家打听，他把关于印第安人乔的那些丑事都说了出来。同时，在跟老人的对话中，他慢慢发现，印第安人乔在前往寡妇家路上带的包裹，不是二号房的宝贝，宝贝应该还安然无恙地待在原处。营救寡妇的行动顺利告捷，这件事很快传遍了全镇。不过，还有一件事，在不经意间被大家忽略了。撒切尔夫人在跟哈珀太太的对话中发现贝琪失踪。正巧波丽姨妈路过，她发现汤姆也不见了。

很快，所有人都陷入了慌乱。大家回忆起昨天因为太晚，没有人想到要点名。有个小伙子突然说，他们俩可能还留在洞穴里。撒切尔夫人立刻晕了过去，波丽姨妈则拧着双手大哭起来。

这事惊动了全镇，女人们陪她们一起哭，也有人坐船或走路，撒切尔先生也带着十几个人去洞穴那边寻找。中午时分，一些人回到村子，另一些人继续搜救。在一个远离游客区的地方，人们发现石墙上有用蜡烛烟熏出来的"贝琪&汤姆"字样，还在附近发现了一小截滴了蜡烛油的丝带。撒切尔夫人立刻认了出来，她甚至担心这是女儿留下的遗物。

整整三天三夜，小镇的人担惊受怕，度日如年，人们陷入绝望，大家没有心思干任何事。而哈克，自那天之后就生病了，由寡妇负责照顾。他清醒之后，问起汤姆他们回来后的情况，这才得知汤姆失踪的消息。

或许，这就是人性吧，同情弱者，对死者总是格外宽恕

虽然难过，但大家并没有放弃。在洞中经历了绝望、饥饿折磨的汤姆和贝琪也没有放弃。汤姆偶尔会听到印第安人乔的动静，不过，他始终在为找出口不断努力。贝琪已经有了放弃的念头，她说愿意待在原地等死。但如果汤姆愿意去找出口，可以拿着风筝线。不过贝琪希望汤姆在找出口的间隙，能回到她身边跟她说说话，汤姆虽然害怕，但还是强打着精神继续找。撒切尔夫人也得开始说胡话，波丽姨妈一夜之间头发几乎全白。

有些人放弃了寻找，还有一些人在坚守。终于，某天午夜，镇上的钟猛地敲响，一辆敞篷马车接回了两个孩子，小镇灯火通明，大家都吼着万岁。那一刻，撒切尔夫人和波丽姨妈都沉浸在幸福中。很快，信使也把消息传递给撒切尔法官和其他搜救人员。汤姆和贝琪在讲述经历之余，则开始卧床休息，调整身体状态。在家里躺了几天的汤姆终究闲不住，他很快恢复了元气，便去看望贝琪。同时，他还想把自己的冒险尽快说给哈克听。不过，在和撒切尔法官等人的交流中，汤姆得知洞口的大门被铁板封上，并且还上了三道锁。那一刻，他的心一下子凉了，脸唰地变成了一张白纸，

因为他知道：乔和宝藏都被封了进去。缓过来之后，汤姆没提宝藏的事，他只说了一句话："法官大人，印第安人乔在洞穴里呀。"不过，当他们赶到搜寻时，印第安人乔已经直挺挺地躺在地上死了，他的脸离门缝很近，一双眼睛仿佛到最后一刻仍盯着外面的自由世界。那之后汤姆受了触动，他有些怜悯乔，但更大的是宽慰，不管怎么说，总算安全了。镇上的其他人也在参加印第安人乔的葬礼时，略有所感。他们不再责怪他，转而对他的死抱有同情，甚至有不少人在宽恕请愿书上签字。或许，这就是人性吧，同情弱者，对死者总是格外宽恕。

当一切都平静之后，汤姆把哈克带到一个没人的地方，告诉了他一件重要的事：乔虽然死了，但那笔钱还在洞穴里。两人一拍即合，前往洞穴找寻金币，还商议着要一起去当强盗。好不容易找到了金币，两人却被威尔士人拉着去了道格拉斯寡妇家。所有人都盛装出席，他们知道了哈克此前为营救寡妇所做的努力。道格拉斯寡妇甚至说想收养哈克，给他买很多衣服，供他上学。

气氛愉快祥和，汤姆却说，哈克有钱，他不需要这些。说着，去外面拿回了那两袋金币，还说它们一半是哈克的，一半是汤姆自己的。后来，汤姆开始讲述他们与金币之间的种种故事，小镇再次陷入沸腾。有些人，甚至因为不甘心，把附近所有的鬼屋搜了个遍。不过，最受益的显然是哈克和汤姆，他们收获的可不仅仅是财富，还有尊重。如今他们走到哪里都会被围观，说的话也得到高度重视，他们的经历被传得神乎其神，上了报纸。此外，哈克有了道格拉斯寡妇做监护人，汤姆则被贝琪的父母大加赞赏，似乎一切都在向好的方向发展。但哈克很快就被规律的生活搞疯了，嚷嚷着要走。汤姆用海盗也需要知识和积累这个理由劝住了他，与此同时，两人酝酿着结为兄弟，尽快成立海盗帮派。

Day 7 《汤姆·索亚历险记》

人有两个童年，一个是自己的，一个是跟着孩子一起度过的

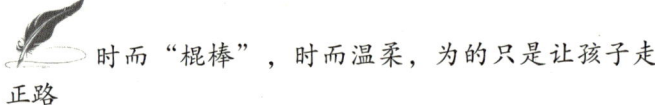时而"棍棒"，时而温柔，为的只是让孩子走正路

美国诗人艾略特说："对于马克·吐温的读者来说，无论他们生活在什么地方，密西西比河都是一条具有重要意义的河。"对于马克·吐温的小读者来说，他们心中的汤姆·索亚是至高无上的。其实，何止是对小读者而言，我们这些大孩子又何尝不是曾经的汤姆？我们给孩子讲述汤姆那些出格的经历时，又何尝不是在向小时候那个略显叛逆的自己致敬？

在反复阅读这本书之后，有多少人开始问自己：什么是童年？什么是童心？什么才是对孩子们最重要的东西？想了又想，童年应该就是汤姆最初进入我们视线时呈现的样子

吧，充满好奇、充满热情、渴望冒险、无忧无虑。在野外奔跑、在山间嬉闹，没有烦恼，即使有，也很快会散去。

不过，在传统观念里，汤姆算不上是个好孩子。他的确聪明、机灵，也很善良，但打架、逃学这样的事情本来已经难以让人接受，如果再加上动不动就失踪的戏码，恐怕任谁都无法对他产生好感。且不说不愿意让汤姆当自己的孩子，就是让自己的孩子和他做朋友，恐怕很多家长也是拒绝的。毕竟谁都不希望被这样的孩子带坏，更不想一天到晚跟着他担惊受怕。可怜天下父母心，波丽姨妈在管束与纵容间的权衡，大概就是出于这样的矛盾。即使不是亲生的，即使总是被捉弄，但她始终坚信：自己对汤姆是有责任的。所以，尽管某些时候行为失当，但多数情况下，她还是深爱着这个孩子。会为他的进步高兴，为他的离开伤心，甚至为自己的教育方式不当而后悔。

人有两个童年，一个是自己的，一个是跟着孩子一起度过的

细想来，多数孩子不过是有些贪玩，没有建立良好的习惯，他们远达不到汤姆那样离经叛道的程度，即使有一些小心思，估计多半也都被扼杀在萌芽中了。有人说：人有两个童年，一个是自己的，一个是跟着孩子一起度过的。有的父母会跟着家里的宝贝"没心没肺"地玩耍，而有的父母可能

会不自觉地重复着上一代人的方式，看不惯孩子的做法而耐心教育又不起作用，便通过打骂解决问题。于是，这样的做法导致了和他们当初设想所不一样的结果。

有时候，孩子也不过是为了做得好获得我们的一份赞许和鼓励，只是方法失当，反而成了彼此的负累。就像汤姆，他这个被贴着"坏孩子"标签的小孩，做了很多离经叛道的事。但很多时候，汤姆仅仅是为了引起大家的关注，为了一份骄傲和虚荣。毕竟，他已经被忽视得太久太久了。

要想让一个大人或一个孩子对一件事感兴趣，只要让它变得来之不易

我们常说原生家庭的概念，汤姆虽然顽皮，好在最后没有走上歧途。这是他的幸运，也是波丽姨妈的功劳。我们很多人迈入成年，走上社会，会抱怨家庭没能给自己适宜的土壤，也会因为曾经受过的伤选择跟过去划清界限。当然，也有一部分人尝试打开自我，治愈自我。不论是哪一种，显然都带着成年人无法回到过去的一种悲剧。

常听人说：我好想抱抱小时候的自己。或许，就是因为越来越多的孩子缺乏安全感，才会有这样的论断。有人是真的缺爱，有人是爱而不得。马克·吐温这个自幼丧父的孩子，应该属于前一种。但我们能够感受到，他的对抗方式并不消极，而是写成了故事，将回忆留存在文字之间，用幽默

和讽刺的语言为孩子、为大人、为我们每个人筑起了一座城。城内是他笔下集合多个孩子特点的汤姆和哈克,以及他们的世界,城外是每个人的现实。我们在城里会会心一笑,会提心吊胆,会默默流泪……但当我们走出这座城的时候,似乎得到了某种宣泄、某种释放、某种共鸣,最重要的是我们找到了初心,找到了真实的自己,那个渴望已久的自己。

从这个意义上讲,《汤姆·索亚历险记》是童书,但又不仅仅是童书。故事里有很多奇思妙想,但并不天马行空。人物是真实存在的,故事也是取自现实的,我们每个人都能从汤姆身上看到自己的影子,每个人都能从中找到情感寄托。

其实,即便个中情感你暂时不能体会,单纯看故事,也总能让人发笑或有所感悟。比如,汤姆为了哄骗孩子们替他刷栅栏,会装出一副陶醉的表情,那一本正经的样子想想就有趣,与此同时还让人忍不住赞叹一句:这孩子真机智。当然,马克·吐温紧随其后说的那句,"要想让一个大人或一个孩子对一件事感兴趣,只要让它变得来之不易",不过是借男孩的口来告诉我们一个普遍的道理,借此折射人性。这样的地方还有很多,有些是直接表达,有些是暗含在故事里,读来不禁让人回味其中的精彩。此外,人们对汤姆的几次欢呼,尤其是两次失踪后对他的重视,其实也暗含着某种反讽意味。它告诉我们,爱孩子应该是没有条件的,不要等到失去才懂得珍惜。

麦家陪你读书（第一辑）

《我想要的人生》

《写给世间所有的迷茫》

《做简单的自己》

《一切都来得及》

荐书人

深蓝蓝　慕　榕　竹　子　momo
文　苑　慧　清　陈不识　妍　诺
无患子　路雨生　三尺晴　琴萧陌
驿路奇奇　竹露滴清响　盐系少女
恪慕容　北　坡　贰　九